N. C. BASTIAN

POUR MIEUX NOUS *retrouver*

N. C. BASTIAN

POUR MIEUX NOUS *retrouver*

HARPERCOLLINS FRANCE
83-85, boulevard Vincent-Auriol, 75646 PARIS CEDEX 13.
www.harlequin.fr

ISBN 978-2-2804-9979-8 — ISSN 2271-0256

À propos de l'autrice

N. C. Bastian vit en région parisienne, la tête dans les nuages et bouillonnant sans cesse de nouvelles idées. *Pour mieux nous retrouver* est son nouveau roman chez Collection &H.

Prologue

On dit souvent que la foudre ne s'abat jamais deux fois au même endroit. Je devais être un paratonnerre dans ce cas, car j'étais certaine d'attirer les foudres de l'univers.

J'aimais la vérité, mais j'aimais plus encore le mensonge. Il était doux à entendre, doux pour mon cœur. La vérité était blessante. L'amour l'était tout autant. Il est bien connu que s'autoriser à aimer, c'est s'autoriser à souffrir. L'univers m'avait simplement mis une grande claque. Et si, pendant des années, je m'étais protégée de la meilleure des manières afin de ne pas souffrir, il n'avait fallu que peu de temps avant qu'*il* ne détruise les murs que j'avais érigés.

Les larmes aux yeux, la gorge nouée, j'observai à travers la vitre le paysage défiler.

Partir, c'était ce qu'il y avait de mieux à faire.

Chapitre 1

J'observai le plafond, un bras posé sur le front, sans comprendre ce qui pouvait bien m'arriver. À mes côtés, Steven soupira, détendu, et se tourna dans ma direction. Je le sentis me fixer longtemps avant de demander :

— Tout va bien ?

— Oui, oui, répondis-je automatiquement.

J'avais rencontré ce type sur un site de rencontres. On avait dîné ensemble, et pour évacuer tout le stress que j'accumulais chaque jour, je lui avais finalement donné rendez-vous ce soir. Une nuit, rien de plus. Je ne voulais jamais rien de plus.

Je retirai le bras de mon front et tournai le visage dans sa direction. Mon expression dubitative lui mit la puce à l'oreille.

— C'était si horrible ?

J'eus presque envie de rire en voyant ses sourcils sombres se rejoindre en un pli soucieux. J'avais l'impression que soudain le monde lui tombait dessus.

— Non, ne t'en fais pas, ce n'est pas toi le problème, dis-je enfin en reprenant ma position initiale.

Et je ne mentais pas. Ces derniers temps, la vie me paraissait fade sur tous les points. C'était comme si le goût des choses m'échappait doucement. Même mes parties de jambes en l'air mouvementées ne me rassasiaient plus.

— C'est pas toi, c'est moi, bla-bla-bla, fit Steven en se remettant sur le dos. Je l'ai déjà entendue, celle-là.

Je haussai les sourcils, surprise, et me redressai à moitié, pleine d'espoir.

— Alors en effet, si on te l'a déjà dit, c'est que peut-être tu es le problème ! Laisse-moi mener la danse cette fois, mais il va falloir que tu m'excites, parce que je suis à plat.

Il m'observa étrangement, comme si mon franc-parler le brusquait, mais peu importait, j'avais l'habitude et j'avais surtout besoin de réponses. Il sembla doucement se résoudre à cette idée qui, finalement, parut plutôt lui plaire.

Le second round fut un peu plus long, mais tout aussi ennuyeux de mon côté. Lui, paraissait rassasié et, si je me fiais à ses râles étranges, cela lui avait plu.

Perdant patience, je poussai un soupir, et m'assis sur le bord du lit avant de m'habiller.

— C'était encore nul ? s'enquit-il, inquiet.

— On va dire ça. Mais ce n'est pas toi le problème, sinon, ça voudrait dire que nous sommes des mauvais coups tous les deux, et je sais que je ne le suis pas...

— Non, absolument pas.

— Donc il y a un truc qui cloche chez moi. Je m'en vais. Merci encore pour le repas et bonne nuit.

— Quoi ? s'étonna Steven en s'embourbant dans ses propres draps, trop pressé de me rejoindre. Attends ! Je ne connais même pas ton prénom !

— C'est mieux comme ça, marmonnai-je en quittant la chambre à la lumière tamisée.

Il m'avait d'emblée dit le sien au début du *date*. Il m'avait posé la question deux ou trois fois, mais ce qu'il connaîtrait de moi s'arrêterait à ce qui s'était passé cette nuit et à mon pseudo sur le site de rencontres. Une nuit. Rien de plus.

J'enfilai rapidement mes chaussures, récupérai mon sac près de l'entrée et partis sans un regard en arrière.

À quoi bon... Je ne le reverrais pas et je n'en avais pas la moindre envie. Tout ce qui envahissait mon esprit était la raison pour laquelle tout me paraissait à présent... fade.

— Quelque chose cloche chez moi, conclus-je en m'adressant à Jordan, qui ne perdait pas une miette de mon récit.

Assises autour d'une table basique d'un pub, j'attendis sa conclusion en buvant une gorgée de mon verre.

Jordan était ma seule amie. La seule qui me supportait et que je supportais, même si ce dernier point n'était pas compliqué. Elle m'avait tant de fois montré sa loyauté, qu'elle avait fini par entrer dans le cercle très restreint des personnes que j'appelais « mes proches ».

Je l'avais contactée après avoir erré sans but dans la capitale. Sans même râler, alors que nous étions mercredi soir soir, elle avait sauté hors de chez elle pour me rejoindre dans ce pub le temps d'un verre... ou deux.

— Ce que je m'apprête à dire ne va pas te plaire, mais je pense vraiment que tu as besoin de quelque chose de plus... profond.

— Je ne peux pas deviner avec une simple photo de profil la taille du pénis des hommes que je rencontre !

Jordan s'étouffa subitement, puis éclata de rire jusqu'à ce que les larmes lui montent aux yeux. Le sourire me vint aux lèvres à force de la voir se marrer. Ses cheveux blonds étaient remontés joliment sur le haut de son crâne et, par chance, son trait d'eye-liner qui marquait la beauté de ses billes bleues, ne fut pas affecté par son éclat de rire.

— Je ne parlais pas de ça, Yéléna, m'apprit-elle en se calmant doucement. Je voulais dire : je pense que tu as besoin de quelqu'un à qui tu tiens vraiment.

— Non. Ça n'arrivera pas. Le seul que j'appréciais réellement, c'est Kévin. Il me manque. Paix à son âme.

Jordan m'observa, choquée.

— Il n'est pas mort, il t'a juste larguée.

— Tais-toi, bougonnai-je en balayant ses mots d'un geste de la main. C'est plus simple de me dire qu'il est mort, plutôt qu'il ait eu envie de « stabilité ».

Ce mot me révulsait quand on parlait de relation.

— Tu es affreuse, Yéléna. Tu es la femme la plus horrible que je connaisse, mais au-delà de ça, tu ne peux pas dire qu'il ait eu tort. Tout le monde avance, et je suis sûre que tu devrais y songer toi aussi.

Je grimaçai et secouai la tête face à son espoir vain.

— Ce n'est pas pour moi ce genre de vie, dis-je en finissant mon verre. De ça, je suis certaine. Je ne veux pas entendre parler d'une relation à long terme, de mariage et encore moins d'enfants. Je suis comme ça. Moi, je veux juste assouvir mes besoins, sans engagement. Et pourtant, j'avance dans la vie.

L'humain n'était pas fiable. Je m'aimais assez pour ne pas m'infliger des séquelles qui pouvaient être irréparables. Je l'avais beaucoup trop vu, et puis ma vie me convenait ainsi.

Pas d'attache. Pas de passion. Pas de mal.

Je repassai commande d'un nouveau blue lagoon et, de conversations en conversations, le temps passa sans qu'on ne s'en rende compte l'une et l'autre. On termina par danser non loin de notre table et c'est l'esprit embrumé par l'alcool qu'on finit par rentrer chacune chez nous.

Je savais que j'allais le regretter le lendemain matin, quand le réveil sonnerait, mais j'avais tout de même rattrapé cette soirée qui avait mal commencé. C'est donc avec le sourire que je rentrai, sans réussir néanmoins à conserver ma démarche habituelle. Peut-être avais-je un peu trop abusé des cocktails.

J'oubliai les formes, jetai mes clés sur le meuble près de la porte et mon sac par terre – ce qui n'était pourtant pas sa place habituelle, mais je trouvais cet endroit parfait ce soir. Mes chaussures furent abandonnées quelque part dans le long couloir qui menait à ma chambre et, si j'eus la force de retirer mon débardeur, je finis par m'allonger en jean et soutien-gorge et m'endormis sans vraiment m'en rendre compte.

Les yeux posés avec attention sur le café qui coulait dans ma tasse, j'étais concentrée sur le battement qui résonnait dans mes tempes. Je regrettais d'avoir un peu trop bu.

La porte s'ouvrit doucement et, telle une souris, Jordan entra dans mon bureau. Je venais d'avoir une réunion où j'avais eu du mal à garder bonne figure, principalement à cause de mon mal de tête incessant.

— Tu as très mauvaise mine, dit doucement Jordan en riant.

Au contraire de moi, elle semblait rayonnante, comme à son habitude, sûrement parce qu'elle s'était arrêtée à un seul verre.

Jordan se balançait d'un pied sur l'autre et, en la voyant, j'en eus la certitude : elle était surexcitée.

— Alors ? demanda-t-elle. Comme s'est passée la réunion ?

— Bien, répondis-je en récupérant ma tasse de café, avant de m'appuyer contre le dossier de mon fauteuil en fermant les yeux et en me massant les tempes.

— Bien ? Tu es si peu expressive, Yéléna ! Qu'en est-il du contrat, il est pour toi, n'est-ce pas ?

— Non.

— Euh... Non ? Comment ça, non ?

Jordan referma la porte du bureau derrière elle, et fit de lents pas dans ma direction, avant de se laisser tomber sur une des chaises qui me faisaient face.

— Redwan a eu le contrat. Tout va bien, Jodi.

— Non ! Non, tout ne va pas bien. Tu as travaillé d'arrache-pied sur ce projet ! Redwan ne peut pas récupérer le contrat ! Je suis certaine que c'est parce que tu as un vagin. Quelle idée d'avoir un vagin...

Je pouffai en ne pouvant qu'être d'accord avec elle. Mon boss avait une fâcheuse tendance à favoriser le sexe masculin, cela était un fait et il ne s'en cachait pas. J'avais beau travailler plus, sans jamais compter mes heures et fournir un travail exemplaire, je m'étais résignée à ne jamais avoir la reconnaissance que je méritais.

— Redwan fera un très bon directeur de campagne, répondis-je néanmoins.

— Oui, il est très doué, mais... Tu es beaucoup trop calme. C'est presque flippant.

Je souris puis soupirai et bus une gorgée du café encore bouillant. Je pensais à cette décision que j'avais prise à la sortie de la réunion et souris d'autant plus.

— C'est vraiment flippant, Yéléna. Qu'est-ce qu'il y a ? Dis-moi que tu as une bonne nouvelle.

— Je crois que j'en ai une, oui.

— Tu as toujours des cartes dans ton jeu, soupira-t-elle en retrouvant le sourire. Alors : on planifie un meurtre ? On saccage sa campagne ? Quelle est ton idée ?

Son calepin posé sur ses genoux croisés, elle était prête à prendre la moindre note. Elle remonta ses lunettes rectangulaires sur le haut de son nez, ce qui lui donnait un air plus strict, bien plus qu'elle ne l'était réellement.

— Rien de tout ça, annonçai-je calmement. Je démissionne.

Jordan ouvrit la bouche et je vis que l'information mettait un temps fou à monter réellement dans sa tête. Alors, après quelques secondes supplémentaires, elle secoua sa crinière claire et releva ses lunettes sur le haut de sa tête.

— Ce n'est pas une bonne nouvelle. Qu'est-ce que tu comptes faire ? Qu'est-ce qu'on va faire ?

— Toi, tu vas rester ici et devenir la meilleure des assistantes pour l'un des directeurs de campagne reconnus de la boîte. Tu vas faire tes preuves et ensuite tu claqueras la porte quand tu auras assez de bagage pour que n'importe quelle boîte de pub t'ouvre ses portes. Parce que tu mérites ce qu'il y a de mieux.

— Et toi ?

Si j'avais pris cette décision en toute connaissance de cause après presque cinq années de service et, surtout, que j'étais totalement sereine, je n'avais absolument aucune idée de ce que j'allais bien pouvoir faire ensuite. C'était le seul point noir dans mon tableau lumineux.

— Je ne sais pas encore, mais je vais rebondir.

— Es-tu sûre de toi ? Le secteur est assez bouché...

J'en avais conscience, mais j'acquiesçai tout de même.

— Je vais préparer mes cartons et rentrer dans quelques heures. J'ai un préavis à faire, mais je préfère tout remballer dès maintenant.

Jordan se leva avec un visage presque décomposé. Je m'en voulais de lui faire ça. Elle avait été une assistante exemplaire bien avant de devenir une réelle amie. Mais j'avais besoin de changement, de quelque chose qui me rafraîchisse l'esprit.

Malgré ma gueule de bois, c'était bien la conclusion à laquelle j'étais parvenue le matin même en me dévisageant dans le miroir. Parce qu'il n'y avait pas d'autres solutions : il me fallait un renouveau pour retrouver le goût des choses simples. Là était mon problème. La routine que j'entretenais était confortable, mais cela ne me suffisait plus.

— Encore une question, m'interpella Jordan dans l'encadrement de la porte entrouverte. Quelle a été la tête du boss quand tu lui as annoncé ta démission ?

— « Mine défaite » ne sont pas des mots assez forts. J'aurais payé cher pour pouvoir immortaliser l'instant.

Jordan rit sans se retenir, satisfaite de ma réponse.

— Dis-moi si tu as besoin de quoi que ce soit.

J'acquiesçai et m'affalai à nouveau sur mon siège une fois la porte refermée. Il me fallait une aspirine et vite, surtout quand je commençai à faire mes cartons et que l'effort ne fit qu'amplifier mon mal de tête.

Presque cinq années que j'avais atterri dans cette boîte. Je n'avais alors qu'un diplôme en poche et pas grand-chose à me mettre sous la dent. J'avais débarqué à Paris sans savoir de quoi demain serait fait, avec de toutes petites économies, mais j'avais réussi. D'abord en tant que stagiaire, puis assistante l'année suivante, avant de décrocher un premier contrat au culot avec une marque de boisson énergisante. Ce dernier contrat m'avait propulsée au poste duquel je venais de démissionner. Mon boss n'avait pas vraiment eu le choix, et j'avais su que je n'aurais jamais pu accéder à mon poste actuel si je n'avais pas eu un tant soit peu de cran. Une part de moi se disait que j'étais folle à lier de quitter ce job, mais une autre part, celle-là même qui était inquiète pour mon bien-être, se sentait soulagée et devinait que c'était la bonne décision. C'était cette partie que je voulais écouter et si je regrettais un jour… Disons que je préférais ne pas y penser.

Le téléphone posé sur le bureau sonna, alors je posai le carton que j'avais en main sur le bord de la table et décrochai.

— J'ai un homme de Dieu en ligne, me souffla Jordan.

— Quoi ?

— Il y a le père Vincent au téléphone qui souhaite te parler en personne.

— Oh ! non...

Sans comprendre, Jordan paniqua.

— Ne me demande pas de lui mentir, s'il te plaît. Je ne peux pas mentir à un homme de Dieu.

Je souris, puis soupirai.

— OK. Passe-le-moi.

Je l'entendis expirer de soulagement, puis elle raccrocha.

— Mon père, dis-je quand je récupérai la ligne.

— Yéléna. Comment vas-tu ?

Sa voix rauque, presque bourrue, me rappelait les sermons que j'avais entendus à l'église ou chaque fois que je faisais des bêtises quand j'étais plus jeune. J'aurais dû ressentir de la nostalgie, mais ce n'était qu'un ennui profond qui s'infiltra dans mon corps. En six ans, j'avais eu le temps de faire le deuil de cette vie.

— Jusqu'à présent, je vais bien, merci. Allons droit au but, mon père. S'il vous a demandé de m'appeler et d'intercéder en sa faveur, dites-lui que ça ne sert à rien, tout comme ses lettres que je lui renvoie sans cesse, je ne veux rien de lui.

Un silence presque trop bruyant s'installa.

Je lançai un coup d'œil à l'écran du téléphone pour m'assurer que nous étions encore en ligne, puis j'entendis mon interlocuteur soupirer.

— Il ne m'a pas appelé, Yéléna.

— Bien ! Dans ce cas, je suis presque ravie d'avoir eu de vos nouvelles et vous souhaite une bonne journée.

— Ne raccroche pas !

Je gardai le silence et attendis qu'il parle.

— Il ne m'a pas appelé.
— Alors pourquoi ce coup de fil ?
Un autre court silence revint. C'était comme s'il faisait monter la pression inutilement, ou bien comme s'il ne savait pas comment me donner le message qu'il avait à me transmettre.
Je patientai tout en piétinant d'impatience, mais sans bruit, parce que je savais qu'il finirait par parler, ce qui vint après quelques secondes.
— C'est plutôt lui qui a été appelé.
— Appelé ? Où ça ?
— Yéléna... Notre Seigneur l'a rappelé auprès de lui.
Le père Vincent sembla mal interpréter mon silence, car il précisa :
— Ton père est mort, ma fille.

Chapitre 2

Revenir à Rosebaie n'avait jamais été dans mes plans. Depuis que je l'avais quittée six années plus tôt, j'avais rayé cette petite ville de ma tête et de mon cœur. Jamais je n'aurais imaginé un jour y retourner parce que mon père était mort. Pas si tôt, du moins.

On dit souvent que les meilleurs sont les premiers à partir, mais lui n'en faisait pas partie. C'était sûrement ce qui avait créé le choc de la nouvelle.

Lorsque j'avais raccroché après mon entretien avec le père Vincent, j'avais pris quelques minutes pour encaisser l'annonce qui, étrangement, malgré la surprise, n'avait fait naître aucun sentiment. J'avais ensuite tout expliqué à Jordan, qui, bien plus attristée que moi, m'avait dit qu'elle allait s'occuper de rapporter mes affaires de bureau chez moi et que je n'avais pas à m'inquiéter. Mais je ne m'inquiétais pas : tant que je l'avais près de moi, je savais que tout irait bien.

Pour les obsèques, j'avais donné carte blanche au père Vincent afin qu'il se charge de l'organisation. Parce que les amis de mon père avaient tenté inlassablement de m'appeler ces derniers jours, sans toutefois que je ne leur réponde, j'avais pris du retard et l'enterrement devait rapidement être fait. Je supposais que la putréfaction du corps en était la cause.

C'est pourquoi je me retrouvai avec une petite valise à la gare la plus proche de Clairevaux – que j'aimais appeler Rosebaie –, qui se trouvait à une heure de voiture de la ville, me débattant avec ma veste pour la retirer. J'avais oublié combien il pouvait parfois faire chaud et humide à l'approche de l'été dans cette partie du globe.

Un homme avec une pancarte affichant « Yéléna Dracot » attira mon attention. Je reconnus sans mal l'unique chauffeur de taxi de Rosebaie.

— Georges, saluai-je en arrivant à sa hauteur.

Il avait vieilli. Dans mes souvenirs, sa barbe taillée des plus étrangement et ses joues constamment rouges et potelées lui donnaient l'air d'un ivrogne, mais il n'en était rien. Aujourd'hui, ces détails étaient toujours présents, mais ses cheveux autrefois noir de jais étaient grisonnants. Il semblait également avoir rapetissé, car nous faisions la même taille et je n'étais pas si grande. Georges était un bon vivant et m'avait raccompagnée un nombre incalculable de fois quand je m'échappais de la maison jusqu'à me perdre. Il était l'une des rares personnes que j'appréciais, avec le père Vincent, mais je fus néanmoins contrariée de ressentir de la joie en le voyant.

— Yéléna, ma grande. Comme tu as changé !

Je souris en me souvenant que, la dernière fois qu'il m'avait vue, c'était à cet endroit même, quand je pensais alors ne jamais revenir. À l'époque, j'avais des cheveux bruns très longs, un corps aussi fin qu'une brindille et l'âme et le cœur détruits.

Aujourd'hui, mes cheveux étaient toujours aussi sombres mais coupés en un carré plongeant, j'avais plus de formes et prenais beaucoup plus soin de mon physique et des vêtements que je portais qu'à vingt ans.

— Toi aussi, Georges, tu as changé.

Il écarta les bras et tenta de jeter un coup d'œil sur son corps, avant de hausser les épaules.

— Le temps fait son affaire et cela ne va pas à mon avantage, contrairement à toi.

Il prit ma valise, et me conduisit jusqu'à sa voiture. Elle aussi avait pris un coup de vieux.

— C'est triste, pour ton père, me dit-il une fois qu'on fut en route. Je suis désolé pour toi, ma grande.

Je ne répondis pas, parce que je ne voulais pas montrer à qui que ce soit combien cela m'était égal et combien j'étais détachée. Être franche était dans mes habitudes, mais sans savoir pourquoi, je ne voulais pas révéler aux habitants de Rosebaie à quel point je pouvais paraître sans cœur face au décès de mon père. Je me plongeai alors dans la contemplation du paysage, essentiellement composé de champs de blé, de tournesols, ou de pâturages avec des vaches et chevaux, puis de kilomètres de forêt.

Je sus qu'on approchait de Rosebaie quand on longea le lac et, bientôt, le paysage changea de couleur. Des roses des marais s'étendirent à perte de vue, donnant au décor cette couleur de Bisounours que je détestais. C'était l'origine du surnom de la ville, dont le vrai nom était Clairevaux-les-Lacs. La baie qui entourait les lieux n'était composée que de roses des marais. Je fermai alors les yeux, parce que cette couleur me rappelait beaucoup trop de souvenirs que je voulais enfouir à tout jamais.

Je ne pouvais cependant contredire une chose : cet endroit était magnifique. Toujours fleuri, aéré, sans aucun grand bâtiment qui bouchait la vue, et qui donnait sur ce lac immense dont le bleu contrastait avec le rose qui l'entourait.

Rosebaie était sublime.

On traversa le centre-ville qui n'avait pas changé. À croire que tout s'était figé dans le temps, sans grande modernisation, sans transport, avec ce même cinéma qui ne comportait qu'une seule salle. La sensation que je ressentais, quand on s'éloigna quelque peu du centre pour s'enfoncer dans les terres, était presque insupportable. Particulièrement lorsque Georges tourna dans la rue où ma vie avait commencé. Je détestais être ici. Je détestais ressentir ce que je ressentais et me sentir aussi étrangère que native à la fois. Ici, ce n'était plus chez moi, mais quand la voiture s'arrêta devant la grande maison de mon père, j'eus la sensation d'être de retour après un long voyage.

— On est arrivés, signala Georges, comme si j'avais pu oublier.

— Merci beaucoup. Tu me diras combien je te dois ? Je te déposerai un chèque demain matin.

— Ne t'en fais pas pour ça, tu as déjà beaucoup de choses à penser.

Je souris en me disant que ce type n'avait jamais fait fortune parce qu'il était beaucoup trop charitable. Je refusais de me dire qu'il me prenait en pitié parce que mon père était mort. Alors, je me promis de lui déposer un chèque à l'aube, demain.

Je récupérai ma valise, puis regardai la maison dans

laquelle j'avais grandi. Mes yeux se posèrent sur la fenêtre du premier étage, qui était celle de la chambre que j'avais toujours occupée. Pourquoi le fait d'ouvrir la porte sombre en bois massif, encadrée par des vitraux transparents me paraissait aussi dur ? Peut-être parce que, lorsque j'avais claqué cette dernière, je m'étais juré de ne plus jamais revenir...

Je pris une longue inspiration et, sachant que dormir dehors était hors de question et que la nuit s'installait déjà, je finis par entrer. Je n'avais pas besoin de clés, les portes de Rosebaie étaient toujours ouvertes et, même si mon père était décédé, personne n'avait jugé bon de la verrouiller.

Tant mieux dans un sens, me dis-je. Car j'avais jeté les miennes à la poubelle il y a bien trop longtemps pour imaginer un jour pouvoir les récupérer.

Je fis un pas dans l'entrée, le cœur battant. Les souvenirs se mélangeaient dans ma tête, quand bien même je faisais tout pour les chasser. Les dessins que j'avais faits plus jeune étaient toujours accrochés à un grand tableau marquant mon évolution artistique – qui n'avait pas vraiment évolué en réalité. Je m'arrêtai devant le second tableau, où se trouvaient d'autres dessins. Je passai l'index sur le prénom si mal écrit que c'en était presque illisible.

Ariane, 6 ans 1/2

Mon cœur se serra et je restai tant de temps devant ce tableau que je sentis mes émotions tenter de me submerger. Je fermai alors les yeux, comme pour bloquer tout ce qui n'était pas d'aujourd'hui et de maintenant.

Je tournai le dos à ces dessins, puis traversai le petit couloir pour arriver dans le salon-salle à manger. La pièce tout en longueur n'avait pas changé d'un pouce. Une longue table en bois clair installée sur un tapis sombre, puis, plus loin, le coin salon où une grande baie vitrée était orientée plein sud-ouest. La vue donnait sur le jardin, et comme quelques mètres plus loin se trouvait le lac, mon père avait rasé les arbustes pour nous permettre de contempler le panorama splendide. J'avais toujours adoré ce coin de la pièce, où je profitais du soleil en fin de journée avec un livre, même en plein hiver. Je n'avais qu'à lever les yeux pour être émerveillée par ce qui s'offrait devant moi.

Je déposai mon sac à main sur la table à manger, et ma valise à ses pieds, puis allumai la lumière.

Je sursautai quand Le Chat sauta sur la table près de mes affaires, et siffla le dos courbé dans ma direction. Ce chat semblait cabossé. Totalement blanc avec une unique tache sombre, il avait l'air d'avoir constamment un œil au beurre noir.

— Zou ! Va-t'en, sale bête.

Nous ne nous étions jamais aimés, Le Chat et moi. Je l'avais même oublié. Pourquoi il n'était pas mort, d'abord ? Il avait quoi... cent ans ?

En réalité, il approchait sûrement de sa dixième année, mais ça faisait une éternité en vie de chat.

— Zou ! répétai-je pour le faire fuir. Pchhht !

Il finit par s'en aller en direction de la cuisine, loin de moi, ce qui me convint parfaitement. Qu'allais-je faire de cette sale bête ?

Je soupirai, puis mes yeux tombèrent sur le piano à

queue qui se trouvait entre la salle à manger et le salon, dans un recoin enfoncé qui était utilisé autrefois comme dressing, ou garde-manger, je ne saurais le dire. Les murs de la pièce avaient été cassés pour en faire un coin spécial dédié au piano. Je m'approchai de l'instrument imposant où le cache était encore ouvert sur les touches noires et blanches poussiéreuses. Je survolai le clavier sans le toucher, puis refermai le couvercle qui laissa apparaître une plaque en or, où le mot « Yéliane » était gravé. Ma gorge se resserra alors que, dans ma tête, les notes de musique vinrent emplir mes pensées. Et, tandis que j'approchai les doigts de nos deux prénoms contractés, un craquement retentit.

— Néna !

Je me retournai dans un sursaut. Je n'avais plus entendu ce surnom depuis bien longtemps. J'aperçus un mini-humain près de l'entrée. Une tête d'ange aux yeux marron très clair, de petite taille. Cette petite chose arborait un immense sourire.

Je pris peur.

— Mon papa m'a dit que tu viendrais, ajouta-t-il, alors que j'étais encore surprise par cette présence.

— D'où tu sors, toi ? demandai-je sans savoir qui était le petit garçon de moins de sept ans qui venait d'arriver.

— Ben, de chez moi, répondit-il comme si j'étais... stupide.

Je lâchai un bref rire sarcastique, puis levai les mains en l'air quand il courut pour me serrer dans ses bras.

— OK, le monstre, j'aime pas les câlins. Fais donc un pas en arrière, voire mille.

Il s'éloigna et me regarda, véritablement amusé, tandis

que j'étais loin de l'être. Avoir un gosse dans les pattes ressemblait à un cauchemar pour moi. Tout comme Le Chat, je n'aimais pas les vers de terre.

— À qui tu appartiens ? m'enquis-je en faisant un pas en arrière pour être sûre de mettre encore de la distance entre nous.

— Ben, à mon papa, répondit-il encore une fois comme si j'étais stupide.

Nouveau bref rire sarcastique. J'avais vaguement l'impression qu'il se foutait de moi.

Et pourquoi arborait-il ce sourire niais sur le visage, comme s'il était content de me voir ?

— Il est où, ton papa ?

— Dehors. Il a dit qu'on ne devait pas entrer comme avant parce que c'est toi la propriétaire, maintenant, et que ça n'était plus comme avec grand-père, mais moi, je lui ai dit que même si on ne s'est jamais vus, c'est comme si on te connaissait parce que grand-père parlait toujours de...

— Doucement, le monstre ! Respire.

Ce petit semblait à court de souffle et au-delà de sa respiration, l'entendre déblatérer tout ce discours me fatiguait, surtout quand l'information sur le père à l'extérieur était suffisante. Il n'empêche... Une chose me titillait.

— Celui que tu appelles « grand-père », c'est mon père ? Oui ou non ?

J'avais espoir qu'il ne me fasse pas encore une fois un exposé.

— Oui.

Bien, il avait compris.

— Donc ton papa est son fils ? Oui ou non ?

— Non.

Ça me facilitait les choses. Avoir un demi-frère ou une demi-sœur quelque part, non merci !

Je le vis gigoter comme s'il avait envie de me donner d'autres informations. Je plissai alors les yeux et me sentis par avance épuisée.

— Vas-y, dis-moi ce que tu veux me dire.

— Mon papa n'est pas le fils de grand-père Marc, mais c'est tout comme. C'est ce que mon papa dit quand il est triste. Il m'a dit que grand-père ne reviendrait pas.

— Il a raison.

Peut-être était-ce trop cru, surtout quand je vis son regard empreint d'une grande tristesse. Je grimaçai et cédai à un peu de gentillesse.

— C'est le cycle de la vie, le monstre. Ton grand-père n'est pas là avec nous, mais il restera toujours ici, expliquai-je en montrant l'emplacement du cœur, puisqu'apparemment, tu l'aimes.

— Tout le monde aime grand-père Marc.

Je l'observai en me disant que dire le fond de ma pensée à ce gosse n'était pas une bonne idée, alors j'ignorai sa remarque et me dirigeai vers l'entrée, tandis que le ver de terre me suivait de près.

— Tu t'appelles comment ?

— Lucas.

— Tu as quel âge ?

— Six ans.

— Bien. Alors le monstre de six ans, il est temps de rentrer chez toi.

J'ouvris la porte d'entrée, m'apprêtant à tomber nez

à nez avec le père de ce gosse, mais il n'y avait qu'une rue vide. Je me tournai alors vers le mini-humain, de plus en plus ennuyée. Il le vit et se balança d'un pied sur l'autre. Ce ne fut que lorsque je mis une main sur ma hanche qu'il craqua :

— Mon papa est sorti. Il m'a dit de ne pas venir, mais j'étais trop impatient de te voir, Néna, alors je suis quand même venu.

Je secouai la tête sans comprendre son comportement, puis enchaînai :

— Où est-ce que tu habites ?

— À côté.

— Allons-y.

Il acquiesça, puis me suivit quand je sortis. Il tendit le doigt en direction de la maison presque mitoyenne à gauche de celle de mon père. La sorcière qui y habitait quand j'étais plus jeune avait dû passer l'arme à gauche…

Même si c'était à côté et que cette petite ville était loin d'être réputée pour son taux de criminalité à l'encontre des enfants, ou d'enlèvement, je l'accompagnai. Le gosse voulut me tenir la main mais j'eus le temps de lever cette dernière avant qu'il ne me touche. Je frappai à la porte sèchement quand j'arrivai, tandis que le gosse resta à mes côtés, alors que j'étais persuadée qu'elle était ouverte et qu'il aurait pu entrer. C'était comme s'il souhaitait faire durer la torture.

Quand la porte s'ouvrit, je reconnus parfaitement le visage d'une personne que je n'avais jamais portée dans mon cœur. Marlène. La fille que tout le monde aimait, la fille parfaitement imparfaite, celle qui montrait l'exemple et dont tous les parents rêvaient. Elle était toujours aussi jolie, de grands yeux marron, des pommettes hautes sur un visage aux traits sans défaut, jusqu'à ses longs cheveux bruns. J'étais sûre qu'on pouvait y passer les doigts sans y rencontrer le moindre nœud. Cette fille était agaçante à observer.

Elle mit un temps à me reconnaître, mais je vis l'instant précis où elle comprit qui j'étais. Elle était habillée simplement d'un jean et d'un T-shirt qui marquait sa poitrine bombée. Je détournai les yeux un instant pour éviter que l'effet Marlène n'agisse encore une fois sur moi.

L'« effet Marlène » était tout simplement un complexe auquel j'avais donné son prénom tant la perfection transpirait de tous ses pores, à rendre le plus confiant des humains complexé.

— C'est à toi ? demandai-je en observant le ver de terre qui pouffa sans que je ne comprenne pourquoi.

Toujours les yeux ronds, Marlène ouvrit la bouche, puis lâcha :

— Euh...

— Écoute, si tu voulais t'en débarrasser, je peux le comprendre, mais c'est loupé. Je te redonne ce qui t'appartient et bonne soirée.

Je ne savais pas trop pourquoi j'avais fait acte de politesse en lui souhaitant une bonne soirée. Marlène avait juste ce visage de poupée qui ne permettait à personne d'être impoli ou d'être un brin méchant. Je haussai néanmoins les sourcils, comme pour lui laisser la possibilité de répondre quelque chose, mais il était apparent qu'elle avait perdu la voix, car elle n'ajouta rien de plus.

Je leur tournai le dos et filai en direction de la maison

que j'habiterais pendant quelques jours. Il fallait que je tienne le coup le temps de tout régler.

Dans mon dos, j'entendis le ver de terre dire :

— Elle n'est pas très gentille. Je crois qu'elle ne m'aime pas beaucoup.

Voilà ! C'était la phrase la plus intelligente que ce gosse ait dite de la soirée.

Chapitre 3

Je dormis mal cette nuit-là. Mon lit d'ado, qui auparavant avait été mon refuge, me paraissait aujourd'hui trop petit et trop inconfortable. Mais aussi, cette nuit avait été agitée pour une autre raison : j'entendais *sa* voix m'appeler dans mes songes. Être revenue dans cette maison faisait renaître trop de souvenirs.

Pendant très longtemps, elle m'avait hantée la nuit, jusqu'à ce que tout mon être s'apaise. J'avais cru oublier sa voix, mais cette nuit me rappelait que le souvenir de ce son était encore bien présent.

« Néna ! Viens me rejoindre, dehors. »

« Néna ! Dépêche-toi, on va être en retard à l'école. »

« Néna ? Il y a une place dans ton lit pour moi ? »

Elle hantait ces murs et avait hanté mes songes. Je détestais la douleur qui allait de pair avec ce souvenir et qui broyait mon cœur.

J'étais alors sortie du lit et étais depuis un bon moment devant sa porte. « Ariane » était écrit en lettres multicolores, avec plein de stickers qu'elle adorait coller partout et qui m'insupportaient déjà à l'époque. C'était comme si rien n'avait changé, à l'exception d'une chose : Ariane n'était pas derrière la porte. Elle n'occupait pas son lit et ne l'occuperait plus jamais.

Je baissai la tête sur mes pieds nus et descendis à la cuisine, où je me fis couler un café serré. Le soleil se levait paresseusement, et c'est avec un énorme plaid en poils blancs et doux que je me rendis dans le jardin. Tout était calme et paisible et à l'exception des oiseaux qui chantaient, le silence régnait. Je remarquai toutefois que la pelouse devait être tondue, car visiblement, cela n'avait pas été fait depuis un moment.

Je m'installai dans la balançoire en forme de chaise suspendue à l'unique arbre présent et observai le lac, qui commençait à être doucement illuminé par le soleil. Je resserrai les pans du plaid autour de moi et réchauffai mes doigts autour de la tasse, car si les journées étaient chaudes, les nuits étaient bien trop fraîches et actuellement, la température de l'aube était encore basse. Je restai un long moment calée dans ce petit cocon confortable, perdue dans mes pensées. Ce ne fut que quand la chaleur du soleil se fit réellement ressentir que je me décidai à bouger.

Les pieds posés à plat sur le sol d'herbe touffue, je tournai la tête d'un côté, puis de l'autre, et vis à quelques mètres de moi le monstre. Sa maison étant attenante à celle de mon père, forcément, nos jardins étaient mitoyens. Aucune clôture ne les séparait, et voir le ver de terre debout droit comme un piquet me fixer sans bouger me fit flipper.

— Qu'est-ce que tu veux ?

La main sur le cœur, je me demandai s'il n'était pas le genre de gamin tueur qu'on pouvait voir dans les films.

Il était tout de noir vêtu dans un costume un peu trop grand pour lui, même ses courts cheveux châtain clair étaient plaqués sur sa tête. Il était contrarié.

Et définitivement flippant.

— Tu es en retard.

— En retard pour quoi ?

— Pour le dernier au revoir à grand-père Marc.

L'enterrement, compris-je. J'avais perdu le fil du temps, il avait sûrement raison.

— Je vais donc y aller en pyjama, dis-je en haussant les épaules.

— Même pas chiche.

— Tu paries ?

Le monstre sourit alors, comme si l'idée lui plaisait. C'était censé être un jour triste, et le mini-humain semblait l'être, mais pas moi. Je m'en fichais et j'étais réellement capable d'aller à l'église en pyjama.

— Grand-père trouverait ça drôle, me dit le monstre.

Je me renfrognai en me levant. Il n'était pas question de faire une chose qui aurait pu faire frémir les lèvres de mon père.

— À plus tard, le monstre.

Je rentrai sans un regard dans sa direction et allai me préparer. Je n'avais que peu de temps, alors je pris une douche rapide et optai pour une chemise noire rentrée dans une jupe crayon de la même couleur. J'attachai mes courts cheveux bruns à l'aide de pinces, puis récupérai une paire de lunettes et mes escarpins avant de redescendre, prête à partir.

Il me fallait en premier lieu faire un saut aux pompes funèbres pour signer des papiers et payer les factures, puis me rendre à l'église où se déroulerait la cérémonie. Bien heureusement, le premier site où je devais aller ne se trouvait qu'à une rue de là.

Les lunettes sur la tête, le sac à main accroché à l'épaule, je fis un rapide détour chez Georges où je glissai un chèque dans la boîte aux lettres près de l'entrée. Puis je poursuivis mon chemin, trouvant l'air beaucoup trop humide mais bien plus pur que celui de la capitale. Je n'avais plus l'habitude.

Le chemin jusqu'aux pompes funèbres fut plus pénible. Je n'avais aucune idée de la raison pour laquelle j'avais opté pour des escarpins, mais les rues de Rosebaie parfois parsemées de dalles étaient impraticables en talons. Contrairement à ce que j'avais pensé, énormément de monde se trouvait là. Quand j'entrai dans le hall des pompes funèbres, des murmures se firent entendre dans le silence pesant. L'inconvénient dans cette petite ville était que tout le monde se connaissait. Tout le monde connaissait mes erreurs, mes peines, mon chemin de vie... Tout se savait, même mes secrets bien gardés.

Je les ignorai tous autant que possible et ne lançai pas un seul regard dans la pièce où le cercueil de mon père était encore ouvert. Je continuai tout droit, jusqu'au bureau du dirigeant des pompes funèbres.

— Bonjour, André, saluai-je avec un signe de tête après avoir frappé à la porte ouverte.

— Oh ! Yéléna. Toutes mes condoléances, me répondit André en baissant la tête respectueusement.

— Ouais. On peut régler les factures et autres détails ?

André vint à mes côtés. Malgré mes talons, il me dépassait encore d'une bonne tête. Quand j'étais plus jeune, cet homme me faisait peur. Sa maigreur, sa grande taille et ses cernes me faisaient penser à Jack, le squelette du dessin animé. En plus, cet homme travaillait auprès des morts...

— Le père Vincent s'est occupé de tout, m'informa-t-il les mains jointes devant lui. Pour les factures, rien ne presse. On peut voir ça plus tard. Cette journée n'est pas facile, on reprendra rendez-vous ultérieurement.

— On peut le faire aujourd'hui. Je ne compte pas rester longtemps et j'aimerais régler tout ce qui est à régler maintenant.

Il fit une moue étrange, comme si ce n'était pas dans ses habitudes, mais se plia à ma volonté. Quand cette étape fut faite, je quittai la bâtisse en passant devant les habitants venus dire un dernier au revoir à mon père. Certains pleuraient et je me demandai si tout ceci n'était qu'une vague comédie.

La cérémonie à l'église fut belle. Le père Vincent était un bon orateur, alors je me concentrai sur ses paroles, sans penser au banc quasi vide qui était le mien. Aucune famille... Je n'avais plus de famille. J'ignorai le cercueil en bois sombre couvert de fleurs et de bougies qui avait été placé devant moi, et la raison pour laquelle je me trouvais ici. Je n'avais aucun sentiment, et bloquai toutes les pensées qui menaçaient de me submerger. Cette journée m'en rappelait une autre...

Plusieurs habitants de Rosebaie parlèrent à tour de rôle, louant le grand homme qu'était mon père. Je faillis rire, et ce n'était pas une blague. Je ne comprendrai jamais la raison pour laquelle quand un homme meurt, quel qu'il soit, il devenait subitement le sauveur de l'univers.

Je croisai le regard bienveillant du père Vincent, qui, d'un signe discret de la main, m'invita à prendre la parole. Je secouai la tête tout aussi discrètement et reniflai alors que je n'avais envie que d'une chose : quitter cette église.

Laissant mon regard se porter sur les petites marches de pierre qui se trouvaient devant moi, je fis abstraction de tout sans plus relever la tête vers qui que ce soit. J'écoutais sans vraiment le faire, parce qu'au fond, ça ne m'intéressait pas. J'étais là pour faire acte de présence, rien de plus.

— Quand je suis arrivé, j'étais complètement paumé, dit quelqu'un venu au pupitre pour prononcer quelques mots. C'est Marc qui m'a aidé à trouver mes repères. Il a été merveilleux pour mon fils...

Mon ventre se tordit un peu, sans que je ne sache vraiment pourquoi. Je continuai d'écouter, ayant l'impression d'être à l'enterrement d'un inconnu.

— ... me parlait inlassablement de ses deux filles, et me disait combien il les aimait d'un amour incommensurable.

Mon âme sembla se détacher de mon corps. Il y eut comme une muraille qui s'infiltra en moi, et toutes les émotions se bloquèrent quelque part, loin.

— Des conneries, marmonnai-je tout bas.

Je récupérai mes lunettes noires que je mis, puis me levai pour quitter l'église. L'homme au pupitre s'arrêta de parler un instant, puis continua :

— Que puis-je dire d'autre si ce n'est que Marc a été pour moi comme le père que je n'ai jamais eu.

Je passai dans l'allée centrale en entendant plusieurs fois le prénom d'Ariane, ce qui me tendit encore plus. Ce ne fut que quand je retrouvai la chaleur du soleil à l'extérieur que je sentis mon corps se détendre.

Je retirai mes lunettes et les rangeai. Au fond, je ne les avais prises que parce que je ne voulais pas montrer combien mes yeux étaient secs.

— Yéléna.

Je me tournai vers le père Vincent, qui joignit les mains devant lui après avoir remonté ses lunettes de vue devant ses yeux bleus.

— La cérémonie était très belle, lançai-je.

— Merci, mais pourquoi partir ?

Je soupirai et fuis son regard en portant le mien sur le point le plus loin que je pouvais voir à l'horizon, quelque part perdu derrière une fontaine au milieu de la grande place. Puis je répondis :

— Je ne vais pas vous mentir, je ne veux pas être là.

— Enterrer un membre de sa famille n'est jamais facile.

— Vous vous méprenez, dis-je très vite en le fixant à nouveau. Il n'y a rien de dur aujourd'hui.

Le père m'observa, puis acquiesça doucement.

— Il n'est pas trop tard pour pardonner, Yéléna.

— Je vous laisse le pardon, ce n'est pas pour moi.

Je lui tournai le dos, mais il m'interpella.

— Le cimetière se trouve de l'autre côté.

Sans me retourner, je répondis :

— J'ai encore plein de choses urgentes et importantes à faire. Ne m'attendez pas.

Je n'irai pas.

Je passai la fin de la matinée et l'après-midi le nez dans les démarches administratives liées au décès de mon père. Il ne s'était pas marié ou pacsé, ce qui m'épargnait la tâche de prendre contact avec un quelconque tiers. Il n'y avait que moi. J'envoyai tous les documents nécessaires au notaire pour que l'étape de la succession soit enclenchée, puis, une fois que tout ce qui était en lien avec mon père fut fini, je m'occupai des factures impayées, m'arrachant les cheveux.

Cette maison était un gouffre financier. Il allait falloir la rafraîchir pour réussir à en tirer un prix raisonnable, parce qu'il était certain que je ne voulais pas la garder. La seule chose qui m'embêtait, c'était que je devrais tôt ou tard vider la chambre d'Ariane.

Plus j'avançais dans les factures, plus je me rendais compte qu'il me laissait de sacrées dettes, et cela m'inquiéta. Comment diable allais-je pouvoir rembourser toutes ces sommes ? Je comprenais le cheminement de ses pensées. Mon père tenait un petit snack dans le centre-ville, où des sandwichs et les meilleurs milk-shakes et glaces de toute la région étaient vendus. Ariane et moi nous amusions à créer toutes sortes de mix étranges. Parfois cela fonctionnait, parfois c'était affreux. Mais quand cela marchait, mon père n'hésitait pas une seconde à le proposer aux clients. Bizarrement, cela cartonnait. Je souris en repensant à ce petit détail, puis me repris et devinai alors que mon père avait sûrement laissé tomber le restaurant alors qu'il était malade. Je repris les factures de l'hôpital et compris que mon père était resté environ quatre mois dans l'établissement avant de mourir. Plusieurs autres documents me firent comprendre la raison du montant de la dette. Le restaurant était fermé depuis bien plus longtemps.

Qu'allais-je donc pouvoir faire de tout ça ?

On sonna à la porte, ce qui me sortit le nez de tous ces papiers. Quelque part dans la maison, j'entendis Le Chat râler. Nous étions bien d'accord sur une chose : on détestait être dérangés.

Quand j'ouvris, je vis la vieille pie de Rosebaie, accompagnée de l'ange de la ville. Elles n'avaient rien en commun, mais étaient pourtant toujours fourrées ensemble.

— Yéléna, ma chère, commença la pie.

Ses cheveux formaient un nuage blanc autour de sa tête. Elle arbora un regard rempli de curiosité et de compassion à la fois, puis m'offrit un sourire contrit.

— Bonjour à vous, mesdames.

— Nous sommes très attristées par la perte de ton papa, dit la pie en m'observant attentivement. On voulait simplement te dire que nous sommes contentes de te voir de retour, même si c'est dans de tristes circonstances.

Ce n'étaient que des mensonges. Ma vie n'était un secret pour personne dans cette ville et mon nom était synonyme de problèmes. Elle le savait, je le savais également. En retour à sa question muette sur mon séjour dans le coin, je lui fis un grand sourire et acquiesçai :

— C'est très gentil de votre part, je vous remercie.

Elle attendit la suite, une phrase sur laquelle rebondir, ou un indice sur le temps que je comptais rester dans cette ville, mais je ne dis rien de plus, m'amusant simplement de voir ses méninges tourner à plein régime pour savoir quoi dire.

Finalement, Mme Henry, la plus gentille, celle que j'aimais appeler l'ange du village, m'offrit un vrai sourire et me tendit un plat enroulé dans de la cellophane.

— Tiens, ma grande, me dit-elle. Je t'ai fait un gratin de pommes de terre comme tu les aimes. Je me suis dit que tu devais avoir beaucoup de choses à faire, alors je voulais t'enlever la corvée de penser à ce que tu devrais faire à manger.

Cette fois-ci, je lui offris un vrai sourire sincère et pris le plat avec gratitude.

— Merci beaucoup de cette attention.

Mme Henry ne racontait pas de ragots, et ne tenait pas de propos malveillants. Elle aimait simplement les écouter, et quoi de mieux que d'en entendre des tonnes avec Mme Barreau ?

— Soyez certaine qu'il n'en restera pas une miette, ajoutai-je avec d'ores et déjà l'eau à la bouche, déclenchant une adorable moue ravie et timide sur son visage.

La nourriture de Mme Henry était réputée. Qui plus est, elle avait autrefois l'habitude de cuisiner pour nous quand mon père n'était pas apte à le faire, ce qui était arrivé tant de fois...

Je chassai ce nuage sombre, et souris d'autant plus à Mme Henry, impatiente que l'heure du souper arrive.

— Je vous le rapporterai propre, c'est promis.

Elle rit doucement en se souvenant que, lorsque toute jeune, je lui rapportais sa vaisselle, celle-ci était toujours sale. Ce n'est qu'à l'adolescence que j'ai compris qu'il était plus « respectable » de laver les plats auparavant, mais Mme Henry ne m'avait jamais rien dit.

Cette femme était adorable.

— Si tu as besoin de quoi que ce soit, n'hésite pas, ma grande. Tu n'as qu'à traverser la route.

J'acquiesçai avec un autre sourire sincère en ignorant pleinement la vieille pie à ses côtés. Mme Henry avait raison. Pour frapper à sa porte, je n'avais qu'à traverser la route, elle habitait à proprement parler en face de chez mon père.

Les deux femmes me saluèrent et se retirèrent.

Je mis le plat au frais, et, quelques minutes plus tard, la sonnerie de la porte retentit une fois de plus. Le manège recommença encore et encore. Je me demandai si le mot était passé pour que toute la ville m'apporte des plats, et, bien vite, le frigo ne fut plus assez grand.

Je reçus de la compassion, de la bienveillance, mais aussi de la curiosité, et beaucoup de jugement. La question sous-jacente qui revint sans cesse fut la raison pour laquelle je n'étais pas venue au cimetière.

« Je suis surprise de ne pas t'avoir vue pour la mise en terre. »

« Tu nous as manqué ce matin, au cimetière... »

On m'en avait sorti pas mal des comme ça.

Quand le soleil tomba bas dans le ciel, je coupai la sonnerie de la porte, sachant que je ne pourrais plus sourire hypocritement à toutes ces personnes. Mon quota était largement dépassé. J'avais fait le plein de Rosebaie et ne souhaitais plus qu'être en paix. Si les habitants s'étaient dit qu'en venant me voir, je repartirais plus vite, ils avaient probablement raison et c'était réellement la meilleure manière de faire.

Je mangeai avec délices, puis me rendis avec un verre de vin sur la terrasse à l'arrière de la maison, où un salon de jardin était installé. Le Chat sauta sur la table et si je le fusillai du regard, et qu'il fit de même, je n'eus pas la force de le chasser loin de moi. Pourquoi donc ne prenait-il pas la fuite une bonne fois pour toutes ?

J'observai la couleur du lac s'assombrir à mesure que le soleil se couchait, puis décidai qu'il serait bon de se détendre de la meilleure manière que je connaissais. Je ne savais pas si cela était possible à Rosebaie, où les seuls spécimens masculins n'étaient que des ploucs étranges.

Quoi qu'il en soit, j'étais curieuse de voir ce que je pouvais trouver ici.

Après six ans, peut-être que les choses avaient changé ?

Chapitre 4

Le Boat était un bar la semaine, qui se transformait en discothèque la nuit et les week-ends. Je compris bien vite en entrant que pas mal de choses avaient changé ici et fus agréablement surprise. En premier lieu, la musique était d'actualité, Rosebaie avait toujours été lente à se mettre à jour. La déco avait également changé, des murs aux meubles, ce lieu était très loin de ce qu'il était resté dans mon souvenir.

Comme son nom l'indiquait, j'eus réellement l'impression d'entrer dans une grande et spacieuse cabine de bateau. Deux hôtesses accueillaient les clients et, à voir leurs tenues, je me demandai si je n'aurais pas dû m'habiller différemment. Je portais une robe bleu sombre classique, près du corps, qui s'arrêtait à mi-cuisse. La même que je mettais lors de certains rendez-vous importants. J'avais un peu ébouriffé mes courts cheveux bruns, sans vraiment faire le moindre effort. J'avais supposé que cela suffirait.

L'une des deux hôtesses me proposa un casier pour ranger mes affaires, ce que je déclinai. Je n'avais qu'un micro-sac où les clés de la maison et mes papiers personnels se trouvaient. Rien d'encombrant. L'hôtesse me souhaita alors une agréable soirée en m'indiquant le chemin à suivre, qui semblait descendre dans un sous-sol. Cela aussi, c'était nouveau. Je ne me souvenais pas que le Boat était si grand auparavant et qu'il y ait un espace souterrain.

Au sous-sol, la musique résonna bien plus fortement. Des hublots, où les vitres étaient en réalité des aquariums avec un éclairage luminescent, étaient presque les seules sources de lumière. Les banquettes blanches entourant des tables rondes en bois étaient disposées un peu partout dans la grande salle. Pour un soir de semaine, il y avait pas mal de monde, ce qui était surprenant.

Même le bar, qui se trouvait au centre de la pièce, ressemblait à la cabine d'un bateau. Le mât, où se situaient toutes les boissons, était joliment illuminé et tournait doucement sur lui-même. C'était comme une étoile dans la nuit noire, ce bar appelait à se rapprocher, à observer et à consommer. C'était parfaitement bien pensé.

Beaucoup de gens se trouvaient accoudés là-bas, ou assis sur des chaises hautes qui entouraient le comptoir. Je m'y rendis alors à mon tour presque en souriant. Cela n'avait vraiment rien à voir avec les souvenirs que j'en avais et c'était agréable de se sentir ailleurs, alors que toute la journée durant, j'avais fait une overdose de Rosebaie.

Je pris place sur une chaise haute libre, un peu à l'écart des autres clients, attendant tranquillement que le barman me remarque. Pendant ce temps, j'observais tout ce qui m'entourait, et notamment les visages. Je reconnaissais presque tous ceux que je croisais. Pour certains, je me souvenais d'eux comme de bébés, mais, tout comme moi, ils avaient grandi.

En six ans, bien des choses avaient changé.

Il y avait également dans la salle des personnes inconnues, mais c'était tout de même plus rare. Rosebaie n'aimait pas les étrangers. Les habitants se suffisaient à eux-mêmes et appréciaient leur tranquillité ainsi que leur solitude.

— Qu'est-ce que je vous sers ? cria une voix dans mon dos.

Je me retournai alors sur mon siège, prête à lancer ma commande, mais ma bouche resta ouverte.

— Oh ! bordel ! s'exclama le barman. Une revenante !

Refermant la bouche, je me repris et posai les mains à plat sur le bar, toujours aussi surprise.

— Mais qu'est-ce que tu fous ici ? demandai-je sans réussir à empêcher mes lèvres de s'étirer.

Nathan jeta une serviette blanche sur l'une de ses épaules et tourna ses mains vers le ciel, en regardant autour de lui.

— Tu es chez moi, ma belle.

— Tu as racheté le bar ?

— Il paraît, oui.

Il me montra toutes ses dents, tant son sourire était grand, il rayonnait de bonheur.

— Je n'y crois pas. Tu en as fait quelque chose de vraiment canon. Bravo !

Il me remercia puis perdit très vite son sourire et s'accouda au comptoir de son côté, pour se pencher un peu plus près de moi. Ses yeux marron me regardèrent gravement.

— Je suis désolé pour ton père, Yéléna... Je ne pensais vraiment pas que tu reviendrais un jour.

Je perdis mon sourire à mon tour et haussai les épaules.

— Et pourtant, me voilà !

Je ne voulais pas entrer dans les détails ou m'étaler sur ce sujet. Mon père ne devait pas gâcher ma soirée.

Nathan a été mon bras droit pendant toute mon adolescence et ce, jusqu'au jour où je suis partie. Nous avons traversé tant d'épreuves ensemble, fait mille bêtises, mais avons aussi été le soutien l'un de l'autre. Et il n'avait pas vraiment changé. Tout comme moi, il avait vingt-sept ans, mais il semblait que sa barbe avait oublié de pousser. Il avait toujours ce visage innocent, presque fragile ; pourtant, ses traits parfois non coordonnés lui donnaient un air d'homme. Il avait toujours été un peu étrange et ne faisait rien comme les autres - même grandir correctement, il ne savait pas le faire -, mais c'était sûrement la raison pour laquelle je l'appréciais autant.

— Pardonne-moi pour ce matin, me dit-il encore plus gravement en jouant avec son piercing qu'il avait à la lèvre inférieure. Je n'ai pas pensé à te chercher dans la foule au cimetière, mais si j'avais su que tu étais revenue, j'aurais regardé plus attentivement.

— Ne t'en fais pas pour ça. Tu ne m'aurais pas trouvée dans tous les cas, puisque je ne me suis pas présentée là-bas.

Il sembla attristé par mes paroles, sans que je ne comprenne pourquoi. Il connaissait tout de mon passé familial. Il n'y avait aucune raison qu'il se sente triste.

Surtout pas lui. Je fronçai les sourcils, mais j'étais presque certaine de ne pas avoir envie d'en savoir plus.

Je laissai tomber le sujet et enchaînai :

— Et toi qui voulais être un grand DJ ailleurs, tu es finalement resté ici ?

— Non. J'ai tenté ma chance, j'ai voyagé énormément, mais je suis revenu il y a environ deux ans. Ça n'a pas été comme je le voulais, mais j'ai quand même réussi à mettre assez de côté pour repartir de zéro ici. Ce n'est pas plus mal. Cette vie me plaît ainsi. Et toi ? Tu comptes rester longtemps ?

Je ne pus empêcher mon sourire lassé de s'étirer.

— Je crois que c'est la question que tout le monde se pose. Je ne peux pas indiquer le nombre de fois que j'ai entendu ça.

— La fille qui a foutu le feu à l'église par deux fois a marqué les esprits.

— Eh ! tu étais avec moi quand j'ai fait ça. Personne ne te diabolise, toi.

— Oui, parce que tu m'as couvert, c'est donc comme si je n'avais jamais été là.

Je pus presque voir une auréole flotter au-dessus de sa tête.

— Peu importe, lâchai-je finalement avec un haussement d'épaules. Tu as sûrement raison, personne n'a oublié, mais il n'empêche que presque toute la ville a défilé à ma porte en faisant preuve d'une gentillesse hypocrite.

Nathan s'esclaffa et acquiesça, en se frottant sa joue démunie de barbe.

— Bon retour à Rosebaie, où tout n'est qu'apparence.

Nathan fut appelé, alors il me fit une rapide grimace :

— J'ai des gens qui attendent, tu voudrais boire quelque chose ?

— Un gin tonic serait parfait.

Il acquiesça et avec un clin d'œil s'éloigna vers d'autres clients.

Je me retournai sur mon siège et coinçai mon sac sur mes cuisses avant d'observer la salle de plus en plus bondée. Un groupe d'hommes s'installèrent à une table en riant, et malgré la foule, c'était comme si chacun pouvait trouver une place. Je savais que tout n'était qu'apparence, mais tout le monde paraissait heureux d'être là. À Rosebaie.

Quand je me retournai, Nathan revint avec ma commande et me fit un signe de tête.

— Allons nous installer ailleurs, on pourra discuter, comme ça.

Je récupérai mon verre et le suivis de l'autre côté de la salle où la musique s'atténua, comme pour laisser un coin convivial dans lequel les discussions semblaient plus simples, sans devoir crier.

Nathan m'invita à m'asseoir à une table, ce que je fis.

— Comment est-ce possible ? demandai-je. Nous sommes dans la même salle, pourtant la musique est beaucoup moins forte ici.

— Tout est étudié pour que les gens trouvent leur compte. Je veux dire par là que certains viennent pour danser, se défouler et dans ce cas, ils iront à bâbord, les autres s'installeront dans la salle à tribord pour discuter et boire un verre ou deux.

Derrière Nathan, plus loin, parmi un groupe d'amis

venus pour se distraire, un homme me fixait de temps en temps, ce qui m'amena à la question suivante :

— Qui sont-ils ?

Nathan jeta un rapide coup d'œil et haussa les épaules.

— Ils sont arrivés un peu avant mon retour. Ce sont de bons gars, ils aident la ville et permettent de l'animer un peu aussi. On n'a pas souvent de nouvelles personnes qui emménagent ici, et des têtes inconnues ne font pas de mal.

— Et Rosebaie les a acceptés ?

— Il faut croire, oui.

J'avais toujours pensé que cette ville avait un problème avec moi uniquement. Mes soupçons se confirmaient. Avec une indifférence totale, je changeai de sujet en demandant plus de détails sur le parcours de Nathan. Pourtant, même si la discussion m'intéressait vraiment, mes yeux ne cessaient de revenir quelque part derrière mon ami.

J'avais l'habitude des dragues à distance, des jeux de regards et de cette incertitude dans les yeux d'un homme attiré par une femme, qui ne sait pas s'il peut engager une discussion sans se faire refouler. Pourtant, cet homme au regard sombre, aux cheveux châtain foncé et au corps bien dessiné sous son T-shirt qui marquait ses muscles, semblait différent. Chaque regard croisé montrait très clairement une hésitation, mais il ne m'observait pas comme s'il me désirait, ni même comme si je l'attirais.

C'en était presque vexant.

Restant concentrée un long moment sur Nathan, je fis abstraction de cette sensation d'observation, jusqu'au moment où Nathan prit congé.

— Je dois retourner bosser, tu m'excuses ? J'ai un serveur malade ce soir, donc j'essaye d'appuyer mon équipe.

— Je t'en prie, vas-y, je ne vais pas tarder non plus.

— Avant de filer comme une voleuse pour ne plus donner de nouvelles ensuite, préviens-moi, Yéléna, OK ?

— Promis.

Il me fit un sourire rassuré et me pressa l'épaule chaleureusement en passant à mes côtés.

— C'est bon de te voir à nouveau.

— Pour moi aussi, Renard.

Il rit du surnom affectif que je lui avais donné plus jeune, et qui était dû à ses nombreuses manigances pour ne jamais être pris quand nous faisions des bêtises, puis il me pinça la joue et s'éloigna en direction du bar.

Je le suivis du regard et fus surprise de voir l'homme qui m'avait observée le rejoindre telle une fusée. Peut-être que, finalement, il n'était pas intéressé par moi, mais par Nathan, ce qui expliquait le manque de conviction dans ses yeux.

Ça rassurait aussi un peu mon ego.

Je récupérai néanmoins mes affaires - qui n'étaient composées que de mon petit sac -, puis terminai mon verre d'un trait, avant de me lever pour filer. Ce n'était pas ce soir que je saurais si c'était l'air de Paris qui me donnait cette sensation d'être lassée par la vie. Je supposais que ce ne serait pas à Rosebaie que je pourrais découvrir si je m'étais seulement fatiguée des pénis des hommes de la grande ville, ou bien si mon problème était plus profond.

Un rire aigu traversa la salle, suivi par d'autres, plus

discrets. Comme bon nombre de personnes dans l'espace « tribord », je me tournai dans la direction du bruit et me figeai. J'eus pendant un instant la sensation d'être redevenue adolescente. Cette impression désagréable que quelque chose de mal allait se produire, exactement comme quand j'étais plus jeune et que je les croisais. J'avais été durant toute mon enfance l'objet de moqueries et de rumeurs infondées. J'avais grandi avec, je m'y étais accoutumée, pourtant cette partie de ma vie s'en était allée en même temps que moi six années auparavant. À présent, c'était comme si je n'étais jamais partie. La même fille désabusée, rebelle avec une carapace énorme, mais pourtant fragile refit surface.

Cette sensation fut brève, mais pourtant bien présente.

Je me repris rapidement et ignorai le groupe de gens que je venais d'apercevoir, qui avaient grandi tout autant que moi. Les choses avaient changé, j'espérais bien que les mentalités aussi.

Il était vraiment temps de partir.

Marchant à une allure normale, je refusais de penser à l'idée que j'étais en train de fuir. J'avais eu l'intention de rentrer avant même de les voir… Alors pourquoi avais-je la sensation que c'était exactement ce que je faisais ?

Sûrement parce que, comme lorsque j'étais plus jeune, une des filles présentes ne me loupa pas. Je vis le moment exact où elle me remarqua. Et ce fut tout juste comme un bon vieux remake de mon adolescence, exactement comme un automatisme, quand elle s'écria :

— Catina est donc vraiment revenue ? Je n'en reviens pas !

Je pris une grande inspiration, repoussant au loin la

fille que j'étais auparavant. Je n'étais plus cette personne dorénavant. J'avais grandi, et mon caractère s'était bien endurci.

Je croisai rapidement le regard de Camille. Toujours maquillée de la plus belle des façons avec un corps à tomber, elle n'était qu'une langue de vipère.

« Catina », ce surnom qu'elle m'avait affecté pour ne pas dire directement que j'étais une catin... et que finalement, tout le monde avait fini par reprendre. Je trouvais cela si ridicule aujourd'hui, alors que j'en avais tant été affectée plus jeune. Du coin de l'œil, je vis Nathan et l'homme avec qui il discutait s'interrompre. L'un comme l'autre entendirent ce que Camille venait de me dire et tous les deux se rapprochèrent, comme s'ils avaient senti l'embrouille. Je me tournai vers un couple d'amis buvant une bière. J'attrapai une des deux boissons en souriant au client et lui signalai :

— Je vous en repaye une.

Je continuai ma route et, quand je fus assez proche de Camille, je lui déversai la bière restante dans son décolleté.

— Réfléchis à deux fois avant de m'appeler comme ça à nouveau, dis-je avec un sourire forcé.

Poursuivant mon chemin, je croisai Nathan.

— Je t'en prie, offre-leur une nouvelle bière, je te la paye demain sans faute.

Il pouffa et me fit signe d'y aller, ce que je ne tardai pas à faire. Je quittai le bar avec l'image d'une Camille la bouche ouverte tel un poisson, et ris toute seule en retrouvant l'air frais du soir. Ce que j'avais fait était ridicule, mais c'était une sorte de vengeance pour toutes ces insultes et rumeurs que j'avais endurées à cause d'elle. C'était mesquin, mais ça faisait du bien. Je respirai profondément et savourai l'air tiède, presque frais de la nuit. Peut-être qu'en fin de compte ce retour n'avait pas que de mauvais côtés, surtout s'il me permettait d'enterrer mes vieux démons.

Plus légère, je marchais tranquillement dans les rues calmes de Rosebaie, quand quelqu'un m'interpella derrière moi et trottina dans ma direction.

L'homme aux yeux marron s'approcha et à mesure qu'il vint plus près, je me rendis pleinement compte à quel point ce type était tout à fait le genre d'homme qui mettait le feu dans le corps d'une femme sans trop forcer. Il avait cette aura dominante et un truc dans le regard qui percutait, peut-être même intimidait. Ce type était canon et sexuellement irrésistible.

— Excuse-moi de t'interpeller comme ça, dit-il d'une voix grave et ferme, qui collait parfaitement à son personnage. J'ai vu ce qui s'est passé dans le bar...

— Je n'ai pas besoin de preux chevalier, et encore moins de remontrance, l'interrompis-je en espérant couper court.

Il me regarda du haut de sa grande taille et un léger sourire se dessina sur ses lèvres. Ce type était fascinant.

— Je l'ai bien vu. Je n'ai pas le syndrome du sauveur et je ne me permettrais jamais de faire des remontrances à une inconnue.

J'acquiesçai, satisfaite. Je me remis à marcher, le beau brun à mes côtés.

— Je ne t'ai jamais vue auparavant, constata-t-il quelques secondes plus tard.

— Et tu ne me verras pas très longtemps, acquiesçai-je avant de lancer une perche pour tester la température. Ce serait dommage de ne pas en profiter.

Il me coula un regard scrutateur, se demandant sûrement si j'étais folle.

Je l'observai discrètement et appréciai chaque détail que mes yeux voyaient. Les pointes de ses cheveux châtains partaient dans tous les sens, retombant par endroits en bouclant, ses yeux marron foncé, hypnotisants, étaient ourlés de cils épais. Son regard était intense. Il avait une mâchoire bien dessinée, puissante, et une bouche qui appelait au péché. Je n'imaginais pas ce que ses lèvres pouvaient faire dans un baiser charnel. Ses bras étaient bien dessinés et, pour le peu que je voyais de ses mains, il semblait être manuel. Cet homme était sexy et je restai un instant bloquée sur ses lèvres pour lesquelles mon imagination se mit à carburer. Mon corps s'échauffa rien qu'à l'idée de ce que ses lèvres pouvaient faire.

Pitié, faites qu'il sache s'en servir !

Je n'avais plus qu'une hâte : lui retirer ses habits décontractés.

— J'ai une voiture garée non loin, tu veux que je te raccompagne ?

— Allons-y.

La vie était de mon côté pour une fois, car sa voiture était garée au fond du parking, du côté sombre. Il possédait un 4x4 rouge soit flambant neuf, soit très bien entretenu. Son style de voiture et ce qui se trouvait à l'arrière quand je montai du côté passager - des outils en tous genres - me firent penser que j'avais vu juste sur l'homme manuel qu'il pouvait être.

Espérons qu'il soit agile.

— Est-ce que je peux te demander ton prénom ? s'enquit-il en montant en voiture.

— Pourquoi ? On ne se reverra probablement pas, je ne suis que de passage.

— J'ai l'impression de t'avoir déjà vue.

— Non, ça m'étonnerait.

Il acquiesça et parut se forcer à faire partir les pensées qui l'habitaient. Il semblait presque déçu et j'eus peur que mon coup du soir se fasse la malle. Il voulut attacher sa ceinture, mais je l'arrêtai. Définitivement, cette soirée finirait à plat si je n'intervenais pas. Il m'observa, curieux, et avant qu'il ne prononce un mot, je demandai :

— Je n'ai qu'une question : es-tu marié ou as-tu une femme dans ta vie ?

— Je... Non, pourquoi ?

Je souris pour toute réponse et soulagée, je me penchai pour m'approcher de lui dans l'espoir de l'embrasser. En voyant son regard rempli d'incompréhension, je faillis rire. J'avais encore un peu d'appréhension parce que, bien sûr, il pouvait à tout moment m'éjecter loin de lui et refuser mes avances.

— Attends, dit-il en levant les mains comme pour ne pas me toucher. Qu'est-ce que tu fais ?

Je me penchai et l'embrassai, puis souris définitivement en le sentant me rendre mon baiser. Une de ses mains se posa sur mon épaule et j'appréciai le goût de ses lèvres.

Ses lèvres... Ce fut ce qui embrasa mon corps et je me demandai brièvement depuis quand il n'avait pas flambé aussi fort.

— Donne-moi ton prénom, dit-il entre deux baisers.

Je passai une main derrière sa nuque et l'embrassai plus profondément. Il parut oublier sa question, ce qui était parfaitement l'effet attendu.

Je sentis son désir faire écho au mien et grandir avec une vraie puissance. Petit à petit, il prit les choses en main et guida nos baisers, laissa courir sa main sur ma peau puis enleva doucement ma veste, m'embrasant férocement, tandis que mes doigts caressaient son visage, ses bras et son torse.

Une de ses mains pinça mon menton, comme pour demander une pause. Alors j'ouvris les yeux et trouvai son regard qui sembla sans fond, embué par un désir monstre.

— Donne-moi ton prénom, murmura-t-il à nouveau.

— Ce n'est vraiment pas important.

— Pour moi, ça l'est.

Je lui fis perdre l'esprit en glissant ma main sur sa cuisse, tout en remontant, mais il m'arrêta.

L'homme monstrueusement sexy n'en démordrait pas. J'étais têtue, mais il avait l'air de l'être plus que moi. Très bien, dans ce cas... Un prénom ne pouvait pas changer grand-chose.

Il se figea subitement en fixant un point sur ma peau.

Je me figeai en même temps que lui, me demandant ce qui semblait l'horrifier.

— Je le sentais, souffla-t-il doucement sans oser croiser mon regard.

— Quoi ?

— Yéliane.

Je me contractai, ayant soudainement l'envie et le

besoin de sortir de cette voiture. Je baissai les yeux sur l'endroit de mon corps qu'il ne voulait pas lâcher du regard. À l'intérieur de mon bras, le mot « Yéliane » était tatoué.

Je remis ma veste correctement, me demandant si j'avais oublié son visage. Pourquoi et comment me connaissait-il ? J'avais une bonne mémoire et il ne me disait pourtant rien du tout.

— C'est quoi le problème ? m'enquis-je avec méfiance.

— Tu es la fille de Marc.

Je me laissai tomber contre le repose-tête de la voiture et levai des yeux remplis de désespoir au plafond. Pourquoi, même mort, mon père continuait-il de me mener la vie dure ? Putain, ne pouvait-il pas enfin me laisser vivre et baiser comme je l'entendais et avec qui je voulais ?

Frustrée au plus haut point et relativement bien énervée, je terminai de refermer ma veste et ouvris la portière de la voiture.

— Tu es Néna, n'est-ce pas ?

— Je m'appelle Yéléna, et oui, je suis la fille de Marc.

Je descendis de la voiture, sur les nerfs, et l'entendis marmonner :

— Putain de merde, je viens d'embrasser la fille du grand-père de mon fils.

Je me figeai un instant, repensai au ver de terre, le feu ayant fui instantanément mon corps, ne laissant place qu'à un immense froid glacial.

Ce type canon avec cette bouche à se damner était papa ? Ce qui voulait dire que Marlène était sa femme.

— Pour un homme qui disait ne pas avoir de femme... Bravo la franchise.

Je claquai la porte sous son regard incrédule et marchai furieusement en direction de la maison.

Qu'est-ce qui m'arrivait, bon sang !

Je fusillai le ciel du regard et pestai intérieurement à l'encontre de mon père. Pourquoi ce dernier ne cessait-il de me pourrir la vie même après sa mort ? Et pourquoi la vie était aussi injuste ?

Le dernier homme qui avait produit presque autant d'effets sur mon corps, c'était Kévin - paix à son âme - et maintenant, c'était un père de famille sexy. Il avait un gosse. Un gosse !

Je détestais les gosses.

Et il avait probablement aussi une femme. Marlène, qui plus est.

Jamais je n'aurais dû revenir ici.

— Va te faire foutre, Rosebaie, grognai-je furieusement.

Chapitre 5

— Alors, c'est comment le retour ? demanda Jordan à l'autre bout du fil.

Pieds nus, je coinçai mon téléphone dans le creux de mon épaule et me préparai un café.

— C'est... terrible.

— J'imagine, oui. J'aurais vraiment souhaité pouvoir être là pour toi. Enterrer un parent n'est jamais simple.

— Non, tu as tout faux, Jodi. C'était la partie la plus facile.

Je l'entendis s'étrangler tandis que je restais subjuguée par le liquide noir qui coulait de la vieille machine à café.

— Qu'est-ce qui s'est passé ? s'enquit-elle alors après quelques secondes de silence.

Je lui fis un bref compte rendu de la soirée de la veille, terminant par la maison qui était un gouffre financier, et le restaurant familial qui n'était bon qu'à rester fermé définitivement.

— Je pensais au moins faire une affaire dessus, soupirai-je en m'affalant sur le canapé, mais non. Il faudrait que je retape entièrement la maison pour pouvoir en tirer quelque chose de pas mal, ça va être interminable. Et la fermeture définitive du restaurant prendra plusieurs semaines, voire des mois.

— Qu'est-ce que je peux faire pour toi ?

Je souris et secouai la tête en sachant qu'elle ne pouvait pas le voir. J'étais attendrie par son attention, mais à ce stade, il n'y avait pas grand-chose à faire. J'allais finir pauvre, sans maison et sans job.

— À moins que tu ne trouves un super-héros qui puisse me sortir de cette galère et surtout de cette ville, il n'y a rien à faire.

Après quelques secondes de réflexion, je tentai :

— Tu pourrais néanmoins regarder les tarifs pour la rénovation de la maison ?

— Bien sûr. Envoie-moi les infos sur son état et ton budget.

— Je te fais ça par mail, dis-je en grimaçant - je m'en voulais de lui demander encore un service. Merci, Jodi.

Je raccrochai en soupirant. J'avais assez économisé pour plusieurs mois, mais cet argent de côté s'était déjà bien liquidé avec le coût de l'enterrement. Assurément, je pouvais tenir quelques mois, mais j'allais devoir tout revoir si j'entamais les travaux pour la maison avant que l'argent de l'assurance vie ne soit débloqué... Ça pourrait durer une éternité, sans parler de me serrer la ceinture pour réussir à me maintenir à flot.

J'aurais aussi pu refuser la succession. Seulement, j'avais le sentiment de devoir clore tout ce qui appartenait à mon passé de mes propres mains.

En pleine réflexion, j'étendis les jambes sur le canapé et appréciai le courant d'air frais du matin qui entrait par la baie vitrée.

— Salut, Néna !

J'ouvris les yeux instantanément, et observai avec attention le plafond blanc.

— Pitié, murmurai-je. Que ce ne soit qu'un mirage et que le monstre ne soit pas vraiment là.

— Tu parles toute seule ? T'es bizarre.

J'eus un rire nerveux et tournai doucement les yeux vers la porte vitrée, où le monstre se trouvait. Son regard marron clair pétillants et son sourire m'indiquaient qu'il semblait content d'être venu me dire bonjour.

Il était à l'intérieur…

— On ne t'a jamais appris à frapper avant d'entrer ?

— Je ne frappe jamais pour venir chez papy Marc.

— Eh bien, il va falloir que tu apprennes.

Je retournai à la contemplation du plafond, et entendis deux « toc » frappés doucement sur la vitre.

— J'ai toqué.

Je soupirai et me levai.

— Bien, réessaye comme ça…

Je lui fis signe de sortir sur la terrasse. Il écouta docilement, puis je fermai la porte-fenêtre une fois qu'il fut dehors. Dans la foulée, je fermai les légers rideaux blancs transparents, puis allumai la radio sur la vieille chaîne hi-fi, avant de monter le son. Le monstre toqua à la fenêtre et je le vis placer les mains en visière autour de ses yeux comme pour mieux voir à l'intérieur. Je l'ignorai cependant. Il avait beau avoir une bouille d'ange, cela ne changea en rien le fait que je ne supportais pas les enfants.

Et lui, était flippant parfois.

Me sentant observée, je quittai le salon et montai

pour prendre une longue douche. J'attachai mes courts cheveux noirs à l'aide de barrettes et, pour la première fois depuis longtemps, je ne fis pas vraiment attention à mon apparence. J'enfilai un pantalon carotte sombre qui s'arrêtait au-dessus des chevilles, et un débardeur tout aussi sombre. Je ne pris pas la peine de me maquiller. J'observai mon reflet dans le miroir et si pendant longtemps j'avais voulu ressembler à une fille de la grande ville, aujourd'hui, je ressemblais à une fille de la campagne déguisée en fille de la ville. Je ne savais cependant pas si c'était parce que je négligeais mon apparence, ou parce que j'étais de retour à Rosebaie.

En descendant au salon, je me figeai en voyant le monstre, toujours dans la même position, les mains en visière contre la vitre pour mieux observer l'intérieur.

Je jurai que ce gosse me foutait les jetons.

Je récupérai mon sac, enfilai rapidement des baskets et attrapai des clés dans la boîte prévue à cet effet dans le sas de l'entrée, avant de quitter la maison sans un regard en arrière. Il n'y avait pas de temps à perdre, pour fuir Rosebaie au plus vite, je me devais de ne pas procrastiner.

La Glacière, le restaurant qu'avait tenu mon père, se trouvait tout près du lac, où durant l'été, les touristes s'amassaient afin de se baigner. L'été était le seul moment où Rosebaie paraissait plus agréable. Les habitants de cette ville appréciaient les nouvelles personnes uniquement quand ils savaient qu'elles repartaient rapidement. Au passage, si elles dépensaient assez d'argent pour remplir les poches des commerçants, ils n'en étaient que plus satisfaits.

La haute saison n'était pas encore arrivée. Cependant, je m'aperçus en traversant le centre-ville - qui semblait être figé dans le temps, avec les mêmes magasins que dans mon souvenir - que tous se préparaient à accueillir l'été.

J'arrivai devant le restaurant de mon père en sueur. Il faisait chaud et retrouver l'ombre des arbres me fit soupirer. Plus jeune, c'était ici que je passais mes journées, même après l'école. Jusqu'à ce que j'arrive en fin d'adolescence, ça avait été mon repaire. Mon père travaillait, pendant que je mangeais et profitais du lac avec Ariane. Un large chemin graveleux descendait jusqu'à une plage artificielle, permettant aux gens de se baigner, mais également de rejoindre le coin pêche, ou celui des bateaux, pédalos, et jet-skis. Tout était fait pour que les touristes s'amusent, mais aussi les personnes locales. Même si le nombre d'habitants augmentait de manière remarquable en été, au fond, Rosebaie était cette petite ville simple, où la vue était magnifique entre lac et montagne et où les locaux ne se mélangeaient pas vraiment.

Je quittai l'horizon bleu entouré de ce rose qu'on pouvait retrouver un peu partout et, prête à entrer dans le snack, je remarquai un peu plus loin un cours de boxe à l'extérieur. Ce devait être un module réservé aux femmes, car il n'y avait pas l'ombre d'un homme à l'exception du prof.

Lorsque j'entrai finalement dans le snack, les souvenirs me vinrent en tête comme si c'était la veille. J'ouvris toutes les fenêtres pour retirer cette odeur de renfermé qui flottait dans la salle où tout était exactement comme dans mon souvenir : des tables en bois laqué, des bancs en cuir anciens et abîmés, un comptoir en marbre crème. Les vieilles machines à café et à sorbet semblaient vides, tout comme les frigos. Qu'est-ce que mon père avait voulu en faire ? Qu'allais-je moi-même en faire à présent ?

Je supposais que le plus intelligent serait de revendre l'enseigne au plus offrant ou de la transformer pour la rendre plus moderne, mais ce fut la première idée qui me parut être la meilleure.

Je me rendis alors dans le bureau, à côté de la cuisine et du garde-manger. L'odeur de renfermé était encore plus forte ici. Je m'empressai d'ouvrir l'unique petite fenêtre en hauteur et laissai la porte d'entrée ouverte pour effectuer un courant d'air. Tout était recouvert de poussière alors je récupérai le cahier de comptes et retournai dans la salle où je m'installai sur une chaise haute du comptoir. Je me mis à chercher ce qui avait amené ce restaurant à être aussi en déficit.

Mon père n'avait engagé personne pour le remplacer. Tout allait bien et soudainement, plus aucune rentrée d'argent. Il n'avait pas su ou pas voulu sauver son commerce. Peut-être avait-il pensé qu'il pourrait rattraper le coup, ou qu'il reviendrait. Mais l'électricité fonctionnait encore, les frigos aussi, sans compter les taxes foncières et autres cotisations qui continuaient à tomber. Les murs du snack avaient beau appartenir à mon père, cela n'empêchait pas que les factures s'étaient accumulées.

Je refermai le livre après avoir fait des tonnes de calculs.

Pour que La Glacière puisse être revendue à bon prix,

il fallait un chiffre d'affaires plus important et dans l'immédiat, c'était mal parti.

— Bonjour !

Je relevai le visage et vis un colosse entrer ; il semblait prendre tout l'espace. Il était si grand et son regard en amande si insondable, que je me méfiai instantanément.

— Bonjour, répondis-je d'un ton neutre.

Il avança de quelques pas dans la grande salle et observa autour de lui comme s'il découvrait l'endroit. Pourtant quelque chose dans son regard m'indiqua qu'il connaissait très bien ce snack. Surtout quand une lueur de tristesse traversa ses prunelles aussi sombres qu'un gouffre sans fond.

— Je viens pour me présenter. Je suis Éden. Tu dois être la fille de Marc. On a été voisins pendant quelques années ici. Je suis coach sportif à quelques mètres de là. Je suis désolé pour ce qui est arrivé à ton père. C'est moche, et c'était quelqu'un de bien.

Une caractéristique avec Rosebaie : tout le monde s'y tutoie toujours, comme si c'était totalement normal.

Je haussai un sourcil en le fixant pendant plusieurs secondes. Cela le mit mal à l'aise. Je décidai de répondre quand il frotta l'arrière de son crâne presque rasé.

— Tu penses vraiment que mon père était quelqu'un de bien ?

— Oui. En tout cas, il ne faisait jamais de bruit, toujours dans la gentillesse et la rigolade. En un sens, il prenait soin de nous. J'admets que les sorbets qu'il nous offrait, à mon équipe et moi, faisaient toujours plaisir.

J'acquiesçai en me forçant à sourire et le remerciai, avant de finalement me présenter.

— Je suis Yéléna et je te proposerais bien quelque chose à boire ou à manger, mais disons que tout est vide par ici.

— Je comprends, surtout que ça fait plusieurs mois que le snack est fermé. Tu comptes le rouvrir ?

Je soupirai et répondis en haussant les épaules.

— Je ne sais pas du tout ce que je veux faire de ce restaurant.

— C'est encore tôt pour y penser. En tout cas, si tu as besoin d'une aide, par exemple pour porter des choses lourdes, ou n'importe quoi d'autre, je ne suis pas loin, donc n'hésite pas, dit-il avec une pointe d'humour en gonflant son biceps droit. Sauf le ménage. C'est bien une chose dont je ne suis pas fan.

Je ris cette fois de manière authentique et le remerciai à nouveau avant qu'il ne s'en aille.

J'appelai alors la personne en qui j'avais le plus confiance.

— Je n'ai pas encore ce que tu m'as demandé.

— Non, je ne t'appelle pas pour ça, Jodi. Je patienterai le temps qu'il faut, ne t'en fais pas.

À l'autre bout du fil, il y eut quelques frottements, comme si elle mangeait le micro, puis j'entendis une porte claquer.

— Tout va bien de ton côté ? m'enquis-je curieuse.

— Oui, ça va. Je suis sortie du bureau pour prendre l'air. Ils sont en train de recruter quelqu'un pour ton poste, et en attendant, je fais tout le sale boulot du boss. J'ai espoir que tu m'appelles pour me donner de bonnes nouvelles. J'ai besoin que tu me sortes de là. Trois jours sans toi, et c'est la catastrophe.

— Aïe... Je suis désolée. Je pense toujours que le mieux serait pour toi de continuer ton chemin à l'agence.

— Je vais patienter et voir ce que ça donne, mais je n'y crois pas. Je te dirai. Pour ce que tu m'as demandé tout à l'heure, je vais t'envoyer un mail avec toutes les infos dont j'ai besoin.

— Merci, Jodi. Dans l'immédiat, j'ai besoin de conseils.

— Je t'écoute.

Je pris une longue inspiration et tentai de mettre mes idées en place avant d'exposer :

— J'ai sur les bras une maison qui mérite d'énormes travaux d'entretien comme tu le sais, ainsi qu'un restaurant à l'abandon en quelque sorte. Et... je ne sais pas quoi faire. Je crois que je me sens perdue.

— Laisse-moi te rejoindre, à deux, on y voit toujours un peu plus clair.

— Ne quitte pas ton job pour venir ici. C'est non.

Je l'entendis marmonner des choses incompréhensibles, puis se racler la gorge.

— Je pourrais toujours prendre un long congé... Mais d'accord, je les garderai en cas d'urgence.

Je griffonnai sur le coin d'une feuille blanche, le sourire aux lèvres. Jordan était l'unique personne qui savait m'attendrir. Son cerveau tournait toujours à mille à l'heure et elle avait sans cesse la clé de tous les verrous qui se présentaient à moi.

— Alors, tu connais ma méthode, reprit-elle. Fais la liste des pour et des contre. Étudie les possibilités que ces nouvelles cartes t'offrent, exactement comme tu le faisais avec un nouveau contrat. Commence par là, n'y mêle aucun sentiment personnel. Regarde ce problème d'un œil détaché. Je sais que tu aimes les challenges, tout ça... et c'est un énorme challenge. Je ne connais pas l'état du restaurant, ni celui de ta maison, mais je te connais, toi, Yéléna. Et tu ferais un chiffre exceptionnel si tu revendais le restaurant après l'avoir remis sur pied. Si tu me permettais de venir et d'être embauchée, tu verrais combien je pourrais être utile.

Je ris en secouant la tête, ce qu'elle ne pouvait pas voir. Elle était incorrigible, mais en aucun cas je ne voulais qu'elle quitte un emploi stable pour... cette ville, qui ne méritait pas une fille comme elle.

— Je vais faire la liste des pour et des contre pour commencer.

— C'est une bonne idée, appuya-t-elle avec le brin de fierté qu'elle avait toujours quand je suivais ses conseils. Est-ce que ça va aller ?

— Je n'ai pas vraiment le choix. C'est juste... trop de changement en trop peu de temps, et j'ai la tête pleine.

— Sache que mes valises seront prêtes quand tu auras besoin de moi à tes côtés.

— Je ne te le dis pas assez, mais tu es la meilleure.

Elle me raconta les ragots de ces derniers jours et notamment ce qui s'était passé après mon départ. Mon patron n'avait pas apprécié et faisait profil bas. Je ris beaucoup, et m'excusai aussi quand elle m'avoua qu'il se vengeait un peu sur elle. Mais surtout je la remerciai à nouveau, car cette discussion était tout ce dont j'avais eu besoin.

Quand je raccrochai, je sus alors ce que je ferais sans même peser les pour et les contre. J'aimais les challenges, mon seul frein était que tout ça se trouvait à Rosebaie.

Mais peu importait. J'allais faire mon bout de chemin et réussir ce nouveau défi, puis je ferais mes bagages. Pour le moment, je n'avais aucune idée de l'endroit où cela me mènerait ensuite, mais j'avais à présent un objectif. Cela me laisserait au moins le temps de me retourner, de mettre mes idées en ordre et de décider ce que je ferais par la suite. Le restaurant me prendrait du temps, et je pouvais dire au revoir à un quelconque revenu, mais ce n'était qu'une question de semaines ou de mois avant de pouvoir tout revendre et faire un adieu définitif à cette foutue ville.

Rosebaie et ses habitants pouvaient aller se faire foutre. Ça ne durerait pas, mais pour l'instant, je comptais bien rester encore un moment.

Chapitre 6

Avoir un projet, c'était la clé de toute chose pour avancer dans la vie. Se fixer un point et avancer dans sa direction jusqu'à atteindre son objectif, et recommencer. C'était exactement le processus que j'avais toujours suivi après mon départ pour Paris, ou quand la vie m'avait malmenée en général. C'était ma manière à moi de ne pas abandonner.

Assise sur une chaise haute du Boat, un diabolo grenadine à mes côtés et des tonnes de papiers sur le bar, je fixai Nathan, qui se trouvait de l'autre côté, d'un regard incertain.

— Tu penses que c'est faisable ?

Ses sourcils épais semblaient vouloir ne former qu'une ligne, tant mon ami les fronça. Il étudia mon plan financier d'un œil curieux et concentré, avant de redéposer les papiers sur le comptoir.

— Je suis nul avec les chiffres.

Je lâchai un râle assez fort pour que les quelques visages alentour se tournent dans notre direction.

— Tu tiens un pub avec une caisse et tu as des rentrées d'argent que tu dois déclarer, comment tu peux dire que tu es nul avec les chiffres ?

— J'ai un comptable.

Je laissai retomber mes mains lourdement de chaque côté de mon corps, découragée. Nathan n'avait pas changé. Il rit de bon cœur et se pencha par-dessus le comptoir pour me prendre par les épaules.

— Je plaisante, Yéléna. Ton business plan tient franchement la route, et puis c'est bientôt la haute saison, avec les touristes, c'est sûrement la meilleure période pour remettre La Glacière à flot. Ce sera compliqué financièrement les premiers mois avec les factures en retard, mais ça ira. Et si tu as besoin d'aide, je serai là.

Je lui offris un sourire reconnaissant. Nathan m'avait manqué. Il dut lire dans mes pensées, car il sourit et balança son torchon sur l'épaule avant de me dire :

— Tu m'as manqué aussi, la terreur.

Nathan m'observa un instant, jouant avec son piercing à la lèvre inférieure, comme hésitant à me dire le fond de ses pensées. Il tordait toujours sa bouche d'un côté quand il se retenait de faire quelque chose, alors je plongeai mes yeux dans les siens et haussai un sourcil en patientant. Il ne tarda pas à lâcher :

— Pourquoi tu ne m'as jamais téléphoné ?

— Ah, soufflai-je en détournant la tête, comme pour fuir cette conversation.

Je détestai devoir me justifier, surtout quand j'avais tort, et c'était le cas avec Nathan. L'homme avec qui j'avais passé mon enfance et qui m'avait toujours aidée à n'importe quelle heure du jour ou de la nuit. Il avait toujours été là, quand moi… j'avais fui en le laissant ici. Sans un mot.

— Je suis désolée. Je suis partie sans rien d'autre que

mes papiers d'identité, un peu d'argent et quelques vêtements. Je n'ai pas pris de téléphone et je n'avais pas ton numéro en tête.

— M'aurais-tu appelé, si tu l'avais eu ?

Je gardai le silence pour toute réponse.

— Viens avec moi, m'invita-t-il après un soupir. J'ai besoin de m'aérer un peu la tête.

Je m'en voulais de revenir dans sa vie pour remuer certaines choses que j'aurais voulu enterrer pour toujours. Je savais que je l'avais blessé, et c'était plus dur à affronter que je ne l'aurais pensé.

On marcha doucement dans les rues légèrement mouvementées en cette fin de journée. Le Boat se trouvait près de la sortie de la ville et j'eus la surprise de voir que Rosebaie s'était agrandie, avec de nouvelles habitations et de nombreux magasins, plus modernes et plus attractifs. Je fus fascinée par ce changement, me disant que finalement, cette ville aussi avait évolué à sa manière.

— Je devrais te remercier, avoua Nathan en marchant à mes côtés.

Il passa une main dans mon dos et m'indiqua un banc isolé.

Ce vieux banc. Le seul et l'unique.

Celui sur lequel nous avions passé des heures interminables à échafauder nos terribles plans et refaire le monde avec des « si », ou à boire de l'alcool et fumer des cigarettes en cachette. Je n'avais jamais compris le concept de ce banc, placé au bord de la route, faisant face à un terrain en friche laissé à l'abandon depuis des dizaines d'années.

— Comment ça, me remercier ? demandai-je une fois que nous fûmes assis.

— Ton départ a été un choc pour moi. Avec le chaos de ce qui s'est passé... Tu as toujours été ma moitié, Yéléna. Du plus loin que je me souvienne, on a toujours été ensemble. Tu me sauvais du harcèlement des autres, et moi de ta famille toxique. Ton départ a été un putain de choc où j'ai perdu tous mes repères.

C'était douloureux à entendre. Mes yeux se perdirent quelque part dans les hautes herbes, le remords m'enveloppait telle une couverture.

— Mais si tu n'étais pas partie... continua-t-il, son doux visage enfantin tourné vers le ciel. Je n'aurais jamais eu le courage de partir aussi. Grâce à ça, j'ai vécu des choses qui m'ont fait grandir, qui m'ont aussi sorti de cette ville devenue trop étouffante à l'époque. Alors ça a été un mal pour un bien.

J'osai affronter son regard marron profond et alourdi par ses épais sourcils, dans lequel je ne trouvai aucune rancune, juste une affection certaine.

— Je suis désolée, Renard. J'étais... Je ne... pouvais pas rester ici. En partant, j'ai été égoïste, mais à aucun moment je ne t'ai oublié.

Il passa un bras autour de moi et me ramena contre lui. Comme à l'époque, je posai ma tête sur son épaule, plus résistante qu'alors. Et comme avant, on se réconforta mutuellement. En silence.

Après quelques minutes sans un mot, qui agirent comme un pansement sur chacun de nous, je me redressai et déposai un baiser sur sa joue lisse.

— Merci d'être toujours là.

— C'est normal.

Il se leva et mit les mains dans ses poches en me faisant face.

— Il faut que j'y retourne pour préparer le service du soir. Mes serveurs tombent tous malades, ces derniers jours.

— Ils te laissent juste travailler un peu plus.

— Ça doit être ça, acquiesça-t-il amusé.

— Est-ce que je peux reprendre ton numéro ?

Il sortit son téléphone et me le tendit pour que j'y note mon numéro, ce que je fis avant de le lui redonner.

— Je te verrai ce soir au bar ? s'enquit-il en remettant ses mains dorénavant tatouées dans ses poches.

— Je passerai peut-être, oui.

Il acquiesça et on rebroussa chemin jusqu'au Boat, où je récupérai mes tonnes de papiers.

Avant de partir, Nathan m'interpella :

— Yéléna ? Je suis vraiment heureux de te revoir ici.

— Moi aussi.

C'est en souriant que je quittai le Boat. Il n'y avait jamais rien eu entre nous de plus qu'une amitié fusionnelle bien que platonique.

Je rentrai à la maison les mains coincées dans les poches de mon pantalon, un large sac suspendu à mon épaule. Je mangeai comme un ogre en fin d'après-midi et me rendis compte que la moitié des plats que les habitants de cette ville m'avaient apportés finiraient à la poubelle. J'avais beau avoir de l'appétit, je ne pouvais définitivement pas tout avaler en quelques jours.

Mon téléphone réglé sur « silencieux » vibra sur le

plan de travail de la cuisine. Je m'essuyai les mains et le récupérai, faisant miauler Le Chat qui se trouvait affalé non loin. Je lui fis une grimace et décrochai.

— Ça te dirait de venir en renfort au Boat ?

— Tu me proposes un job ? répondis-je en reconnaissant la voix de Nathan.

— Un de mes serveurs vient de m'appeler et est aussi malade. C'est donc tendu pour mon équipe, et je ne vais pas avoir le temps de trouver quelqu'un en intérim. Le salaire n'est pas mauvais, la musique est sympa avec un bon DJ, et il y a une très bonne ambiance.

— Plutôt tentant, mais j'accepte à une seule condition : je peux cracher dans le verre des gens exécrables ?

Un gros éclat de rire se fit entendre de l'autre côté.

— C'est de ma réputation qu'il en va, mais je suis assez désespéré pour accepter.

— Je plaisantais. Je serai là dans trente minutes, ça te va ?

— Parfait. Merci, Yéléna !

Je me changeai pour un pantalon plus confortable, sombre, taille haute, ainsi qu'un T-shirt bleu ciel avec un col en V. J'étirai mes cheveux en arrière avec des barrettes, et mis juste quelques touches de mascara et d'anticernes pour masquer mon visage fatigué. Enfin prête, j'enfilai des baskets à talons plats, puis passai un long trench avant de partir.

En arrivant au Boat, je m'aperçus que l'ambiance était bien différente de la dernière fois que j'étais venue. L'entrée était, ce soir, payante, et les gens faisaient la queue jusque dans la rue.

Waouh, me dis-je sans comprendre ce qui se passait.

Le pub/discothèque de Nathan fonctionnait vraiment bien, ce qui me rendit joyeuse.

Je longeai la file d'attente et me présentai au vigile à l'entrée qui filtrait et fouillait les gens. Il acquiesça lorsque je donnai mon nom, et je me sentis instantanément privilégiée de ne pas avoir à faire la queue, même si c'était pour venir en renfort.

Nathan m'attrapa le bras presque à la seconde où j'entrai.

— Pour commencer, me dit-il à toute vitesse, tu peux aider Louise à l'encaissement, elle va t'expliquer sur le tas. Quand le plus gros du flux sera entré, rejoins-moi au bar en bas. OK ?

J'acquiesçai sans dire un mot, me demandant dans quel genre de bourbier je venais de me fourrer.

Louise m'expliqua brièvement le fonctionnement simplissime des différentes machines d'enregistrement et de la caisse, avant que je ne me lance seule. Le bal des clients qui défilaient sembla s'éterniser un long moment. Les manipulations étaient toujours les mêmes, alors je m'adaptai en me trompant plusieurs fois au début, mais je finis par prendre le pli plus vite que je ne l'aurais pensé. Ce ne fut que lorsque le flux ralentit quelque peu que je me tournai vers ma collègue du soir.

— La dernière fois que je suis venue, c'était assez calme et l'entrée était gratuite. Tout ce monde, c'est parce que nous sommes le week-end ?

— L'entrée payante, oui. Tout ce monde, non, répondit-elle en rangeant des vêtements dans le vestiaire. C'est habituel quand il y a des soirées avec des événements particuliers. Je vais pouvoir gérer, maintenant. Ce doit être la folie en bas, tu peux y aller !

— De quels événements tu parles ? m'enquis-je, mais Louise était déjà retournée avec un autre groupe de clients.

Je haussai les épaules et quittai l'entrée pour rejoindre l'escalier qui descendait au sous-sol. Je savais que beaucoup de clients étaient entrés, mais je ne m'en rendis vraiment compte que lorsque j'arrivai dans la salle. En haut des marches, je pus voir combien ça fourmillait.

Je me faufilai entre les gens, et arrivai au bar en sueur.

— Comment je te rejoins ? criai-je à Nathan quand j'arrivai avec peine à sa hauteur.

— Saute !

— Hein ?

Il rit et me désigna un endroit sur le côté pour que je le suive en contournant le bar. Nathan fit alors coulisser une trappe, qui me permit de le rejoindre au centre.

— On va la jouer en équipe, m'indiqua-t-il à toute vitesse. Tu prends les commandes et l'encaissement, je prépare les boissons et cocktails. Pour les commandes simples type eau, soda, tout se trouve en dessous du comptoir dans les frigos. Pour tout le reste, prends l'argent, balance-moi les commandes et souviens-toi pour qui elle est. Prête ?

Non, me dis-je le cœur battant tout en acquiesçant docilement.

— Ça va aller, ne t'en fais pas, dit-il moqueur, avec un grand sourire.

J'observai la vague humaine partout autour du bar et flippai instantanément. Alors je me mis à rire sans pouvoir m'en empêcher. Je me sentis comme Violet dans *Coyote Girls* et me rendis compte que j'étais bel et bien dans la même merde.

Triple flûte !

— Un daïquiri et un gimlet, s'il vous plaît ! me hurla un client.

— Quoi ? fis-je en retour.

Il répéta, mais je ne fus pas sûre d'avoir bien entendu. Je me tournai alors vers Nathan qui, totalement à l'aise, préparait avec agilité et rapidité d'autres commandes.

— Un waïkiri et un gilet.

Nathan explosa de rire et me répéta correctement le nom des cocktails avant de tapoter ses lèvres pour m'indiquer de lire sur celles des clients.

— Oui, oui, facile à dire.

Les commandes arrivèrent de toutes parts, j'étais ensevelie, me trompais sans cesse de clients, mais ce fut comme s'il était inscrit « débutante » sur mon front, car les gens furent assez compréhensifs, ou bien la musique était trop forte pour que je puisse entendre leurs plaintes. Le plus simple fut l'encaissement, au moins mon cerveau pigeait ce que je devais faire. La compréhension orale, ce soir, m'était impossible et je ne connaissais aucun de ces foutus cocktails. L'argent était donc la seule chose que je maîtrisais vraiment.

Une catastrophe. Je me sentais perdue dans un bassin de requins.

Les commandes s'enchaînèrent, les minutes et les musiques aussi. Je n'avais plus de tympans, ni même de voix à force de hurler le total des commandes. Je haïssais les personnes avec de la monnaie et bénissais ceux qui préféraient payer par carte bancaire.

Après de longues heures, je finis par prendre du plaisir. J'avais mal aux jambes, mais le flux s'atténua un peu, me permettant de ralentir et par la même occasion d'apprécier la musique qui se jouait. J'encaissais en dansant, et me rendais vers d'autres clients en chantonnant. Finalement, ça n'était pas aussi catastrophique que je l'avais pensé.

— Je vais devoir te laisser, m'annonça Nathan. Je dois aller sur scène.

— Quoi ? Non ! Je ne peux pas gérer seule !

— Chloé prend mon relais, continue comme on vient de faire, mais avec elle ; ça ira.

Ladite Chloé me fit un signe de tête et tapota l'épaule de Nathan qui passa sous le bar pour disparaître dans la foule.

Les commandes continuèrent de manière très régulière. Je n'avais pas une minute de pause, et le binôme avec Chloé fut très efficace. Je n'avais pas le temps de copiner et ne le souhaitais pas. Nous effectuions notre travail sans perdre un instant. Simple et efficace.

À minuit, l'ambiance changea légèrement. Les gens semblèrent quitter le bar pour se tourner vers la grande scène. Curieuse, je tentai de percer les ténèbres, quand des tonnes de lumières s'allumèrent. La musique changea et j'aperçus Nathan faire ce qu'il faisait le mieux : jouer avec la musique, créant une ambiance de folie. Les gens étaient si réceptifs, c'était impressionnant. Il avait réellement fait de cet endroit son rêve d'enfant : être DJ avait toujours été sa passion.

Il anima alors la soirée, et présenta un artiste que je ne connaissais pas, mais qui avait l'air d'être connu dans le coin, car tout le monde l'accueillit à coups de cris et d'applaudissements.

La star des ploucs, pensai-je, moqueuse, avant de me laisser prendre et d'apprécier à mon tour ce qui se passait sur scène.

Le calme se fit un peu autour du bar et je me permis de boire un grand verre d'eau.

— C'est tous les week-ends comme ça ? m'enquis-je auprès de Chloé qui acquiesça au rythme des basses de la musique.

Des tonnes de piercings sur le visage, elle arborait également des tatouages aux différents endroits de son corps qui m'étaient visibles, comme les mains, le cou, le dos et les mollets. Ses cheveux bruns courts et bouclés semblaient indisciplinés, ses yeux marron bien trop maquillés étaient joyeux et, si son visage ne paraissait pas harmonieux, elle était jolie à sa façon.

— C'est toujours la folie quand Nathan anime une soirée, m'expliqua-t-elle en criant. Ou comme ce soir, quand il y a des artistes qui se produisent. Mais ce n'est rien comparé aux soirs de bagarres.

— Aux quoi ?

— Si t'es encore là le week-end prochain, tu devrais venir voir ça. Ce sera le début de l'été, ça va être de la folie.

J'acquiesçai sans vraiment comprendre ce qu'elle disait.

— Je pourrais avoir une bière, s'il te plaît ?

Je me tournai vers l'homme que je reconnus facilement comme étant celui avec qui je m'étais retrouvée dans une voiture. Je fixai un instant cette bouche charnue et si parfaite qui m'avait fait dériver l'autre soir, avant de détourner la tête.

Foutu menteur.

Je récupérai une petite bouteille que je décapsulai avant de la poser en la claquant fortement sur le comptoir. Comme depuis le moment où il avait passé sa commande, il me fixa de manière insondable, ses cils recourbés lui donnant un air presque innocent, avant de payer son dû. Sans me laisser démonter, je le fixai en retour.

— Fais attention à ta conso d'alcool. Ton fils pourrait en pâtir un jour.

C'était nul, et je n'avais pas la moindre idée de la raison pour laquelle je lui avais balancé ça, mais je supposai que je n'avais pas digéré le fait qu'il m'ait menti alors que je lui avais demandé de but en blanc s'il avait quelqu'un dans sa vie. Au fond, je m'en fichais d'être une maîtresse d'un soir : je n'avais absolument pas à me justifier pour quoi que ce soit ou tout simplement à cause d'un homme qui ne savait pas garder sa braguette fermée, mais je n'aimais pas le mensonge. Je restai plantée à le fixer et il fit de même, jusqu'à ce que d'autres commandes affluent. Alors je me rendis dans tous les sens, faisant des allers-retours, mais lui ne bougea pas et, chaque fois que mes yeux retournèrent dans sa direction, il avait les siens sur moi.

La bonne nouvelle, c'était que plusieurs hommes me laissèrent leur numéro de téléphone. C'était un nouveau jeu qui m'amusa beaucoup. Je mis chaque numéro dans mon soutien-gorge : à gauche pour ceux qui me plaisaient, à droite pour les autres. La mauvaise nouvelle, c'était qu'en fin de nuit, les six numéros récupérés se trouvaient collés à mon sein droit.

Que pouvais-je bien attendre de cette maudite ville ?

— C'était complètement fou, ce soir, lâchai-je avec un soupir de soulagement quand la discothèque se vida.

J'étirai les jambes et les bras, épuisée. Depuis combien de temps n'avais-je pas fait de nuit blanche ? J'allais probablement le sentir au réveil, à une heure incertaine dans la journée.

— Merci mille fois, Yéléna, me dit Nathan en me serrant contre lui brièvement.

— Je t'en prie, mais va prendre une douche, tu pues.

Il éclata de rire et me fouetta à l'aide d'une serviette. Je jurai, n'ayant pas la force de tenter d'échapper à son attaque, et repris en frottant ma cuisse douloureuse :

— En tout cas, ce que tu as fait était génial. Je suis ravie de t'avoir vu te produire, tu as rendu les gens heureux et l'ambiance était folle.

— Les clients sont principalement venus pour les artistes qui sont passés, mais j'aime l'idée de rendre la soirée encore plus attrayante avec mes platines.

— Ne l'écoute pas, intervint Chloé. La plupart des gens reviennent chaque week-end parce qu'ils savent qu'il y a un bon DJ, ici. Nathan est juste un peu trop modeste.

J'acquiesçai, la croyant assurément.

— Je vais rougir, marmonna le concerné en riant avant de se tourner dans ma direction. Ta nuit est finie, va te reposer, tes yeux sont rouge sang. Si tu veux, récupère tes affaires, et attends-moi, je te raccompagnerai.

— Ne t'inquiète pas pour moi, ça va aller. Qu'est-ce qui pourrait m'arriver dans cette ville paumée ?

— Bien des choses ont changé.

Je leur fis alors un signe de main, signalant que ça m'était un peu égal. Au fond, je n'avais qu'une envie, prendre une douche et rejoindre un lit pour enfin m'effondrer.

Même pas sûre d'avoir la force pour une douche, c'est dire à quel point je suis cuite.

Je resserrai les pans de mon trench en sortant dans la rue, où la nuit était toujours bien présente. J'hésitai finalement à attendre Nathan, car il n'y avait pas l'ombre d'un lampadaire allumé.

Foutue petite bourgade qui éteint ses lumières avant minuit.

J'avais oublié ces détails, et le confort qu'une grande ville pouvait apporter dans ce genre de situation. Je marchai alors aussi vite que je le pus en m'aidant de la torche de mon téléphone et flippai complètement lorsque je me retrouvai loin du Boat dans une nuit totale. Le silence alentour m'était inconfortable. C'était un silence bruyant et pesant.

Je regrettai sérieusement de ne pas avoir accepté l'offre de Nathan, surtout lorsque deux mains passèrent autour de moi et que je sentis mon sac être arraché de mon épaule.

Chapitre 7

On n'imagine jamais se faire agresser, mais on se dit souvent que, si cela nous arrivait, on réagirait d'une certaine manière. Pourtant, le temps de comprendre que j'étais réellement en train de me faire agresser, je me sentis comme happée par la situation. C'était si irréel... Surtout dans cette petite ville qu'était Rosebaie, de son vrai nom Clairevaux.

Je fus la parfaite victime. Je ne cherchai pas à me défendre, ni même à crier. Un léger hoquet de stupeur sortit de ma bouche et j'eus tout juste le temps de rattraper la lanière de mon sac, pour le tenir fermement, quand il fut arraché de mon bras. La personne qui me tenait par-derrière tenta de me secouer comme une poupée pour me déstabiliser, quand la seconde personne tirait furieusement sur le sac, mais je refusais de lâcher.

Pourquoi diable voulaient-ils ce petit sac qui ne contenait presque rien ?

Impuissante face à la situation, tout sembla se renverser à nouveau quand je fus bousculée en avant. J'étais comme un jouet qu'on trimballait dans un sens puis dans l'autre, sans mon consentement, ni même sans la moindre chance de pouvoir reprendre le contrôle de la situation. Je ne comprenais rien, mais sentis un déchirement désagréable, presque douloureux au niveau du bras, avant de basculer violemment en perdant l'équilibre.

Je ne touchai cependant jamais le sol, mais mes deux agresseurs, eux, si.

Je ne saisissais rien à ce qui se passait, mais entendis la voix qui hurla près de mon oreille :

— Tu viens d'une grande ville et tu n'as jamais appris les bases de l'autodéfense ?

J'étais paralysée par la peur, mais je compris parfaitement que ces paroles m'étaient adressées et pire encore : qu'on me disputait pour une chose complètement absurde.

Fatiguée, terrifiée et exaspérée par cette situation irréaliste, je reposai fermement mes pieds à terre, relevai le visage et malgré mon cœur qui menaçait de s'enfuir hors de mon corps, je fis face à mon troisième agresseur / sauveur / ange / démon venu des ténèbres, prête à en découdre pour de bon.

— T'es vraiment en train de m'engueuler, alors que je viens de me faire agresser ?

Je réalisai alors qu'il s'agissait de mon nouveau voisin, menteur et foutrement beau, qui me fixait avec une colère dans le regard que je ne comprenais pas. Derrière lui, deux autres hommes regardaient la scène, hilares, en éclairant les alentours de leurs téléphones.

Sexy man me toisa encore une seconde supplémentaire, puis m'ignora et se mit à courir pour rattraper mes deux agresseurs qui s'étaient relevés, et tentaient de s'enfuir. Ses deux acolytes l'aidèrent et en un tournemain, les deux voleurs se retrouvèrent à nouveau par terre, maintenus par les trois hommes.

Visiblement amis, ces derniers se regardèrent d'une drôle de façon, comme s'ils s'analysaient entre eux pour s'assurer que tout le monde se portait bien après cette rapide bagarre.

— J'appelle Fred, lança l'un des trois garçons en tapotant sur son téléphone. Il est de garde, ce soir.

Je secouai la tête en soupirant. S'ils parlaient du Fred de ma mémoire, alors je ne voulais certainement pas rester. Je tournai les talons en me rendant compte que la lanière de mon sac s'était cassée. Je récupérai mon téléphone plus loin sur la route, que j'avais dû lâcher lors de l'agression, puis m'éloignai en vérifiant les dégâts matériels.

— Adam, elle s'en va, entendis-je dans mon dos.

— Hé ! Où tu vas ?

Je ne me retournai pas et continuai ma route, mais un mur se plaça devant moi.

— La police va arriver, tu devrais rester et porter plainte.

Son prénom était donc Adam. Cette information me parut plus intéressante que tout le reste.

Adam ne semblait pas être ouvert aux négociations. Je savais que c'était ce que je devais faire, mais je n'avais qu'une envie : celle de m'effondrer dans mon lit. Mes bras me faisaient souffrir de m'être fait secouer comme une poupée, et j'étais épuisée par la soirée en plus d'être sonnée par l'agression.

— Je porterai plainte demain, répondis-je dans un murmure.

Adam parut déceler un truc dans ma façon de répondre, car il fronça un peu plus les sourcils avant de détendre les plis contrariés de son visage. Il recherchait ce qui n'allait pas chez moi, soucieux. Pourtant c'était lui qui n'allait pas bien.

— Tu saignes, fis-je remarquer en portant ma main sur la sienne, où se trouvait une coupure nette mais profonde.

Je le vis hausser les sourcils, surpris. Comment avait-il pu ne pas remarquer ni même sentir cette blessure ?

Il secoua sa main dans le vide, comme pour se débarrasser du sang qui coulait, puis se reconcentra sur moi, me scrutant comme pour s'assurer que ça allait. Je restai plantée là, le fixant avec un étrange sentiment. Il avait l'air réellement soucieux, et je n'avais pas du tout l'habitude qu'on se préoccupe ainsi de moi. Des lumières bleues éclairèrent son visage aux traits bien dessinés. Elles se reflétaient aussi dans ses yeux bruns, qui scintillaient d'une jolie manière. Quand ces derniers, après une analyse apparente de mon état général, revinrent croiser mon regard, je me sentis sourire. Très vite, un ricanement se fit entendre. J'eus beau mettre la main sur ma bouche pour me retenir de rire, ce fut incontrôlable.

— C'est rien, me dit-il en passant un bras autour de mes épaules toujours de manière réconfortante. C'est le choc et l'adrénaline qui redescend.

Je ne savais pas ce qui provoquait ce rire stupide, mais c'était plus fort que moi. Il me ramena vers ses amis, où la police venait d'arriver. Je me laissai aller sans protester. Adam semblait maîtriser la situation et je m'en remis pleinement à lui, m'appuyant sur son discernement et sa force. Peut-être était-ce dû au réconfort qu'il m'avait apporté, mais ce soir, je décidai de lui faire confiance.

Fred, le policier – et l'homme qu'il ne me fut pas agréable de revoir –, me fixa en secouant la tête.

— J'aurais dû m'en douter. Toujours là où il faut pas, hein ? lança-t-il d'une voix chargée de souvenirs et de reproches.

— Il faut croire, parvins-je à répondre de la manière la plus détachée possible.

Fred, un ami de mon père, avait été l'un des derniers visages que j'avais vus avant de quitter cette foutue ville des années auparavant.

Un court silence s'installa, avant que les questions ne fusent. Quelques habitants furent réveillés par le boucan, ce qui me fit prendre conscience que quelque chose de grave venait de se produire. Adam et ses amis prirent les choses en mains et m'épargnèrent la tâche de raconter ce qui s'était passé. Une déposition fut prise sur place, mais on m'ordonna tout de même de revenir en début d'après-midi pour déposer une plainte officielle au poste de police situé dans une ville adjacente.

— Je la raccompagne, entendis-je Adam dire quand la police se retira avec les deux hommes menottés à l'arrière de la voiture.

Ses deux amis me jetèrent un rapide coup d'œil en acquiesçant.

Le jour commençait à pointer le bout de son nez et je remarquai alors seulement que l'un des amis d'Adam était l'homme qui s'était présenté au snack. Éden. Avec sa carrure athlétique, son regard insondable, presque intimidant, et son accoutrement de voyou, il fut pourtant le seul que je remerciai. Oui, étrangement, il était celui qui m'inspirait le plus confiance.

— Et moi ? entendis-je dire dans mon dos quand je m'éloignai.

Des rires se firent entendre, mais, perdue dans mes pensées et gênée par un bourdonnement continu dans les oreilles, j'oubliai vite ce détail.

Je tenais fermement mon téléphone, la lumière enclenchée, même si l'aube chassait lentement les ténèbres des rues de la ville. Adam se trouvait à quelques centimètres de moi, il posait une main sur mon épaule sans un mot pour me faire changer de trajectoire quand, trop loin dans mes pensées, j'oubliais de tourner dans la bonne rue afin de rentrer chez moi.

Je ne l'avouai pas, mais sa présence me rassura.

Il m'était arrivé des milliers de fois de sortir tard dans la capitale, mais jamais je ne m'étais sentie aussi peu en sécurité que cette nuit, dans cette microville.

Lorsque sa main se posa sur mon épaule gauche, je bifurquai sur la droite, comprenant que je m'étais encore fourvoyée, mais me retrouvai devant une maison qui n'était pas la mienne. Observant les alentours, je vis que nous étions arrivés.

— Ma maison est là-bas, l'informai-je comme s'il n'était pas au courant.

Pourtant, il haussa les sourcils et m'indiqua sa propre porte.

— Entre ici, je n'en aurai pas pour longtemps.

— Mais pour...

Il me prit le poignet pour couper court à mes protestations et pointa de l'index le haut de mon bras. Sur mon trench se trouvait une longue déchirure nette. Dessous, je pus voir ma peau saignante.

— Merde ! Ce manteau m'a coûté une jambe !

— Ce n'est qu'un vêtement, balaya Adam comme si ce n'était rien. Entre pour qu'on regarde ton bras.

— Je vais m'en passer. Merci de m'avoir aidée.

Je tournai les talons et me dirigeai vers la maison de mon père, mais sentis que, malgré la distance que je prenais avec Adam, c'était comme s'il était tout contre moi, peut-être à cause du regard contrarié qu'il avait eu quand je lui avais tourné le dos. En m'arrêtant devant la porte, je jetai un coup d'œil vers sa maison, mais n'y vis personne. Je rentrai alors, mais ne pus refermer la porte. La grande main d'Adam m'en empêcha. Il avait donc bien été dans mon dos ?

— Qu'est-ce que tu veux ? m'enquis-je méfiante.

Il fit un signe de tête en direction de mon bras que j'observai à mon tour.

— C'est juste une égratignure. Pense plutôt à ta main qui est en bien pire état que mon bras.

— Est-ce que tu te rends compte que tu t'es pris un coup de couteau ?

Je fronçai les sourcils, sans comprendre.

— Je pense que j'aurais eu bien plus mal si ça avait été un coup de couteau.

Il leva alors sa main ensanglantée.

Je ne répondis rien, essayant de relier les informations. Adam n'attendit pas que la connexion se fasse, et repoussa la porte pour s'imposer dans le petit espace que représentait le sas d'entrée. Il déposa ses chaussures machinalement, comme s'il en avait toujours eu l'habitude, ce qui devait d'ailleurs être le cas.

Voyant que je ne bougeais toujours pas, il repoussa la porte jusqu'à ce qu'elle se ferme, puis me prit à nouveau par le poignet pour me traîner jusqu'au canapé.

— Retire ton manteau, je reviens, dit-il avant de disparaître en direction de l'escalier.

Je ne savais pas ce qui était le plus étrange : l'agression, ou cet inconnu semblant connaître cette maison bien mieux que moi. Je savais, grâce à la discussion que j'avais eue avec son fils, qu'il avait été proche de mon père, mais tout de même. C'était... inconfortable.

Il revint avec une trousse de soins qu'il posa sur la table basse, puis disparut à nouveau en direction de la cuisine où j'entendis de l'eau couler. Quand il fut de retour avec un torchon autour de la main, il se figea en me voyant assise là, toujours aussi habillée. Je finis par m'exécuter, méfiante et sans jamais le lâcher du regard. Une part de moi me disait que je devais lui faire confiance, mais l'autre était mal à l'aise à cette idée.

En retirant mon vêtement, je sentis les tiraillements de l'entaille me piquer. Je grimaçai de douleur, alors Adam crut qu'il était de son devoir de m'aider, ce que je déclinai.

— Je peux le faire seule, indiquai-je rapidement en lui lançant un regard d'avertissement.

Il leva les mains au ciel en signe de reddition, et patienta.

Je constatai les dégâts une fois en débardeur. La

coupure paraissait nette et légère, contrairement à celle de sa main.

— Tu devrais d'abord t'occuper de ta blessure. Je n'ai pas grand-chose.

— C'est fait, me dit-il en me montrant sa main enveloppée dans le torchon.

Je levai un seul sourcil, perplexe.

— Je suppose que tu as pris le plus gros du coup, et à ce que j'ai vu, c'est assez moche. Alors à toi de t'asseoir sur ce canapé, on va d'abord s'occuper de toi. Et ce n'est pas négociable.

Il haussa les sourcils, visiblement surpris. Je ne le lâchai pas du regard, jusqu'à ce qu'il coopère. Je m'étirai un peu pour tenter de faire disparaître les points de tension dans mon corps, puis m'accroupis devant lui.

— Montre-moi ta main.

Il coopéra sans un mot. Il ne dit rien non plus quand j'attrapai la trousse de soins, que je pris le matériel nécessaire pour nettoyer et désinfecter sa plaie à la paume, qui était bien profonde. Sa main était rugueuse, à la peau épaisse, avec de longs doigts. Il m'observa faire avec une grande attention. Lorsque j'eus fini et que sa main fut bandée, il la porta devant ses yeux et sembla satisfait.

Je me rendis devant la baie vitrée où, dehors, le soleil était présent malgré les nuages qui encombraient le ciel. Quelle heure était-il ? Et pourquoi ne me sentais-je plus du tout fatiguée ? J'entrouvris la porte vitrée pour laisser passer l'air matinal.

— Où as-tu appris à faire ça ?

— Il fut un temps, j'avais une petite sœur maladroite.

À force de voir Mme Henry lui prodiguer des soins, j'ai appris. Ensuite, je le faisais moi-même. Je suppose que c'est comme le vélo, ça ne s'oublie pas.

Je me tournai dans sa direction et rangeai les affaires dans la trousse de secours, mais Adam m'arrêta.

— Ton bras.

Il porta son attention sur ce dernier, mais je secouai la tête.

— Je peux m'occuper de moi-même.

Il se leva et me surplomba littéralement, comme pour asseoir sa supériorité. Je n'aimais pas ça.

— Assieds-toi et laisse-moi faire. C'est non négociable.

Il plissa les yeux, comme pour me mettre au défi de négocier. C'était stupide. Pour lui, se bander la main aurait été compliqué, alors que de mon côté j'étais persuadée de n'avoir aucune difficulté pour me soigner moi-même. Son regard indiquait clairement qu'il était prêt à la bagarre, et, n'ayant plus la force de le contredire, j'obtempérai en soupirant pour marquer néanmoins ma contrariété.

Un micro sourire se dessina sur ses lèvres, comme s'il était satisfait de cette victoire.

— Ton père m'a toujours dit que tu étais du genre à avoir le dernier mot, et que tu ne lâchais jamais le morceau. En somme, que tu es têtue. J'étais prêt à une bataille acharnée pour gagner la partie.

J'eus un rire doux-amer.

— Si ça ne te dérange pas, il vaut mieux ne pas parler de mon père.

Adam s'accroupit devant moi et ne décrocha pas son regard du mien. Sans me démonter, je le fixai, l'esprit vide de toute émotion. Derrière ses longs cils, ses yeux marron sombre me posaient des milliers de questions. Il resta néanmoins silencieux, respectueux de ma demande, sans toutefois détourner son attention.

Il était rasé de près ce soir, ou plutôt ce matin, et ses cheveux bruns formaient de petites boucles en désordre. Cet homme était beau. Je refusais d'observer ses lèvres pour lesquelles j'aurais payé le plus gros des tarifs afin qu'elles s'occupent de moi.

Finalement, je fus celle qui détourna les yeux en premier.

Adam rouvrait la trousse de soins quand de petits coups furent portés sur la baie vitrée.

— Papa !

Oh, râlai-je intérieurement, relâchant ma tête en arrière pour regarder le plafond.

— Waouh ! Qu'est-ce que tu t'es fait au bras, Néna ? Tu saignes !

Je grimaçai en l'entendant dire mon surnom. Je relevai alors la tête et le vis entrer avec hésitation, un doudou dans les mains et habillé d'un pyjama représentant Spider-Man. Il était ridiculement petit. Il avança et grimpa sur le dos de son père, qui, lui, était toujours accroupi à mes côtés.

— Yéléna s'est cognée, mentit Adam.

— Pas du tout, contredis-je grognon. Je me suis fait attaquer en rentrant cette nuit. (Adam tenta de mettre sa main sur ma bouche, mais je reculai assez pour continuer.) Ils voulaient voler mon sac, et m'ont mis un coup de couteau, mais Adam s'est interposé et c'est lui qui a pris le plus gros du coup.

— Oh ! C'est vrai ?

J'acquiesçai, et pris la main bandée d'Adam pour la montrer au monstre.

Adam, lui, me fixait avec incrédulité. Je venais de faire foirer sa technique pour que son fils ne s'inquiète pas. Il comprendrait ainsi très rapidement qu'il était préférable de rester loin de moi.

— Ça fait mal ? continua le ver de terre.

— Tape dans sa main avec la tienne pour voir, lui soufflai-je très peu discrètement.

Adam rit et secoua la tête, toujours aussi dubitatif.

— S'il fait des cauchemars, je l'enverrai te voir, marmonna Adam.

— Ma porte sera parfaitement fermée à clé. Et c'est mal de vouloir mentir.

— Je me sentirais presque coupable de l'avoir fait, si la raison pour laquelle tu as dit la vérité n'était pas simplement par pure méchanceté.

Je souris. Il comprit. Adam avait vu juste.

Il entama ses soins en secouant la tête. J'aurais adoré pouvoir lire dans les pensées simplement pour rire de ce qu'il pouvait penser de moi à cet instant. Ma manière d'être pouvait parfois dérouter les gens, et je me désaltérais de leur réaction.

Son visage approcha de ma blessure, sur laquelle il porta toute son attention, et il demanda :

— Fred a l'air de bien te connaître.

Je ne répondis pas, ce qui lui fit froncer les sourcils. Il releva alors le visage dans ma direction et sembla attendre une réponse.

— Où est la question ? m'enquis-je en retenant un sourire.

Il parut ennuyé mais reporta son attention sur ma blessure, où il passa du désinfectant.

— Je suppose que les rumeurs sur l'enfant terrible que tu étais sont vraies.

À mon tour, je fus contrariée par ses mots. Je n'aimais pas qu'il en sache autant sur moi, alors que je ne savais quasiment rien de lui. Je zyeutai le monstre toujours perché sur le dos d'Adam, qui me fixait sans un mot. Ce gosse était terrifiant.

— Pourquoi tu ne m'aimes pas ? demanda le ver de terre comme s'il avait attendu un contact visuel pour poser sa question.

Adam aussi sembla intéressé, car il s'arrêta et releva le visage dans ma direction.

— Je n'aime pas les enfants, répondis-je simplement.

— Mais tu as été une enfant, toi aussi, protesta le monstre.

— Oui, mais aujourd'hui, je ne les apprécie pas.

— T'es bizarre.

Adam rit et je ne pus que faire la même chose. Je voulais bien le lui accorder : j'étais étrange.

— Ma mère non plus n'aimait pas les enfants, m'informa Adam. Pourtant, elle m'a eu, moi.

— Ah ? Eh bien, tu veux mon avis ?

Je vis ses yeux s'arrondir et la peur s'y infiltrer quant à la suite que j'allais donner.

— Je ne suis pas sûr de le vouloir.

— Je vais le dire quand même : je pense que ta mère n'a pas su avaler quand il aurait fallu.

Tandis qu'Adam s'étouffa subitement, Lucas demanda :

— Avaler quoi ?

— Oh ! bordel ! Des bonbons, reprit Adam, sans vraiment avoir retrouvé son souffle et avant que je ne lâche une nouvelle bombe. Des chips, des gâteaux... Plein de choses.

— Voilà, elle aurait dû manger comme une cochonne, ça, oui, renchéris-je.

J'éclatai de rire quand Adam leva le menton vers le plafond avec une image sûrement très salace en tête. Le pauvre, j'étais horrible, mais ça m'éclatait. Le petit monstre finit par rire aussi, sans comprendre le sens profond de la conversation.

Profond... C'était bien le mot.

— J'ai faim, annonça Lucas, ce qui me fit sourire.

Adam refusa de croiser mon regard.

— Va prendre ton petit déjeuner, je vais arriver dans pas longtemps.

— Marlène dort sur le canapé, je vais la réveiller.

— Depuis quand les enfants appellent leur mère par leur prénom ? m'enquis-je, curieuse.

— Marlène n'est pas sa mère, rétorqua alors Adam.

— Je n'ai pas de maman, renchérit Lucas.

J'eus un rire nerveux en me souvenant que j'avais pensé le contraire en la voyant chez eux le premier soir, puis quand j'avais engueulé Adam dans la voiture... Il avait dû me croire folle furieuse.

Ses yeux fixaient les miens avec une certaine intensité. Il était amusé, et je compris parfaitement que nous pensions exactement à ce fameux soir et à la même chose.

— Désolée, chuchotai-je un peu honteuse.

Il acquiesça en contenant son sourire, puis termina par poser un pansement sur mon bras.

— Appelle-moi si tu as besoin d'aide pour le changer.

— Je pense que je me débrouillerai.

Il se releva, Lucas toujours perché sur son dos.

— Je t'accompagnerai au commissariat tout à l'heure.

— Je peux y aller toute seule.

— Tu n'as pas de voiture et il faut que j'y aille aussi, de toute façon.

Je ne répondis pas, me souvenant que le poste de police ne se trouvait pas à côté.

— Bonne nuit, dit-il en récupérant ses chaussures, avant de passer par la baie vitrée.

Je restai un instant sur le canapé, puis refermai la trousse de soins, quand j'entendis au loin :

— Tu crois que Néna finira par m'aimer ?

Le monstre était flippant, mais marrant. Je n'entendis cependant pas la réponse et ne voulus pas connaître quel genre de mensonge son père pourrait bien lui répondre.

Une chose était certaine, ça n'arriverait jamais.

Chapitre 8

Se rendre au poste de police m'ennuya. Déposer une plainte, faire prendre en photo ma blessure et répondre aux questions fut carrément chiant. Le seul point positif, ce fut que je ne croisai pas Fred dans les bureaux.

Le trajet avec Adam se déroula de la même manière à l'aller et au retour : en silence. La balade fut presque agréable si on oubliait la raison pour laquelle on était sortis.

Le ciel était dégagé et j'eus vaguement l'impression d'avoir gâché une journée entière. Après avoir dormi plusieurs heures, puis m'être rendue au commissariat, l'heure était bien avancée, je n'avais pas vu le temps défiler, ce qui m'embêta. J'avais toujours une tonne de choses à faire et ce n'était pas en perdant du temps que j'allais pouvoir filer d'ici comme je le souhaitais. Néanmoins, lorsque sur le chemin du retour, Adam prit une petite route qui bordait le lac scintillant sous les rayons du soleil, je retirai mes lunettes pour admirer le spectacle et, très vite, demandai :

— Tu peux me déposer vers le pont, un peu plus loin ?

Adam ne dit rien, il portait des lunettes de soleil, alors je ne vis pas son expression, mais il tourna son visage dans ma direction, comme curieux. Je ne répondis pas à ses questions silencieuses. J'avais mes raisons, qui ne le regardaient pas.

Je le remerciai en sortant de la voiture, puis me dirigeai vers le pont qui surplombait un petit cours d'eau, quand Adam m'interpella par la fenêtre de sa voiture ouverte.

— Je serai un peu plus loin. Quand tu voudras rentrer, tu n'auras qu'à remonter dans la voiture.

— Tu peux y aller. Je rentrerai à pied.

— On est encore loin de notre rue. Je peux attendre.

— Et je peux rentrer à pied.

Il me fit un sourire insatisfait et retira ses lunettes.

— Tu ne comptes pas te jeter du pont ou un truc du genre ?

J'éclatai de rire et montrai ledit pont de la main.

— Au mieux, si j'essaye, seules mes fesses seront trempées et je me ferai sûrement mal sans pourtant rien me casser. Je ne crois pas qu'il y ait de quoi s'inquiéter. Et si je n'ai toujours pas compris à quoi pouvait bien servir mon existence, je ne suis malgré tout pas suicidaire.

Je fronçai les sourcils, soudainement contrariée. Ma vie ressemblait-elle vraiment à un si grand désastre pour qu'il ait pensé à ça ? Toujours renfrognée, je l'observai remettre ses lunettes, sourire, puis acquiescer avant de refermer sa vitre et démarrer doucement. Je le regardai filer en m'assurant qu'il ne s'arrêterait pas, puis satisfaite de me retrouver entièrement seule, j'empruntai le chemin qui menait à ce petit pont. Lorsque j'arrivai en son centre et que je m'appuyais contre la rambarde, je compris bien vite que finalement, je n'étais pas vraiment prête à faire face à mes ténèbres.

Le soleil me tapait dans le dos, tandis que je me laissais bercer par le bruit du ruisseau, où l'eau s'écoulait rapidement, filant vers un endroit inconnu.

Combien de fois étais-je venue ici, à cet endroit précis, dans le but de souffler, d'imaginer un monde meilleur ? Un monde où il n'y avait ni larme ni souffrance, et où je pourrais échapper à mon enfer personnel ? Un monde où j'aurais pu être une enfant lambda, naïve et insouciante ?

Ce petit pont avait été ma cachette secrète, assez loin pour qu'on ne puisse pas me retrouver quand mon père était trop soûl, qu'il se mettait à en vouloir à la terre entière ou que je devenais sa première cible. C'était aussi l'endroit où j'amenais Ariane quand je n'avais pas d'autre solution pour la protéger. Je la revoyais parfaitement chasser les grenouilles au bord de l'eau et être terrifiée quand elle réussissait à en attraper une. Je pouvais presque entendre son rire mêlé à ses cris de frayeur.

Pourquoi était-ce si douloureux de revenir ici ?

Je quittai mon poste les épaules brûlantes après un long moment pour rejoindre l'ombre des arbres. Je longeai la route en essayant de me reconnecter à l'instant présent, mais les ombres du passé semblaient toujours bien présentes, comme pour me hanter.

— Cette route a toujours été aussi longue ? demandai-je après un moment à voix haute, dégoulinante de sueur.

Je n'avais pas le souvenir que c'était si loin... Peut-être parce que, à l'époque, quand j'empruntais le chemin du retour, je n'avais aucune envie d'arriver à la maison.

Je m'arrêtai sur un rocher au bord de la route le temps

de faire une pause. Le chemin pour rentrer était en pente montante et manifestement, j'avais besoin d'une remise en forme, vu comme mes jambes me tiraillaient. Depuis combien de temps étais-je en train de marcher ? Je n'aurais jamais imaginé qu'un jour, les transports en commun me manqueraient.

Je reçus un message de Nathan, qui, ayant eu vent de l'agression, s'inquiétait. J'eus envie de l'appeler à l'aide, quand, au loin, une voiture fonça sur la route. J'envoyai ma réponse, puis entourai mes genoux de mes bras en patientant. J'avais la crainte que ce soit quelqu'un que je n'avais absolument pas envie de voir. Alors je m'empêchai de faire des signes pour demander qu'on me ramène. Mais je n'eus pas besoin de le faire. La voiture ralentit et s'arrêta à ma hauteur, puis la vitre passager descendit.

— Tout va bien ?

Je souris en voyant Éden, même si son visage dur et sa carrure envoyaient des signaux d'alerte naturels, comme pour indiquer qu'il fallait rester prudente ; je me dis que je pouvais mettre mon ego de côté pour lui demander de me prendre en stop. Encore une fois, je n'en eus pas besoin.

— Je te ramène ?

Il ne le demanderait pas deux fois. Je sautai de mon rocher et grimpai, plus légère, dans la voiture noire. Éden ne dit rien de plus et démarra avant même que j'aie enclenché la ceinture de sécurité.

— Il faut que je te dépose au centre d'entraînement, m'informa-t-il l'air de rien.

La tournure de sa phrase me titilla.

— Il faut ? Comment ça, « il faut » ?

— Adam m'a demandé de ne rien te dire, mais c'est lui qui m'a dit de venir te chercher. Il veut que je t'emmène au centre.

— Et pourquoi me le dire, si c'était censé être secret ?

— Parce que je ne sais pas pourquoi il me l'a demandé et que ça me paraît plus amusant de t'informer.

À présent, j'en étais certaine, j'appréciais ce type, mais enchaînai néanmoins :

— Et donc, il s'est dit que je monterais les yeux fermés avec un type au prénom de paradis, mais au physique d'enfer ?

En réalité, c'était exactement ce que j'avais fait... Éden me lança un regard en coin peu rassurant, et marmonna, méfiant :

— C'est censé vouloir dire quoi, ça ?

— Que t'es plutôt flippant.

Je supposais que c'était le moment de savoir si je pouvais me fier à mon instinct. Soit ma franchise me permettrait de confirmer que je pouvais bien avoir confiance en cet homme, soit au pire, je finirais au fond d'un fossé dans les prochaines minutes qui arrivaient.

Éden explosa si fort et si soudainement de rire que je sursautai sur mon propre siège. Ce fut tellement inattendu que je ris de mon côté nerveusement, tendue.

— Je crois que je t'aime bien, dit-il en se calmant.

— Je suis contente de le savoir, mais je tiens à t'informer que même ton rire est flippant.

Il rit encore et s'engagea en direction du lac, longeant le terrain de camping, puis se gara sur le parking, non loin du snack et du centre d'entraînement dont il avait parlé.

— Qu'est-ce que je risque si je ne te suis pas au complexe sportif ? m'enquis-je, curieuse.

— Pas grand-chose, je pense, mais je suis tenté de t'inciter à me suivre, parce que je suis un grand curieux et que j'aimerais savoir pourquoi Adam souhaite ta présence.

J'avais critiqué bon nombre de fois Jordan, mais je n'étais pas mieux sur ce point : j'étais curieuse. Ce fut la raison pour laquelle je me laissai entraîner.

La bâtisse refaite à neuf comportait un accueil assez petit et, au fond, trois portes se découpaient dans le mur. D'un pas assuré, Éden ouvrit l'une d'elles, et je le suivis. Je déchantai rapidement en entrant dans la salle où un cours était dispensé. Un cours uniquement composé… d'enfants.

Le cauchemar.

Ils étaient tous de petite taille, alignés en un rang presque parfait, habillés d'une tenue blanche typique des sports de combat avec leur ceinture jaune ou blanche bien serrée autour de leur taille. Je les voyais comme de petits cafards remuants quand le prof leur demandait de bouger. Un seul gigota quand il croisa mon regard : le ver de terre. Il me fit un rapide signe de la main pour me saluer, auquel je ne répondis pas.

Qu'est-ce que je fous ici ?

Les enfants se penchèrent en avant, en un rapide salut, puis se dispersèrent. Je supposai que le cours venait de se terminer. De mon côté, je restai dans le coin de la pièce, me demandant ce qu'on attendait de moi. Le prof n'était pas Adam, mais le troisième homme qui avait été là lors de l'agression de la veille. Lorsque tous les enfants eurent disparu, j'eus l'impression qu'un message télépathique était passé entre les trois adultes, car le professeur du jour, ainsi qu'Adam et Éden, me rejoignirent. Assez intimidée, je les observai me faire face et ne pus m'empêcher de lâcher :

— Laissez-moi deviner… Adam, Éden, dis-je en les pointant chacun du doigt, avant de me tourner vers celui que je ne connaissais pas : donc tu dois être Ève.

Les deux premiers rirent, tandis que le troisième me regardait, dubitatif. Apparemment, il n'avait pas saisi ma blague. Je l'accordais, j'avais un humour douteux, mais c'était assez tentant.

— Non, je m'appelle Yohan.

Il effectua le même salut que les enfants un peu plus tôt, puis me fit un sourire resplendissant.

Yohan était tout juste un peu plus grand que moi. Il avait tout du tombeur : bonne prestance, carrure non imposante, des cheveux en bataille châtain clair avec des yeux très bleus, une peau un peu hâlée démunie de toute imperfection, un nez droit et une mâchoire puissante. Il était agréable à regarder, mais mon instinct me dicta qu'il devait être un beau parleur. J'avais tendance à juger les gens au premier regard. Rarement, il m'arrivait de me tromper, mais bien souvent j'arrivais à discerner le caractère de mes nouvelles relations de cette manière.

— Maintenant que j'ai visité le centre sportif, que j'ai rencontré les trois nouvelles têtes de la ville, énumérai-je sur mes doigts, je pense que je peux retourner à mes affaires.

— Non, trancha Adam.

On se tourna tous dans sa direction, étonnés. Apparemment, je n'étais pas la seule à ne pas connaître la raison de ma présence ici. Et il était visible que je n'étais pas la seule curieuse.

— Non ? répétai-je, surprise.

— Suis-moi.

Adam disparut derrière la porte de sortie sans autre politesse. Un ordre, rien de plus, mais je ne bougeai pas. Pas plus que les deux autres garçons, qui semblaient tout aussi déconcertés que moi. Adam réapparut dans l'encadrement de la porte quelques secondes plus tard.

— S'il te plaît ?

C'était mieux.

— Et si ça ne me plaît pas ?

— Ouuuuh... lâchèrent les deux amis à mes côtés.

Je plissai les yeux dans leur direction, me disant qu'ils s'entendraient à la perfection avec Jordan. Adam, de son côté, haussa un simple sourcil en patientant. Éden et Yohan me montrèrent le chemin, que je finis par suivre en rejoignant Adam.

— Vous n'êtes pas invités, signala ce dernier quand ses amis voulurent nous emboîter le pas. Il y a encore des cours à venir, il faut les préparer.

Je n'eus pas l'occasion de voir leur expression, mais entendis parfaitement leurs protestations à voix basse.

Adam finit par me conduire dans une autre salle plus petite mais munie également d'un tatami.

Que me voulait-il ?

— J'ai un cours de jiu-jitsu qui va commencer d'ici peu, annonça Adam quand il eut refermé la porte derrière lui. Je voulais te proposer d'y assister. Après ce qui s'est passé hier, je me suis dit que tu serais peut-être intéressée par des cours de défense.

— Pas du tout, déclinai-je simplement. Ce n'est pas comme si on se faisait agresser tous les jours, je pense que la situation d'hier était exceptionnelle, et j'ai pas mal d'autres choses à faire plus importantes, sans vouloir te vexer.

Il pencha la tête légèrement sur le côté comme si je représentais à cet instant une énigme qu'il n'arrivait pas à résoudre.

— Je sais que tu viens d'une grande ville, et j'ai pu constater hier que tu n'avais aucune méthode ou volonté de défense. Même crier, tu ne sais pas faire. Qu'est-ce que tu feras si ça t'arrive à nouveau ?

— Eh bien, je vais faire en sorte de partir au plus vite pour que ça ne m'arrive pas à nouveau.

— Pourquoi tu ne veux pas rester avec nous ? demanda une petite voix, venant de quelqu'un qui venait d'entrer dans la pièce et que je reconnus aisément comme étant le monstre. On s'amuse bien ici.

— Cette ville est maudite, expliquai-je avec une moue de dégoût.

Le monstre ouvrit la bouche, choqué, puis pouffa.

Avec ce gosse qui riait sans cesse à chaque fois que je parlais, j'allais finir par me croire véritablement drôle.

— Ça pourra toujours servir quand tu retourneras à Paris, reprit Adam. Au fond, on sait tous que les grandes villes ne sont pas si sûres.

— Pourtant, ça ne m'était jamais arrivé de me faire agresser avant cette nuit, à Rosebaie.

Adam soupira en me fixant, comme contrarié que je montre autant de résistance, alors je repris :

— Pour moi, cette ville est maudite. Il ne m'est jamais rien arrivé de bien dans ce lieu. Ça ne fait que quelques jours que je suis de retour et j'ai déjà des tonnes de dettes, des mauvais souvenirs plein la tête et une agression sur le dos, sans parler des habitants qui m'observent et me jugent à chacun de mes mouvements. Il n'y a rien de bon pour moi, ici.

Je n'avais pas compris combien j'avais de rancœur avant d'avoir parlé. Cette colère dans ma voix que j'essayais tant bien que mal de faire disparaître m'était pourtant audible, et j'étais sûre que ça n'avait pas échappé à Adam.

— C'est pour ça que tu ne m'aimes pas, intervint le monstre.

Je fronçai les sourcils en me tournant vers le mini-humain qui semblait réellement obnubilé par ce détail.

— Tu devrais oublier ça. Ce n'est pas important : *je* ne suis pas importante pour toi. Et si je ne t'aime pas, je le redis, c'est juste parce que je n'aime pas les enfants.

— Tu devrais les aimer, persista-t-il.

— Les enfants ne servent à rien.

Il ouvrit la bouche en réfléchissant rapidement.

— Ça veut dire que...

— Que tu ne sers à rien, oui.

Le visage d'Adam était véritablement contrarié, mais il ne dit rien, il serra seulement les dents, ce que je remarquai grâce aux palpitations qui se produisirent au niveau de sa mâchoire. Je ne dis plus un mot, mais ne regrettai en rien ce que j'avais dit.

— Oublie ce que tu as entendu, Lucas, dit Adam en me fixant comme pour me défier de dire quelque chose de plus.

Ce que je fis pourtant, sur les nerfs :

— Il vaut mieux ne pas poser de question quand on n'est pas prêt à encaisser la vérité.

— Il n'a que six ans.

— Donc je devrais faire quoi ? Simuler un amour factice simplement parce que c'est un enfant ? Pour ensuite quoi... ? qu'il apprenne ce qu'est le mensonge ? C'est ridicule.

— Il faut croire que les gens ont raison à ton sujet.

Je fronçai les sourcils, la colère menaçant d'exploser. Je répondis alors en le pointant du doigt :

— Personne ne connaît rien sur moi. Et toi non plus. Je n'ai rien demandé à qui que ce soit, si ce n'est qu'on reste loin de moi, ce que personne ne semble comprendre. Mais vas-y, gobe toutes ces conneries qu'on peut dire à mon sujet. Investir du temps dans cette ville et surtout dans ses habitants n'en vaut pas la peine.

Il observa avec un regard noir mon doigt toujours pointé dans sa direction, l'attrapa et l'enferma dans sa grande main.

— On va partir sur de la boxe, lâcha-t-il en me déroutant totalement.

— Quoi ?

— Tu n'as pas besoin de te défendre, ta langue est déjà bien assez acérée pour piquer n'importe qui. Tu as besoin d'attaque et de te défouler.

— Je n'ai besoin de rien du tout.

Je récupérai mon doigt avec force, presque violemment.

— Ça devrait être intéressant, continua-t-il comme si je n'avais pas protesté.

— Ne vous battez pas, couina Lucas à nos côtés.

Je baissai la tête dans sa direction, vis les larmes dans ses yeux, et la peur inscrite sur sa bouille d'ange.

Je soufflai comme un taureau :

— Et en plus de ne servir à rien, ça chiale pour rien ! Je m'en vais.

— On commence bientôt ! lança Adam à la volée. Prépare-toi.

— Dans tes rêves, marmonnai-je avant de retourner dans le couloir et de claquer la porte de toutes mes forces pour bien signaler mon mécontentement.

Je fixai la porte close les sourcils froncés. Il avait raison sur le fait que j'avais besoin de me défouler. Mais pas comme il le pensait.

En colère, moi ? Non ! J'allais très bien !

Tirant sur mon débardeur pour le remettre en place, j'eus l'impression de sortir d'un combat intense. Je me figeai après m'être retournée. Les deux coachs sportifs m'observaient, partagés entre le choc et la curiosité. Derrière eux, quelques parents récupéraient leurs mioches. Je reconnus quelques visages détestés.

Merci, Adam… Les ragots n'avaient pas fini de circuler.

Chapitre 9

— Mes valises sont prêtes, m'informa Jordan au bout de la ligne.

— Les miennes aussi, grognai-je furieusement.

— Yéléna… s'il te plaît, laisse-moi arriver avant de partir.

Je ris, et m'affalai lourdement dans mon canapé en grognant.

— Pourquoi est-ce que tu veux venir ?

— Je n'en peux plus. Mes journées sont… vides. Tu me manques et c'est l'enfer au boulot.

Je fixai le plafond, me disant que son soutien ici me ferait le plus grand bien, mais ce serait bien trop égoïste de lui demander de quitter son confort pour rejoindre l'enfer de Rosebaie.

— Il faut que tu tiennes le coup, Jodi. Crois-moi, c'est mieux que tu sois là où tu es, plutôt que là où je suis.

— Je suis sûre que ce serait beaucoup plus drôle si je te rejoignais. Je t'aiderais dans les recherches de rénovation et pour la réouverture de La Glacière. On boirait jusqu'à pas d'heure et on se taperait des gueules de bois monstres.

— Tu ne bois jamais jusqu'à la gueule de bois, madame la prude.

— Mais ça pourrait arriver. Notre colocation serait géniale, j'en suis certaine.

— Je n'en doute pas. Mais cette ville ne te mérite pas, Jodi. Les gens sont exécrables. Ce sont des vermines que je devrais exterminer.

— Tu es flippante.

— Pas autant qu'eux.

Elle rit et râla dans la foulée.

— Laisse-moi t'aider à monter un plan parfait pour mener à bien cette extermination, alors.

À mon tour je ris, me retenant de la supplier de me rejoindre. C'était la première fois que je restais loin d'elle aussi longtemps et je ne l'avouerais pas, mais elle me manquait aussi.

— Qu'est-ce qui se passe ? demanda-t-elle plus sérieusement.

Je lui fis un compte rendu de tout ce qui n'allait pas. Jordan resta silencieuse, même lorsque j'eus fini mon récit, avant de dire :

— Donc pour résumer : un mec canon qui a un gosse, et qui t'a sauvé les fesses d'une agression, veut à présent te les botter ?

J'adorais Jordan.

— Voilà.

— Je dirais que ta vie est vachement excitante, si on oublie quand même l'agression. Laisse-moi te rejoindre.

— Non.

— OK, alors dernière question : est-il un HPA ?

Un HPA était ce qui qualifiait un homme de haut

potentiel amoureux. Jordan voulait vraiment qu'un homme puisse un jour me rendre amoureuse. Elle m'avait organisé un nombre incalculable de rencards, avec l'espoir que les hommes concernés soient des HPA, mais bien que je lui aie dit et répété que ça n'arriverait pas, elle n'avait jamais lâché le morceau… et elle recommençait.

— Arrête avec tes bêtises. C'est impossible. Et je t'ai déjà dit que…

— Ça n'arriverait pas, je sais, tu ne me laisses même pas espérer. Bon, je t'envoie ce que j'ai trouvé pour la rénovation de ta maison par mail.

— Ne sois pas fâchée.

— Je ne le suis pas.

Elle l'était.

Je soupirai en me demandant comment je pouvais lui redonner le sourire, mais elle enchaîna :

— Sache que mes valises sont prêtes. Attends-toi à tout moment à ce que je t'appelle pour que tu viennes me chercher à la gare.

— Ce n'est toujours pas une bonne idée.

— On en reparle. Je dois y retourner. À plus tard !

Je la saluai et on raccrocha.

Le silence qui s'installa dans la maison fut soudain lourd. J'aimais le silence, mais Jordan me manquait.

Je passai la fin de la matinée au snack afin d'effectuer un gros ménage. Du sol au plafond en passant par les vieilles banquettes, aux frigos, tout y passa. Je n'avais jamais effectué un si gros ménage de ma vie. Je terminai en milieu d'après-midi en sueur, comme si j'avais fait une séance intensive de sport.

Je m'affalai sur une des banquettes, le temps de souffler et de manger un petit sandwich pour remplir mon estomac qui n'avait absorbé qu'un café tôt dans la matinée. Affalée était le mot. Je n'avais pas enfilé de jogging depuis si longtemps que j'avais oublié ce que c'était que de se sentir si libre de ses mouvements. Depuis mon arrivée, mon style vestimentaire s'était bien dégradé... Qu'est-ce que ce sera dans une semaine ?

Je ne traînai pas et terminai mon rapide repas en quelques minutes, avant de rassembler les déchets dans un sac poubelle. J'en profitai pour faire le tri et l'inventaire des machines encore en état de fonctionnement, puis sortis tout devant l'enseigne. J'étais en train de fermer l'un des deux sacs poubelles quand je sentis quelqu'un me fixer. Je me figeai et fermai les yeux en espérant me tromper. Mais bien évidemment, non. Le ver de terre se tenait à un mètre de moi, m'observant avec un sourire. Je ne savais plus quoi faire pour qu'il comprenne...

— Qu'est-ce que tu veux ? demandai-je toujours penchée sur le sac.

— Je suis venu te chercher.

Je me redressai en étirant mon dos douloureux et plissai les paupières en direction du centre sportif plus loin, sans y voir quiconque.

— Me chercher pour quoi faire ? Et t'as pas école ?

— C'est fini ! Et mon papa m'a demandé de revenir avec toi.

— Il s'est dit que t'envoyer serait une bonne idée ?

— Oui.

— C'était une question rhétorique. Dis-lui d'être

plus inventif et de me donner une réelle raison pour me faire venir.

— Ça veut dire quoi ? Que tu ne viens pas ?

— Voilà.

Il s'éloigna en soupirant exagérément comme un enfant contrarié pendant deux secondes pouvait le faire, puis courut en sautillant. Je secouai la tête en rentrant, pour continuer mon inventaire, quand, quelques minutes plus tard, le ver de terre revint, accompagné d'un autre ver de terre.

— C'est non ! lançai-je en les chassant tous les deux hors du restaurant.

— T'es sûre, Néna ?

— Oui ! Allez, ouste.

Je grognai après m'être assurée qu'ils étaient bien repartis.

Le problème fut qu'ensuite ils furent trois gosses, puis quatre, puis j'allais pleurer.

— Mon papa a dit que si ce n'est pas assez inventif et que tu n'as toujours pas envie d'aller le voir, il a assez d'enfants à t'envoyer pour envahir le snack.

— L'enfoiré, marmonnai-je contrariée.

Les gosses gloussèrent en m'entendant jurer, puis je les chassai à nouveau. Je n'avais pas que ça à faire.

Je fermai la porte de l'entrée pour être sûre qu'ils ne l'envahiraient pas, mais je n'avais pas pensé qu'une dizaine d'enfants finiraient par se mettre le long de la vitre qui fermait la façade, mains en visière comme pour s'assurer que je les verrais. C'était l'enfer, et eux semblaient s'en amuser. J'en ferais sûrement des cauchemars.

Je terminai mon inventaire quelques minutes plus

tard, malgré tous ces enfants grouillant autour du snack. Je sortis, avec une bouilloire cassée à la main, dans le but de jeter tous les déchets et de pouvoir m'en aller au plus vite. Lorsque je voulus prendre les deux lourds sacs poubelles, des mains m'en empêchèrent.

— Laisse, je vais le faire.

Je relevai la tête vers Éden qui, sans attendre, récupéra les deux sacs et me prit, en plus, la bouilloire des mains.

— J'aurais pu le faire seule, mais merci, dis-je en le suivant.

Il m'arrêta. L'un des coins de ses lèvres pulpeuses se releva en un sourire tordu, puis il me fit un signe de tête en direction du complexe sportif.

— Je te libère de ta corvée, mais il faut que tu ailles à la salle. Bon courage.

Son ton n'appelait aucune protestation, même si quelque chose m'indiquait que ça l'amusait.

Je tentai :

— S'il veut que je vienne, il n'avait qu'à se déplacer lui-même au lieu de m'envoyer les mioches.

Éden s'esclaffa.

— Tu as dit d'être inventif.

— Y a plein de manières d'être inventif sans torturer les gens.

— Si tu veux qu'Adam vienne te chercher, il le fera avec plaisir, dis-le simplement au gosse. Mais je ne pense pas que tu apprécieras ça.

Je restai les bras le long du corps, me demandant ce que je pouvais bien faire. Courir à toutes jambes était une option, mais avais-je vraiment envie de ça ?

Je haussai un sourcil quand une idée me vint et je

m'accroupis près du ver de terre en souriant. Je faillis rire quand même lui, qui ne souhaitait que mon attention depuis plusieurs jours, sembla s'inquiéter.

— Va voir ton père, et dis-lui très précisément ces mots : « Yéléna ne te fera pas de turlute. »

Derrière moi, plus loin, Éden s'étouffa ou s'esclaffa, je ne saurais le dire, et le monstre m'observa, curieux.

— C'est quoi, une turlute ?

— Dis-lui simplement ça.

Je rentrai à l'intérieur une dernière fois dans le but de récupérer mes affaires et souris, satisfaite. J'aurais donné cher pour voir la tête que ferait Adam en entendant ces mots de la part de son fils. Je filai dans le bureau et refermai la fenêtre, puis pris la sacoche où tous les documents dont j'avais besoin pour travailler à la maison se trouvaient. Je quittai le snack, et paniquai lorsque je vis Adam venir dans ma direction. La clé avait décidé de ne pas entrer dans la serrure au pire des moments, ou bien était-ce à cause de mon empressement, qui ne me permettait pas d'être aussi précise que je l'aurais voulu. Je réussis à refermer la porte avec bien du mal et filai aussi vite que je le pus en marchant. Adam me rattrapa bien trop rapidement, se mit devant moi et, sans ménagement, il me jeta par-dessus son épaule après avoir récupéré le sac contenant mes documents.

— Mais qu'est-ce que tu fous ?

— Je veux ma turlute.

J'éclatai de rire, le souffle à moitié coupé d'être transportée comme je l'étais, et vis le monstre aux côtés de son père, riant de la situation.

— Tu n'as pas honte de dire ça devant ton fils ?

— Dixit la fille qui lui a dit de me dire ça.

— Ce n'est pas mon fils.

— C'est quoi, une turlute ?

J'entendis Adam râler après la question de Lucas, tandis que je me mis à rire à nouveau en sachant parfaitement qu'il se demandait comment il allait s'en sortir dans ses explications.

— Repose-moi.

— Pas avant d'être arrivés.

— Tu ne peux pas me forcer à apprendre à me battre si je n'en ai pas envie.

Il m'ignora et entra dans le complexe sportif, salua quelqu'un que je ne vis pas, et passa une autre porte avant que le monde ne se mette à tourner et que je le voie à nouveau à l'endroit. Les deux pieds à plat au sol, je posai les mains sur mes hanches, attendant la suite.

— Va à ton cours, Lucas, lança Adam en fouillant dans une armoire.

— Oh ! laisse-moi rester, s'il te plaît.

— Non. File.

J'acquiesçai et lui fis de rapides signes des mains pour qu'il déguerpisse, mais je ne pus m'empêcher d'ajouter :

— Les turlutes, c'est pour les grands.

Je découvris qu'Adam pouvait avoir un regard qui appelait au silence, quand il me fixa sombrement. Mais c'était trop tard. Personne n'était capable de m'empêcher de parler.

Le gosse resta planté là, se posant des questions sur le sens de mes mots, mais Adam finit par effectuer les mêmes gestes que moi juste avant, lui intimant de filer. Ce qu'il fit, déçu. Adam reporta son regard marron sur moi et me détailla de haut en bas. Rien de sexuel, juste un regard de constatation. Ce type finirait par briser définitivement mon ego.

— Ta tenue convient, dit-il en refermant le placard duquel il sortit une paire de gants de boxe. Enfile ça.

— Non.

— Tu veux vraiment manquer une occasion de me mettre une raclée ?

— Parce que, en plus, tu crois que je suis stupide ? Ça se voit, que tu n'es pas un débutant. Tu pourrais m'écraser avec une seule main, et en plus tu es entraîneur sportif.

— Coach de remise en forme, corrigea-t-il.

— C'est pareil. Tu sais te battre. La vie m'a déjà assez malmenée pour que je te laisse, toi, me malmener aussi.

Il ne répondit rien, mais s'approcha et s'arrêta à un pas de moi. En silence, il me prit la main droite et, ses yeux toujours braqués sur les miens, il me mit le premier gant.

— Je suppose que tu n'es pas du genre à faire confiance aux gens, mais je te demande, s'il te plaît, de bien vouloir m'accorder la tienne. Au moins pour cette fois.

Je ne répondis rien, méfiante, même si quelque chose me disait de l'écouter. La curiosité me poussait à voir où il voulait en venir avec sa foutue bagarre. Il resserra le scratch autour de mon poignet avec des gestes rapides et efficaces, preuve que c'était bien plus qu'une habitude. Il ne regardait même pas ce qu'il faisait, mais bien ma réaction, comme s'il s'attendait à ce que je relève le poing ganté à tout moment pour lui mettre un coup. Il s'assura que ce n'était pas trop serré, puis me passa le second gant avec ces mêmes gestes assurés et vifs.

Une fois cela fait, j'entrechoquai mes mains, comme pour tester ces nouveaux poids. La sensation n'était pas agréable, mais je les laissai en place et tentai de donner un coup à Adam, qui m'arrêta bien plus facilement qu'on arrête un moustique en plein vol. Il me fit un signe de tête pour me montrer l'endroit où il me voulait : le ring.

Je ne le remarquai qu'à présent, posé là, au milieu de la salle. Tout autour, des sacs de frappe étaient suspendus. Je grimpai dessus en me vautrant totalement et sans aucune grâce, puis roulai sur moi-même pour m'assurer de ne pas tomber hors du ring. Adam souriait, en tentant vainement de se retenir. Au moins, il essaya. Ce type allait réellement mettre mon ego à zéro.

J'avais pourtant su que c'était une mauvaise idée.

Je restai assise au milieu du ring en attendant la suite.

Il passa les deux mains dans ses cheveux en les tirant en arrière, comme pour s'assurer qu'ils ne viendraient pas tomber dans ses yeux, puis il s'assit sur une chaise avant de mettre ses propres gants.

Je l'observai faire en constatant que, s'il y avait bien un truc non sexuel qui m'émoustilla, ce fut cette image : lui, en train de mettre ses gants de boxe en s'aidant de ses dents pour s'assurer que c'était bien serré.

C'était ridicule. Je me tapai le front en oubliant que j'étais moi-même munie de gants. La bonne nouvelle, c'est que ce fut efficace, la mauvaise, c'est que j'eus mal.

Il grimpa sur le ring avec bien plus de classe et de grâce que je ne l'avais fait.

L'habitude, me dis-je pour apaiser mon ego.

— Lève-toi et échauffe-toi tranquillement. Sautille sur place pour commencer.

Habillé tout de noir, il me montra comment faire, mais je ne bougeai pas.

— Pourquoi tu veux me faire ça ? C'est quoi le but ?

Alors il s'accroupit à mes côtés et sembla réfléchir à la question.

— En premier lieu, je voulais que tu saches te défendre, mais ta manière d'attaquer avec ta bouche me fait dire que tu as bien des choses à faire sortir. Et quoi que tu penses, j'appréciais ton père, alors oui, j'aimerais aussi apprendre qui est sa fille.

Je ne savais pas comment prendre cette information. J'aurais dû tout envoyer balader, mais j'eus aussi envie de le frapper, juste pour lui faire regretter ses paroles et comprendre qu'aimer mon paternel n'était pas une bonne idée. Peut-être que finalement, j'étais quelqu'un de plutôt violent. Comme l'avait été mon père.

Je tentai une frappe en plein visage, qu'il contra aisément.

— Trop prévisible, balaya-t-il avec un sourire craquant. Allez, lève-toi. Même si tu ne veux pas parler, cette séance de sport ne peut pas te faire de mal. Ça te permettra simplement de te défouler.

— D'habitude, je le fais d'une manière bien différente.

Je me levai, tandis qu'il recula pour me laisser de l'espace, puis sautilla, alors je l'imitai tout en me trouvant idiote.

— Comment tu fais pour évacuer le stress habituellement ?

— Une bonne partie de jambes en l'air est suffisante.

Il eut comme un bug. Il sembla perdre le fil, se

désynchronisant, puis secoua la tête pour se reprendre. Je souris.

— C'est… un moyen comme un autre.

— C'est pour ça que je n'ai pas besoin de ces cours.

J'arrêtai de sautiller et voulus quitter le ring, mais reçus un léger coup dans le dos.

— Reste. Ne tourne jamais le dos à un adversaire.

— C'est inutile, Adam.

Il ne sautillait plus non plus, mais avança vers moi et me donna un nouveau coup dans l'épaule, cette fois-ci un peu plus fort. Je pris une longue inspiration, sachant que ça n'allait pas être plaisant.

— Garde tes mains en l'air, me conseilla-t-il, près de ton visage, et les coudes près de ton corps, pour protéger les zones qui peuvent te mettre KO. Autrement dit, protège ta mâchoire et ton foie.

— Je ne compte pas me battre contre toi. C'est inutile.

— Pourquoi tu détestes autant ton père ? continua-t-il comme si de rien n'était.

— Pourquoi tu veux me faire parler de lui ? Pour qui tu te prends ? Un thérapeute ou un truc dans le genre ?

Il recula au centre du ring, comme pour me laisser un peu d'air, ou bien avait-il senti que je pouvais finir par répliquer à tout moment ? Je doutais fortement qu'il ait réellement peur de cela.

— Je veux juste te comprendre, Yéléna.

— Et ensuite ? Qu'est-ce que ça changera ?

— Probablement rien, je l'admets. Mais je ne comprends pas comment tu peux détester un père qui a toujours été parfait pour Lucas, et qui m'a permis de grandir et de devenir une meilleure version de moi-même en tant que père, quand j'étais perdu avec un nouveau-né à élever.

Pourquoi ses mots me donnaient autant envie de vomir que de pleurer ? Pourquoi mes entrailles se tordaient d'un sentiment que je reconnus comme étant de la jalousie ?

Je me mis à rire, jaune, certes, mais à rire tout de même. C'était comme si exprimer une fausse hilarité m'aidait à digérer ce que j'essayais d'encaisser. Quand je fus certaine que je n'allais pas exploser, je m'avançai dans sa direction et pointai un gant vers lui, sans plus pouvoir m'arrêter.

— La personne que tu as rencontrée n'est pas celle avec qui j'ai grandi pendant vingt ans. Le mien me punissait en m'enfermant dans un placard à balais qu'il oubliait de déverrouiller toute la nuit durant, parce qu'il était trop bourré pour se souvenir qu'il m'avait laissée là. Ce même père qui me punissait aussi à coups de fouet. Tu sais ce qu'est un martinet ? Cette chose, que les gens utilisent comme accessoire sexuel aujourd'hui, a été mon instrument de torture. Ce même père qui se défoulait sur moi quand il tenait à peine debout, que ce soit par les mots ou par les coups, quand bien même je n'avais rien fait. Ce même père qui a tué ma petite sœur que j'ai, toute sa vie durant, tenté de protéger de lui.

Ma voix se brisa et je ne pus empêcher une larme de tomber droit au sol. Elle toucha à peine ma joue tant elle était lourde. Lorsque je m'en rendis compte, je pris une grande inspiration pour me calmer, mais finis par crier.

— Ce même père que tu sembles apprécier a fait de ma vie un enfer et m'a privée de la seule personne qui comptait réellement pour moi. Est-ce suffisant comme raison ?

Cette fois, je balançai mon poing en direction de son visage. Peut-être était-ce parce qu'il m'avait écoutée attentivement. Peut-être était-ce parce qu'il était sonné par ce que je venais de dire, mais Adam oublia de se protéger et rien ne vint ralentir la force de ma frappe. Moi-même je compris trop tard que mon gant toucherait sa cible.

Et ainsi, je mis le premier coup de poing de ma vie à Adam.

Chapitre 10

Une douche froide. Ce coup porté à son visage fut comme une douche froide.

— Oh ! mon Dieu. Pardon, Adam.

J'en oubliai ma colère, et me sentis lamentable d'avoir cédé à ce besoin irrépressible de frapper quelque chose.

— Ce n'est rien.

Je retirai mes gants l'un après l'autre et voulus vérifier qu'il n'était pas amoché, mais il ne me laissa pas faire. J'avais dû le vexer... Il retira ses propres gants et fit une chose inattendue : il m'attrapa par les épaules et me tira contre lui. Il referma ses bras autour de moi et resta là, sans plus bouger.

Je me figeai aussi, sans comprendre. Allait-il me faire une prise de vengeance et me balancer à l'autre bout du ring ? Était-il en colère ? J'attendis la sentence, mais rien ne vint. Il garda simplement ses puissants bras autour de moi, assez refermés pour m'offrir un cocon dans lequel je me serais presque sentie en sécurité... si je n'avais eu pas la crainte que la menace vienne de lui.

— Je suis désolé, dit-il après quelques secondes supplémentaires.

— Est-ce que je dois te rappeler que je suis celle qui vient de te frapper ?

Je l'entendis expirer, puis il desserra les bras pour me rendre ma liberté. Il m'observa avec une grande attention. Je n'aimais pas ça.

— Tu voulais savoir et je t'ai dit. Ne me donne pas ta pitié en retour, ce n'était pas le but et je n'en veux pas.

Il se frotta la joue là où je l'avais frappé.

— Sinon tu m'en remets une autre ?

— Haha, dis-je en me sentant à nouveau coupable.

— Je plaisantais. Ce n'est pas de la pitié. Et pour information, je n'ai pas eu mal.

Cette fois-ci, je me sentis vexée.

— Vraiment ? J'ai aussi peu de force que ça ?

Il récupéra nos gants abandonnés sur le sol. Il passa au travers des cordes qui délimitaient le lieu de combat, mais je pus voir un sourire avant qu'il ne me tourne le dos. Bien sûr, il ne me répondit pas. Au lieu de ça, il m'invita à descendre et m'aida, puis il rangea les gants et m'invita à le suivre à l'extérieur.

À l'accueil, Éden remplissait un document et releva le visage l'air de rien, mais se figea brusquement sans plus bouger, ses yeux noirs posés sur Adam. Il ouvrit la bouche, abandonna ses documents sur la table et s'approcha tout près de son ami. Adam, lui, tenta de le repousser, sans succès.

— Attends… commença Éden comme sous le choc. Tu vas me dire que Yéléna a atteint ton visage ? Il s'est passé quoi dans la salle de boxe ? C'est vraiment vrai ?

Je compris comment Éden avait deviné : la joue gauche d'Adam était rouge.

— Fous-moi la paix, grogna ce dernier en repoussant à nouveau son ami.

— Ah, non ! Hors de question ! Ça fait des années qu'on s'entraîne, ta garde est toujours parfaite. Comment elle a fait ?

Subitement au centre de l'attention, je haussai les épaules et dis ce qui me parut être le plus juste :

— Il ne faut pas poser de question quand on n'est pas prêt à entendre la réponse.

Éden ne réagit pas, réfléchissant à ce que je venais de dire. Et c'était vrai : j'avais désarmé Adam en lui disant ma vérité. Ces horribles choses qui faisaient de mon passé ce qu'il était.

— J'y vais, dis-je en m'éloignant. Bonne fin de journée à vous.

— Attends, Yéléna, m'interpella Adam, mais je l'arrêtai.

— J'ai encore beaucoup de choses à faire. On se revoit plus tard.

Il ne répondit rien et je n'attendis pas pour filer.

L'air extérieur me fit un bien fou. Je pris de profondes inspirations, comme pour me nettoyer de toute cette négativité, puis marchai dans les rues sans faire attention à l'endroit où j'allais. Indéniablement, mes pensées revenaient sur cette plaie que j'avais mis des années à soigner et dont les sutures venaient de sauter en quelques minutes.

Le ciel se couvrait doucement, chargé au loin et masquant par à-coups le soleil. Comme mise en mode automatique, je remontai le sac sur mon épaule quand je le sentais glisser et, les yeux rivés sur le sol, je continuai à marcher, dans l'intention de rentrer chez moi.

Mais ce ne fut pas la destination que j'empruntai. Je le compris en m'arrêtant devant les marches en pierre qui menaient à l'église. Je levai les yeux devant la bâtisse, petite mais ancienne, sans trop savoir ce que je faisais là. Pourtant, je gravis les marches comme en un vieil automatisme et poussai les lourdes portes en bois. À l'intérieur, la fraîcheur et un silence de plomb m'accueillirent. Les rangées de bancs en bois simples étaient vides de toute personne. Il n'y avait pas l'ombre d'un chat, même si je savais que le père Vincent était quelque part.

Cette église avait été un autre de mes refuges lorsque je voulais protéger Ariane de la fureur de mon père. Le grand piano imposant qui trônait près du pupitre m'avait toujours aidée à garder ma petite sœur occupée pendant les soirs de tempêtes. Le père Vincent n'avait jamais protesté toutes les fois où je l'avais emmenée pour jouer ici au lieu de rester à la maison, alors trop angoissante.

Sans bruit, je m'avançai jusqu'à ce grand piano, où je pris place.

Plus jamais Ariane ne s'assoirait à mes côtés.

Plus jamais elle ne me demanderait de jouer la *Sonate n° 4* de Jean-Sébastien Bach.

Plus jamais elle ne m'accompagnerait.

Mon cœur sembla tomber en lambeaux.

J'observai les touches noires et blanches en me souvenant que, chaque fois que nous avions joué ensemble, les habitants de cette ville avaient pu distinguer la résonance de la musique à travers les différentes ouvertures de l'église. Tous avaient été témoins de notre naufrage et des souffrances que nous avions subies, enfants. Tous avaient su quand ça n'allait pas. Chaque fois qu'ils avaient entendu les notes s'échapper de ce piano sur lequel mes doigts vinrent trouver leur place naturellement.

Mais personne n'avait réellement tenté de nous aider.

Les premières notes, timides, résonnèrent avec douceur, mais chacune d'elles me déchirait un peu plus le cœur. J'avais su que revenir à Rosebaie était une mauvaise idée. Plus encore d'y rester. Pourquoi est-ce que je m'infligeais ça ? Je n'en avais pas la moindre idée. Sûrement parce que j'avais parlé de choses qui auraient dû rester à tout jamais au passé.

Je laissai mes doigts virevolter sur chacune des touches, lentement, suivant la composition qui passait mentalement devant mes yeux. Je l'avais tant de fois jouée, que cette musique était comme une extension de moi-même. Lorsque je montais dans les aigus, je fermais les yeux en me laissant emporter par la mélodie qui résonnait magistralement entre les murs froids de cette église.

Cette mélodie me ramena à un endroit... Presque sept années plus tôt.

Je courais sur la route à en perdre haleine.

Il avait bu... Ariane aussi... Il fallait que je l'arrête.

Nathan était plus rapide.

— Fonce ! hurlai-je.

Je redoublai d'efforts, courant dans les rues de Rosebaie

en direction des lumières rouges et bleues près de la sortie de la ville. Mes poumons me brûlaient, et la peur grandissait à mesure des foulées que j'effectuais aussi rapidement que je le pouvais. Des cris résonnaient et je savais, je savais, *que c'était elle.*

Ariane.

Je ne ralentis pas quand, non loin de ma destination, je vis Nathan, choqué et en larmes, venir à ma rencontre pour m'arrêter. Je fonçai, le repoussant avec force, parce que c'était bien elle.

Ma petite sœur.

La police était sur place, le SAMU aussi. Et au milieu, une voiture en feu.

Une foule s'était amassée tout autour du véhicule accidenté, à une distance de sécurité imposée par la police. Je finis par m'arrêter, me faufilant à travers les gens, et fouillai du regard, espérant voir le visage de ma petite sœur, sans succès.

Des râles se firent entendre près du camion du SAMU et je reconnus sans mal mon père sur une civière. Il semblait hagard, sonné, mais il engueulait le personnel venu le secourir.

Mais où se trouvait ma petite sœur ?

Je passai la barrière de personnes attroupées et vis les amis d'Ariane, tous effondrés.

— Où est-elle ? hurlai-je à tout le monde à la fois. Où est Ariane ?

Ses amis me fixèrent, en pleurs, et l'un d'entre eux pointa la voiture en flammes. Je me sentis alors comme étourdie, le sol s'ouvrant sous mes pieds, emportant toute ma raison.

Je fis un pas, puis un autre en direction de la voiture avant de m'élancer réellement.

— Non, non, non, non, non, répétai-je inlassablement. Fred, un des policiers, me rattrapa et m'arrêta dans ma lancée en direction du feu, mais je me débattis en hurlant de terreur et de douleur.

— Sors-la de la voiture, suppliai-je. Sors-la vite ! Fais quelque chose !

— Yéléna... c'est trop tard.

— Non, je vais y aller, c'est pas trop tard, laisse-moi y aller, je t'en prie, ne dis pas que c'est trop tard, ce n'est pas vrai. Fais quelque chose ! C'est pas possible, je t'en prie, fais quelque chose. Putain de merde, fais quelque chose !

Les dernières notes de la mélodie me sortirent de ma transe. Les joues trempées, je me laissai aller et continuai à pleurer. Cette douleur lancinante me rappelait avoir espéré mourir moi aussi avec elle ce jour-là. C'était beaucoup trop intense et dévorant, déchirant et destructeur.

Je quittai le banc après avoir pris une grande inspiration. Il me fallait partir d'ici. Je déambulai dans l'église pour en sortir au plus vite. Je ne fis attention à rien, je n'avais qu'un but : éteindre le feu ardent qui brûlait à la place de mon cœur.

— Fais attention à elle, entendis-je résonner au loin, mais mon esprit n'était plus connecté.

Je rentrai à la maison l'esprit embrumé et, pour tenter d'apaiser la douleur, je fis l'unique chose que je connaissais : je pris la première bouteille d'alcool que je trouvai dans la réserve de mon père et qui était encore intacte. Je bus deux grands verres de vodka avant de m'effondrer sur le sol de la cuisine, sans pouvoir contrôler mes larmes et, surtout, sans réussir un instant à apaiser mon cœur.

Des minutes ou des heures passèrent, tandis que je faisais à nouveau naufrage, me noyant dans mon agonie, comme je l'avais fait tant de fois. Je perdais doucement la raison et ce ne fut que lorsqu'un froid glacial s'installa dans ma poitrine que je compris que l'alcool avait fait effet. Il m'avait anesthésiée. Combien de verres avais-je bus ? Je ne savais plus. Mais je continuai.

Le Chat vint à petits pas et miaula. Doucement. Comme un chuchotis, une vaine tentative d'appel au calme. Je l'ignorai.

La bouteille entamée à la main, je me relevai, essuyai mon nez encombré, puis déambulai dans la maison sans but. Mais c'était bien trop étouffant, et la menace de me noyer à nouveau n'était pas loin. Alors je sortis. Il faisait plutôt sombre, et une fine pluie tombait. J'avais totalement perdu le fil du temps.

Marcher. J'avais besoin de marcher.

Je trébuchai plusieurs fois, mais ne m'arrêtai pas. Je passai devant le lieu tragique. Là, à l'orée d'un bois, où la voiture s'était trouvée encastrée dans un arbre et avait pris feu. Cette voiture même dans laquelle Ariane avait péri. Je continuai mon chemin, trébuchant à nouveau plusieurs fois avant de comprendre où mes pieds m'emmenaient.

Je poussai la lourde grille dont la peinture défraîchie

s'émiettait. Je parcourus quelques allées et atteignis sa tombe.

Marc Dracot
1969-2023

C'était inscrit en lettres dorées. C'était bien la seule chose que mon père avait pensé à planifier avant de mourir : l'emplacement de sa tombe et le marbre qui le couvrirait.

Je m'assis à même le sol graveleux et mouillé, sans émotion, puis posai la bouteille sur le marbre froid de sa tombe, avant de la reprendre pour en boire plusieurs gorgées.

— Je comprends pourquoi l'alcool te plaisait autant, dis-je en ayant du mal à articuler. C'est anesthésiant et parfait pour ne pas faire face aux émotions.

Je souris et lâchai un râle en sentant les larmes revenir au galop. Je n'étais plus du tout maître de moi-même.

— Ce soir, je n'ai pas envie de faire face à quoi que ce soit. Je veux juste te blâmer. C'est tout ce que tu mérites.

Je repris une gorgée, ne sentant même plus la chaleur, ni l'amertume de l'alcool passer dans ma gorge.

— Tout est de ta faute. Toi et ton foutu alcool. Pourquoi tu persistais à boire alors que ça retirait sans cesse le meilleur de toi ? As-tu seulement pris un jour conscience de l'enfer que tu m'as fait vivre ?

Je riais et pleurais, me détestant pour ce que je ressentais et pour l'état dans lequel je me trouvais.

— Je suis comme je suis aujourd'hui à cause de toi. Ton comportement a forgé le mien. Chaque coup que tu m'as donné était comme une muraille supplémentaire à dresser. Et chaque mot blessant ou situation humiliante auxquels j'ai dû faire face, m'ont brisée bien plus que n'importe quel coup que j'ai pu recevoir.

Je repris à nouveau une gorgée, me rendant compte que j'étais trempée par la pluie, mais je m'en fichais. Je tentais de noyer les émotions qui voulaient me faire couler.

Jordan, pensai-je subitement.

Je récupérai mon téléphone et l'appelai. Elle décrocha au bout de la deuxième sonnerie. Alors je m'effondrai :

— Je ne vais pas bien, Jodi.

Ma phrase, comme un appel au secours, monta dans les aigus. Je ne savais pas si j'étais cohérente entre ce que je pensais et ce que je disais, mais elle répondit quelque chose que je ne compris pas.

— Je veux que ça parte.

— Qu'est-ce qui se passe ? Tu veux que qui parte ?

— La douleur. Je n'en peux plus.

Je laissai tomber mon bras qui tenait le téléphone, devenu soudainement trop lourd. Je tentai de me relever, ce à quoi j'échouai lamentablement.

— À cause de toi... Tu as tué ma petite sœur, dis-je en un murmure. Tu m'as privée de la seule personne pour qui la vie valait la peine d'être vécue. À cause de toi, elle est morte. Tout est ta faute.

Je pris la bouteille dans laquelle il ne restait plus grand-chose et la jetai avec toute la force qu'il me restait sur le marbre de la tombe. Les éclats de verre volèrent partout, y compris sur moi-même, pourtant je n'eus que peu de réaction.

— À la tienne, toi qui aimais tant ça. J'espère que, là où tu es, tu continues de te noyer dans ce foutu alcool.

Je me laissai tomber en arrière, sans réussir à stopper le flot d'émotions. La pluie se mélangea à mes larmes. Le ciel était chargé, sombre, tout comme l'était mon cœur.

Un nuage noir, plus gros que les autres passa au-dessus de ma tête. Il stagna, puis je m'envolai.

Si je mourais ainsi, ce soir, alors pourquoi continuais-je autant de souffrir ?

— Ça va aller.

Les anges savaient parler.

— Je vais te ramener au chaud.

Je fermai les yeux un instant et les rouvris alors que j'étais dans ce qui ressemblait à une voiture. Le passage entre les deux mondes était moderne.

— Elle est avec moi, entendis-je au loin. Je suis Adam, ne t'en fais pas, elle est en sécurité… D'accord, je viendrai te récupérer demain matin.

Je sombrai à nouveau et me retrouvai dans un cocon chaud à l'odeur exquise.

Un nuage, probablement.

Alors, je devins sereine. Je me détendis complètement et me laissai envelopper par cette chaleur bienvenue.

Le paradis était vraiment une bonne destination.

Chapitre 11

J'étais plutôt en enfer.

Figée dans le cocon chaud qui m'enveloppait, je n'osais pas bouger, ni même respirer trop profondément. Mon cerveau était contre, car, lorsque je tentais un mouvement, c'était comme si des dizaines de scies me coupaient chaque centimètre de la tête. J'avais mal. Mais ce n'était rien comparé aux moments où j'essayais d'ouvrir les yeux.

Alors je restais longtemps étendue, tâchant sans succès de me rappeler ce qui s'était passé après m'être rendue au cimetière, et où j'avais pu passer la nuit, parce que je savais avec certitude que ce lit ultra confortable n'était pas le mien. Mais plus je fouillais dans ma mémoire et plus la douleur s'intensifiait. Il n'y avait qu'un mur noir à la place de mes souvenirs. Alors j'abandonnai.

Un léger cliquetis se fit entendre. Je bravai la douleur afin d'ouvrir les yeux pour de bon. Dans l'encadrement de la porte, la silhouette d'Adam se découpait. Habillé décontracté, tout en noir, il me scruta d'un œil interrogateur, avant d'entrer et de refermer la porte derrière lui. Il s'assit sur le bord du lit et me tendit un verre d'eau que je refusai. Si j'avais certes soif, je n'étais pourtant pas certaine que mon estomac accepterait cette offrande.

Ses cheveux étaient en bataille et ses yeux légèrement gonflés m'indiquèrent qu'il n'était pas levé depuis longtemps.

Après avoir pris une longue inspiration pour jauger la résistance actuelle de mon corps, je me relevai un peu et vis que ma tenue n'était plus la même que la veille. Mes yeux firent l'aller-retour entre le long T-shirt noir et mauve sans rien dessous que je portais et Adam, qui lui, continuait de me scruter, le visage serein.

Qu'est-ce qui s'est passé, hier ?

Adam, qui semblait amusé, vint finalement à mon secours quand il vit ma curiosité grandir.

— Tu t'es déshabillée seule, et tu as exigé de dormir dans ce T-shirt que je venais de retirer.

Je fronçai les sourcils, tentant de me souvenir, en vain.

— Ça veut dire que tu m'as vue nue ? Et pourquoi te déshabiller toi aussi ?

— J'étais trempé par la pluie et tu n'arrêtais pas de me dire de te laisser tranquille.

— Qu'est-ce qui s'est passé ? On a couché ensemble ?

— Tu ne te rappelles vraiment rien ?

Je secouai doucement la tête. Seul un trou noir avait pris place entre le cimetière et maintenant.

— Eh bien, il faut croire que tu ne sauras jamais ce qui s'est passé hier, alors.

Je m'assis sur le lit, prête à protester, mais mon corps n'apprécia pas le mouvement. Tout comme ma tête. Un violent vertige s'empara de moi, suivi de près par la nausée.

Respire. Respire lentement, me dis-je pour contrôler ce malaise, mais je me souvins alors de la force des émotions qui m'avaient traversé le corps la veille, de la douleur, de ce besoin irrépressible de sortir de mon propre corps et de faire taire les sentiments si profondément douloureux, et enfin que j'avais bu comme jamais je ne l'avais fait auparavant. Je me souvins également d'avoir parlé à mon père, d'avoir brisé la bouteille d'alcool sur sa tombe avant de m'effondrer, croyant mourir, tant, pour moi, il n'était pas humainement possible de souffrir ainsi. Je relevai les yeux vers Adam, me disant que, si j'étais ici, dans ce lit qui devait être le sien, c'était qu'il m'avait ramassée en piteux état. Ce qu'on pensait de moi m'était égal, mais m'être exposée ainsi me rendait mal à l'aise. Qu'est-ce qui m'avait pris, bon sang ?

Adam passa soudain sa grande main le long de mon visage, me sortant de mes idées sombres.

— N'y pense pas, ordonna-t-il sans me lâcher du regard.

Le fixer me fit du bien. Comme s'il me tendait une perche à laquelle je m'accrochai pour ne pas couler à nouveau.

— Je... commençai-je en m'arrêtant subitement, en sachant que ce qui sortirait ensuite ne serait en rien des mots.

Adam le comprit et, d'une rapidité efficace, il sauta sur le seau qu'il avait dû poser à côté du lit, pour me le tendre. Je vomis tripes et boyaux interminablement, la migraine heurtant chaque recoin de ma tête avec brutalité.

Plus jamais, me dis-je en reprenant ma respiration

lorsque les crampes cessèrent enfin. *Je ne boirai plus jamais.*

Adam me tendit le verre d'eau qu'il avait posé sur la table de chevet, mais je déclinai à nouveau.

— Bois, ordonna-t-il encore une fois. Tu as la gueule de bois principalement parce que tu es déshydratée. Alors prends ça.

Je plissai les yeux sans avoir la force de protester, et abdiquai. L'eau me fit un bien fou. Bien plus que je ne l'aurais pensé. Mon estomac sembla finalement bien l'encaisser… pour le moment.

— Je devrais rentrer, dis-je sans pour autant en avoir la force. Je suis désolée pour tout ce… désastre.

— Ça arrive, balaya-t-il avec un haussement d'épaules comme s'il ne tenait pas le seau dans lequel j'avais vomi. Prends ton temps.

Il me laissa ensuite et quand la porte fut refermée, je me glissai au fond des draps, savourant l'apaisement que cela eut sur mon corps et ma tête douloureuse.

— Elle est là ? dit une petite voix lointaine. Je peux aller la voir ?

Un rire que je reconnus comme celui d'Adam résonna encore plus loin.

— Non, Lucas. Laisse-la se lever tranquillement, tu la verras plus tard. Toi, il faut que tu te prépares pour l'école.

Cette fois-ci, c'était certain : je ne voulais plus quitter ce lit, ni cette chambre. Je n'avais aucune force pour affronter le petit monstre aujourd'hui. Je me fis violence pour sortir des draps, après avoir profité encore un instant du repos que cette chambre bleu sombre m'offrait.

Le placard en longueur aux portes en miroir me renvoya mon reflet, et je pris peur. Des cernes énormes sous les yeux, des cheveux qui me firent me demander si je n'avais pas mis les doigts dans une prise électrique et une pâleur qui m'effraya. J'avais détrôné le monstre de Frankenstein question laideur. Je ne portais que le T-shirt d'Adam, qui s'arrêtait à mi-cuisse. J'avais même pensé à retirer ma culotte... Ou bien était-ce lui ? Non. Si j'étais persuadée qu'il n'avait rien d'un saint, je ne l'imaginais pas profiter de ce genre de situation... Enfin, je crois.

Je récupérai mes vêtements qui étaient étendus sur un séchoir près de la fenêtre et une fois prête, je quittai la chambre à pas de loup. La maison était construite de la même manière que celle de mon père, alors me repérer ne me posa aucun problème. Je déposai le T-shirt que j'avais porté pour dormir dans la panière de la salle de bains, puis je descendis et m'arrêtai au pied de l'escalier, qui arrivait dans la cuisine moderne. Plus loin, dans le salon, des voix me parvinrent.

— Tu ferais mieux de garder tes distances, prévint une voix que je reconnus comme étant celle de Marlène.

— Pourquoi est-ce que je le devrais ?

— Yéléna n'est pas stable. Elle ne l'a jamais été. Ce n'est bon ni pour toi, ni pour Lucas.

Un soupir exaspéré me parvint de manière étouffée. Je ne savais pas pourquoi je restais en retrait, à écouter ces conneries passivement. Je n'avais jamais vu Marlène comme une ennemie, même si elle n'avait jamais été non plus une amie. Néanmoins, je supposai que, comme le reste des habitants, elle avait suivi l'avis général.

— Je n'aurais jamais pensé que tu étais du genre à écouter des rumeurs qui, potentiellement, sont fausses, continua Adam, comme blasé.

— Tu ne connais pas cette fille, et ces rumeurs sont bien fondées, crois-moi.

— Si c'est le cas, ça veut dire que tu as regardé ce qu'elle a vécu intrafamilialement sans rien faire ? Où étais-tu quand elle avait besoin d'une aide ?

Pourquoi prenait-il seulement la peine de me défendre ? Rosebaie était une peine perdue pour moi depuis bien longtemps. Une fois encore, mon père était la raison de toutes ces injustices…

Je quittai mon poste d'écoute et sans chercher à me faire discrète, je traversai le salon sans un mot ni un regard et me rendis dans l'entrée où je récupérai mes chaussures avant de partir sans attendre.

— Néna ! entendis-je le monstre au loin, mais je claquai la porte aussi vite que je le pus.

Même si je ne m'étais pas inquiétée de me faire repérer, avec le gosse, il n'y avait plus de doute qu'ils m'avaient remarquée.

Je fouillai dans mes poches à la recherche des clés de la maison sans pour autant les trouver. Étais-je partie sans elles ? Je n'avais pas le souvenir d'avoir refermé la porte, ce qui se confirma lorsque j'entrai sans rencontrer de résistance.

J'avais réellement perdu la tête la veille.

Je me figeai à l'entrée du salon. Jordan était assise sur le canapé. Les mains sur les genoux, elle me souriait, attendant que le choc de sa présence soit passé.

Je l'ai appelée, hier, me souvins-je. *Et elle est venue.*

Je grimaçai, ne sachant pas ce qu'elle avait entendu ou même ce qu'elle avait compris de cette conversation qui n'avait dû avoir aucun sens ; malgré tout, mon cœur se gonfla d'affection pour cette petite femme qui était en un sens ma seule amie. Elle confirmait une fois de plus à quel point la bonté et la sincérité de son âme étaient d'une pureté sans égales.

— Tu n'aurais pas dû venir, lui dis-je néanmoins.

Son sourire s'effrita, puis elle tapota la place à ses côtés.

— Je suis contente de te voir, Jodi ! déclara-t-elle à elle-même en commençant un monologue. Tu as fait bon voyage ? Oui, mais j'étais super inquiète et je n'ai pas trop dormi, alors je me sens un peu fatiguée. Je comprends, je suis désolée de t'avoir inquiétée, Jodi. Viens avec moi, je vais t'aider à t'installer pour que tu puisses te reposer. Oh ! j'oubliais : tu es la meilleure.

Je ris en me laissant tomber près d'elle et fis une chose inédite pour nous : je la pris dans mes bras et la serrai contre moi avec force. Les mots n'étaient que des mots, et ce que je ressentais en la voyant ici, rien ne pouvait l'expliquer. Elle ne dit rien, mais me tint contre elle, jusqu'à ce que je m'éloigne.

— Raconte-moi tout, me dit-elle sérieuse, cette fois.

— Avant ça, dis-moi combien de temps tu comptes rester ?

— Pour l'instant, j'ai pris dix jours, mais peut-être que j'ai été virée d'avoir pris ces jours sans attendre l'aval du boss.

— Tu n'aurais pas dû... Mais puisque tu es là, on va t'installer, je vais aller prendre une douche et trouver un médoc pour mon mal de tête. Ensuite, on discutera. Ça te va ?

Elle acquiesça et me suivit docilement.

Assise avec Jordan sur le canapé de jardin sur la terrasse, pendant qu'il pleuvait des cordes, j'observais le paysage bien maussade en cette fin de matinée. Nous avions préparé la chambre d'ami à l'étage, puis j'avais pris le temps de me doucher, et de faire visiter la maison à Jordan. Je venais d'expliquer la raison qui m'avait poussée à l'appeler la veille. Je n'avais raconté que les grandes lignes, parce que je n'aimais pas m'exposer et entrer dans les émotions. J'arrivais mieux à les contenir, aujourd'hui, même si j'avais tendance à penser que Rosebaie ne me laissait pas trop le choix : tout dans cette ville me ramenait à un passé que je m'étais pourtant efforcée d'oublier.

— Je devrais remercier cette ville, me dit Jordan les yeux perdus au loin.

Je haussai les sourcils sans comprendre.

— Pourquoi ça ?

— Parce que, si les gens avaient été bienveillants, alors tu ne serais jamais partie et je ne t'aurais jamais rencontrée. C'est mon côté égoïste qui parle, je ne me réjouis pas de ce que tu as vécu, loin de là. Je me suis fait un sang d'encre, hier. Je n'ai pas arrêté de t'appeler jusqu'à ce qu'Adam veuille bien décrocher ton téléphone. Et ça a été pire encore quand il l'a fait. Je me suis dit qu'il t'avait réellement botté les fesses.

Je ris en repensant à la dernière conversation que nous avions eue toutes les deux à ce sujet.

— C'est plutôt moi qui l'ai frappé.

— Quoi ? Une vraie sauvage ! Raconte-moi.

Je lui fis un rapide récit de la veille avant que mes émotions ne prennent le contrôle de tout mon être.

— Tu ne fais rien dans l'ordre, affirma-t-elle avant d'énumérer sur ses doigts. D'abord, tu l'embrasses en le séquestrant dans sa voiture, ensuite tu le frappes, et puis tu dors dans son lit. Ça démarre plutôt fort.

— Le « ça » n'est ni ce que tu crois, ni rien d'approchant.

— C'est toi qui en parles. Pour une fois, ça ne vient pas de moi.

— Je te vois juste venir, dis-je en m'étirant.

Le silence s'installa quelques minutes, pendant lesquelles on grignota des chips et but nos sodas. Parfois, le silence était bien plus reposant que les mots, pourtant, je la connaissais assez pour savoir qu'elle mourait d'envie de me demander quelque chose. Sa tête qui se tournait toutes les cinq secondes dans ma direction me mit la puce à l'oreille.

Je craquai :

— Dis-moi ce que tu veux me dire.

Elle me sourit et croisa les jambes en se tournant dans ma direction. Sa queue-de-cheval blonde, haut perchée, bougea dans tous les sens, me faisant penser à un palmier fou.

— Ne te fâche pas, mais j'aimerais en savoir plus. Pourquoi ton père s'en prenait à toi, uniquement, et pas à ta sœur ?

— Parce que je faisais toujours en sorte de m'interposer. L'habitude a fait que je sentais quand l'orage allait éclater, alors je l'éloignais généralement avant qu'un drame n'arrive. Et s'il arrivait quand même à la blesser d'une manière ou d'une autre, je lui rentrais dedans pour que son attention et sa colère se détournent d'elle. Je préférais supporter les coups et les insultes, plutôt que rester passive à le voir lui faire du mal.

— Et personne aux alentours n'a jamais rien entendu ? Ou n'est intervenu ?

— Je crois que tout le monde le savait, sans vraiment connaître les détails. Tout le monde était au courant qu'il était alcoolique. Mais mon père répandait des rumeurs à mon sujet, pour mieux justifier les cris. C'était plus facile pour lui que d'affronter la vérité et sa brutalité.

— Des rumeurs ?

— Oui, des rumeurs, acquiesçai-je en me souvenant de chacune d'entre elles. Ça lui permettait de justifier ses actes, sans jamais se remettre en question et affronter ses problèmes d'addiction. Parfois, il disait que j'avais ramené un garçon à la maison. Parfois, que je n'étais pas rentrée à l'heure, parfois que je m'étais battue et que j'avais causé des problèmes. Toutes les excuses possibles y sont passées.

— Hmm. Quel parent peut faire ce genre de chose ?

— Un alcoolique qui ne veut pas faire face à ses actes.

Je pouvais sentir le regard de Jordan peser lourd sur moi. Je devinais aussi sa peine. Je détestais ça.

— C'est du passé, Jodi.

— Mais tu continues d'en souffrir aujourd'hui.

— Parce que revenir ici n'était pas une bonne idée.

— Ou parce que tu n'as pas fait le deuil de ta sœur, et que tu n'as jamais réellement dit à ton père la souffrance qu'il t'a fait subir quand il était encore vivant.

— Ou parce que le regard des habitants de cette ville n'a pas changé, dis-je en appuyant sur chaque mot. Quand ils me voient, c'est comme s'ils continuaient de m'accabler de toutes ces rumeurs. Qui d'ailleurs, ont été aussi alimentées par les jeunes de mon lycée à l'époque. Je me souviens de m'être même demandé, pendant un temps, si tout n'était finalement pas ma faute. Je sais aujourd'hui que rien de tout ça ne l'est.

Malgré tout, sa phrase précédente flotta dans ma tête. Elle avait sûrement raison, mais je n'avais pas l'envie, ni la force, d'affronter ce sujet.

— Je vais établir un plan d'enfer pour tous les exterminer, affirma-t-elle avec conviction.

Je retrouvai le sourire et trinquai avec Jordan à l'aide d'une chips.

— Au fait, je t'ai dit avoir envoyé par mail tous les devis que j'ai pu obtenir pour la rénovation de la maison, mais je ne les ai pas consultés. À ce que je vois, elle n'a pas l'air en si mauvais état.

— Elle est vieillotte, expliquai-je avec un haussement d'épaules. Il y a quelques fuites et moisissures par endroits, le réseau électrique est douteux, l'isolation est à prévoir car les murs sont des passoires et un rafraîchissement ne lui ferait pas de mal.

— Mais la vue est belle.

— Attends qu'il fasse beau, c'est encore mieux.

Ce ne fut qu'en milieu d'après-midi que la pluie cessa et que je sortis avec Jordan pour lui faire faire le tour de la ville. Je ne m'attardai nulle part, sauf sur la plage artificielle du lac. Il ne faisait pas vraiment beau et le paysage était gâché par le manque de luminosité, mais l'endroit était encore assez calme pour pouvoir en profiter en paix.

Jordan me raconta les dernières anecdotes de la vie dans la capitale, quand quelqu'un se laissa tomber à mes côtés. Comme une seule personne, Jordan et moi tournâmes le visage vers le nouvel arrivant.

— Ami ou ennemi ? demanda Jordan très peu discrètement.

— Ami, répondis-je en riant.

— OK, alors, salut ! Je suis Jordan.

Elle tendit la main vers Nathan, qui la serra, surpris.

— Et moi, Nathan, l'ami d'enfance.

— Je note : à ne pas exterminer.

Je ris devant le visage perplexe de Nathan, qui devait imaginer Jordan comme une excentrique au bord de la folie, ce qui était loin d'être le cas.

— Qu'est-ce que tu fais là ? demandai-je à Nathan, qui entoura ses genoux de ses longs bras.

— J'étais venu au snack pour voir où tu en es, et je t'ai vue ici, alors me voilà.

— Le Boat est fermé ?

— J'ai aussi le droit à des jours de repos, tu sais ? protesta-t-il en me donnant un léger coup d'épaule avec la sienne. Dans mon élan de grande générosité, j'étais venu pendant mon *jour de repos*, voir si tu avais besoin d'aide d'une manière ou d'une autre.

Je pouvais presque voir l'auréole au-dessus de sa tête.

Et en d'autres termes, Nathan savait qu'il s'était passé quelque chose la veille. Je détestais cette ville où les ragots allaient plus vite qu'une fusée.

— Disons que j'ai pris un jour de repos, moi aussi, mais merci.

— Et elle m'a, *moi* aussi, intervint Jordan l'air de rien.

Nathan pencha la tête pour étudier Jordan en jouant avec son piercing à la lèvre et lui signifier qu'il avait entendu, mais elle l'ignora. Cette fille savait parfaitement jouer les innocentes.

— Je voulais aussi te dire qu'il y a la fête des voisins demain. Ce sera sur la place principale. Il y aura un petit marché et un grand buffet. Tu devrais venir.

— Oh ! oui ! s'exclama Jordan enjouée.

— Tu sais comme moi que ce n'est pas une bonne idée, rétorquai-je. C'est non.

— Ah. C'est non, répéta Jordan, cette fois déçue.

— Les choses ont changé, la terreur. Penses-y, au moins. Tu ne seras pas seule, en plus. Jordan sera là, et moi aussi.

— Mais surtout moi, appuya Jordan le sourire aux lèvres avec son air toujours innocent.

Je tournai la tête dans sa direction et ris sans comprendre son excitation audible, puis répondis à Nathan.

— Je verrai, mais n'y compte pas trop. Par contre, je viendrai te voir ce week-end sans faute.

— Ça me va. Appelle-moi si tu as besoin de quelque chose. (Il se releva et fit une élégante courbette.) Amusez-vous bien et au plaisir de te revoir, Jordan.

Cette dernière acquiesça vivement. J'attendis que Nathan soit à bonne distance pour reporter toute mon attention sur elle et lui demandai :

— Tu as eu le coup de foudre ?

— Hein ? Pas du tout, pourquoi ?

— Tu étais bien trop enjouée.

— Je ne suis jamais allée à une fête des voisins. Et puis, quoi de mieux qu'un événement comme ça, qui réunit toute une ville, pour une éradication ?

Je ris pour de bon et ne pus m'empêcher de me dire que la plus flippante, entre elle et moi, c'était bien Jordan.

Chapitre 12

La fête des voisins… C'était la plus mauvaise idée que Jordan avait eue. Si j'avais cédé, c'était parce qu'une part de moi voulait lui faire plaisir et qu'elle puisse découvrir ce que c'était. L'autre part voulait lui prouver que cette ville était un réel enfer.

Sur la place centrale, près de l'église, des tables avaient été dressées autour de la fontaine, tandis que des enfants jouaient vers les escaliers de pierre où des animations étaient menées. Un petit marché avec les produits locaux à découvrir longeait la route où les gens de la ville et les touristes se promenaient. Tous buvaient et mangeaient, bavardant avec effervescence.

Ah ! Pourquoi je suis là ? me répétais-je, au comble de l'embarras.

— Détends-toi, ça va aller, Yéléna.

Jordan avança à grands pas, joyeuse. Elle avait envahi la cuisine tôt dans la matinée pour confectionner deux tartes et des muffins à la confiture de myrtille, ainsi qu'au chocolat. La seule chose que j'avais faite avait été de surveiller qu'elle ne mette pas son plan à exécution, et qu'elle n'insère pas de la mort-aux-rats dans ses plats. Sa personnalité était l'opposé de la mienne, bien trop excitée par la perspective de rencontrer de nouvelles personnes, alors que je ne voulais que rentrer pour travailler en paix. Je découvrais une nouvelle facette de mon amie, qui rayonnait et illuminait ma noirceur intérieure. Elle avait même tenté de choisir ma tenue, ce que j'avais refusé. J'avais opté pour une robe bleu roi s'arrêtant à mi-cuisse et légèrement évasée. Idéale pour les beaux jours. Le soleil avait décidé de revenir envahir le ciel.

En arrivant, les anciens - Georges, le père Vincent et Mme Henry - nous accueillirent avec de grands sourires. Même la pie avait l'air ravie... sûrement parce qu'elle aurait bientôt de nouveaux ragots à raconter à qui voulait l'entendre. Je présentai Jordan à tour de rôle, et bientôt elle fut le centre de l'attention. J'en profitai pour nous débarrasser de nos plats, que j'installai sur l'une des tables où il y avait encore de la place. Je relevai brièvement la tête et croisai le regard d'Adam - portant Lucas dans les bras -, qui semblait en plein monologue. Il était entouré de ses amis et d'autres personnes que je n'identifiai pas, car ces dernières étaient de dos.

— C'est bien que tu sois là.

Je me tournai pour faire face à Nathan, qui, deux verres à la main, m'en tendit un, le sourire aux lèvres. Il était apprêté et paraissait fatigué, mais le voir ici me rassura en quelque sorte.

— Pas sûre de rester très longtemps. Je ne suis pas vraiment à l'aise.

Il passa un bras autour de mes épaules et engloba la place d'un geste de sa main tatouée.

— Mais comme tu le vois, personne ne t'a mordue.

— Pas encore. Et pourquoi tu es aussi fatigué ?

— Ah ! Je suis un homme de la nuit. Actuellement, il est très, très tôt pour moi.

Un brouhaha attira notre attention. Forcément, je savais que je les reverrais tous : Camille, et son groupe. Il y avait aussi Julian, qui avait harcelé Nathan pendant longtemps.

— Ça ne te fait rien de les voir, aujourd'hui ? m'enquis-je auprès de mon ami, qui garda son bras autour de mes épaules.

— Non. Certains ont plutôt bien mûri, d'autres pas du tout, mais je n'ai pas de problèmes avec eux. J'ai laissé le passé au passé. Tant qu'ils me donnent leur argent au Boat, ça me convient.

Je ne leur prêtai plus attention quand Jordan nous rejoignit, visiblement ravie.

— Pour sûr, ces personnes t'apprécient, dit-elle avec un grand sourire en pointant du pouce les anciens derrière elle. C'est plutôt un concept sympa, cette fête, je reviendrai avec plaisir l'année prochaine.

— J'espère bien ne plus être ici à ce moment-là, marmonnai-je.

Nathan me coula un regard triste, alors je posai la tête sur son épaule, tandis qu'il resserra sa prise autour de moi. Un message silencieux de tristesse mélangée à du soutien traversa nos regards.

— Le duo impossible est de retour ! s'exclama Fred en tenue de civil. Je suis de repos aujourd'hui, alors s'il vous plaît, tous les deux, tenez-vous bien.

Nathan rit, moi pas.

Chaque fois que je voyais cet homme, ma mémoire

me renvoyait à des moments terribles de ma vie. Il n'y était pour rien, mais je détestais l'avoir dans mon champ de vision.

Je décidai de m'éloigner avec Jordan, tandis que Nathan s'engagea avec d'autres personnes dans une discussion que je ne voulais pas suivre. Il me fit un signe de main indiquant qu'il me rejoindrait. Jordan finit par m'entraîner vers les animations qui avaient été mises en place pour les petits comme pour les grands, puis m'embarqua jusqu'aux marches de pierre, où elle s'installa pour manger toutes les sucreries qu'elle avait trouvées.

— Tu veux vraiment m'achever, marmonnai-je alors que des vers de terre grouillaient et criaient de toute part.

— Contrairement à ce que tu m'as dit, je trouve cette ville plutôt reposante, m'indiqua-t-elle. Il n'y a que peu de circulation, c'est calme et l'air est pur. J'ai même été réveillée par un coq ce matin pour la première fois de ma vie. Je n'aurais jamais imaginé vouloir tuer un animal un jour pour m'avoir réveillée, d'ailleurs. C'est une première.

Je ris de bon cœur, mais perdis vite le sourire en voyant un petit monstre courir dans notre direction.

— Néna !

Il observa Jordan d'un œil curieux.

— T'es qui ?

— Hé ! On dit bonjour, d'abord, râlai-je.

— Bonjour, t'es qui ?

Jordan rit. Avec sa bouille d'ange, Lucas gagna le cœur de mon amie en quelques secondes. Je me décalai un peu quand elle engagea avec le ver de terre une grande discussion existentielle qui m'épuisa. Non loin de là, Adam, Éden et Yohan chahutaient avec d'autres enfants et probablement leurs parents. Nathan était toujours en grande conversation avec les anciens, et un peu partout étaient dispersés des groupes que j'appréciais plus ou moins. Nathan avait sûrement raison de laisser le passé au passé, mais même quand inconsciemment, je tentais de prendre cette résolution, quelque chose de puissant me l'interdisait.

N'ayant pas envie de rester sur place à trop réfléchir, je me levai et me rendis vers les tables proposant de la nourriture, non loin de Nathan. Je pris une part de flan et demandai par un regard de loin à Jordan si elle désirait quelque chose. Elle me fit un rapide geste pour me dire que oui, et, si je comprenais bien, elle voulait de tout. Je souris en préparant une assiette.

— Elle m'a jeté de la bière dessus, franchement, je n'aurais pas pensé qu'elle puisse être si hargneuse.

Je ne prêtai pas attention à ces propos et continuai de préparer un assortiment pour Jordan. Je retins un sourire, en me disant qu'il valait mieux les ignorer.

— Et dire qu'elle est sortie avec toi. Elle était folle amoureuse, continua Camille.

— C'était marrant.

Je ne résistai pas, relevant le visage par curiosité, et je me figeai. Julian, celui qui avait passé son enfance à harceler Nathan, me regardait avec satisfaction tout en discutant. Je ne savais pas comment mon ami faisait pour les supporter sans rien dire. Ils me sortaient tous par les yeux. Je me contins. Il n'y aurait rien de bon à faire un esclandre ici, devant tous ces gens.

Je ne suis pas et n'ai jamais été la fille qu'ils étaient en train de dépeindre. Je pris une profonde inspiration et reportai mon attention sur l'assiette en les ignorant pendant qu'ils déblatéraient au sujet de choses infondées, attendant un instant pour me remettre en mouvement et rejoindre Jordan, toujours au même endroit. Il fallait que j'arrête d'être sur la défensive avec ces gens. Mais pourquoi était-ce si dur de laisser tout simplement tomber ?

Peut-être parce que je n'avais jamais accepté l'injustice qui avait régi ma vie d'adolescente.

— C'est vrai que tu l'as dépucelée, ricana Camille en tapant sur l'épaule de Julian qui, lui, me fixait toujours.

Je fronçai les sourcils. Il savait aussi bien que moi que c'était faux. Il avait beau avoir grandi, il n'avait donc jamais avoué la vérité.

— Qu'est-ce que t'as dit ? lâchai-je sans me rendre compte que je venais de passer à l'action.

— Qu'on a passé du bon temps ensemble, c'était sympa, et c'est aussi sympa de te revoir, me lança Julian comme si la situation était tout à fait normale.

Derrière, Camille rit, sûrement satisfaite d'avoir l'occasion de se venger de moi.

Mais je l'ignorai, elle n'était pas ma cible. Julian, lui, l'était. Il était celui qui avait menti, et ma foutue fierté m'empêchait de laisser couler. C'était au-delà de mes forces, j'avais besoin de rétablir la vérité.

Une main attrapa la mienne.

— Yéléna, m'appela Nathan, mais je me dégageai de sa prise, prête à en découdre.

Je déposai l'assiette et contournai la table.

— Ta bite devait être bien petite, alors, parce qu'elle n'a pas su prendre ma virginité.

Je décollai du sol quand un mur vint se placer devant moi, et que deux grands bras m'entourèrent la taille et me soulevèrent.

— Tu vaux mieux qu'eux, Yéléna, me dit tout bas Adam, en m'écartant contre ma volonté de tout le monde.

— C'est faux ! Ce qu'ils racontent... C'est faux. Pourquoi je devrais les laisser déblatérer toutes ces conneries sur moi sans rien dire ?

Il ne me déposa que lorsqu'on fut plus loin, à l'écart de toutes les oreilles indiscrètes.

— Parce qu'ils n'en valent pas la peine.

Je fronçai les sourcils et lui tournai le dos, frustrée au plus haut point. Pourtant, je savais qu'il avait raison. C'étaient juste des rumeurs calomnieuses, qui avaient pourri une partie de mon enfance, mais moi, je connaissais la vérité. Eux, s'inventaient des mensonges pour embellir leur triste vie. Néanmoins, je n'arrivais pas à redescendre de ma colère.

— C'est injuste, affirmai-je. C'est peut-être enfantin, mais pourquoi continuer à raconter ces conneries en me faisant face ?

— Pour te faire sortir de tes gonds.

— Eh bien, ça marche ! Je suis sortie avec ce type pour qu'il arrête de harceler Nathan. C'était son unique condition pour qu'il cesse. Mais ça n'a jamais été plus loin.

Je me pris la tête entre les mains, n'en revenant pas que ces personnes détestables réussissent à m'atteindre encore plusieurs années après. Je me pinçai ensuite l'arête du nez et relâchai mes bras le long du corps, lorsque ce fut Adam qui m'attrapa la tête à deux mains pour la relever vers lui.

— Ne les laisse pas te ramener à une époque où tu n'es plus, ni te malmener avec ça.

— J'allais tenter de ne pas me laisser malmener et leur rentrer dedans, mais tu m'en as empêchée.

Adam sourit et secoua la tête doucement.

— Je voulais dire que tu devrais les ignorer.

— Plus facile à dire qu'à faire. Il a même osé affirmer que je l'ai aimé.

— Quel affront, se moqua-t-il en me relâchant. Yéléna au cœur de pierre se rebiffe quand on insinue qu'elle peut aimer.

— Hé ! Je ne me rebiffe que quand des mensonges sont dits. Que je meure sur-le-champ si j'ai, un jour, pu aimer cet imbécile de Julian.

Il sourit à nouveau et mit les mains dans ses poches, comme satisfait de voir ma colère redescendre.

— Je déteste me justifier, ajoutai-je après quelques secondes. Mais j'ai été bien trop torturée avec tous ces mensonges pour réussir à les entendre aujourd'hui et rester passive. Je suis peut-être une adulte, mais je ne suis plus cette fille qui ne disait rien.

— Non, en effet. Maintenant, tu es une guerrière qui est prête à sauter à la gorge des gens sans même savoir se battre. On a encore du travail à ce niveau.

Je secouai la tête et agitai le doigt devant son visage.

— Non, c'est hors de question. Tu ne me ramèneras plus jamais sur un ring.

— Tu viendras par toi-même, j'en suis certain.

— Tu peux toujours rêver, marmonnai-je en le suivant en direction des marches de pierre où Jordan, Nathan et les amis d'Adam se trouvaient. Tu en as déjà trop vu. C'est bien suffisant, et c'est bien plus que ce que n'importe qui d'autre a pu voir de moi à ce jour. Sans façon.

— N'y pense plus. Par contre, je peux mettre une photo des gens que tu n'aimes pas sur les sacs de frappe. C'est une bonne méthode pour se défouler.

Je souris sans répondre. L'idée était plutôt alléchante, même si j'aurais apprécié qu'il me soit permis de boxer les coupables en vrai.

Nathan avait pensé à rapporter l'assiette de pâtisseries en tout genre à Jordan, que j'avais préparée avant l'altercation, et personne ne posa la moindre question sur ce qui s'était passé. Mes yeux revenaient sans cesse vers le groupe d'amis que je détestais, jusqu'au moment où Adam se plaça de sorte à me masquer la vue. J'eus beau le fusiller du regard, il haussa simplement les sourcils, en sachant parfaitement ce qu'il faisait.

Les garçons discutèrent du week-end à venir, mais je ne les écoutais plus. Je me perdis dans mes pensées, jusqu'à ce que Jordan me tapote la main. Une question muette traversa son regard bleu : *Tu veux qu'on s'en aille ?*, à laquelle j'acquiesçai discrètement.

— Il faut qu'on vous laisse, signala Jordan en se levant. C'était un plaisir de vous rencontrer.

Elle donna son assiette vide à Éden qui regarda cette dernière en se demandant sûrement ce qu'il devait en faire.

— Je ne suis pas une poubelle, marmonna-t-il contrarié, tandis qu'on s'éloignait.

— Tu imagines bien que j'ai des tonnes de questions, m'informa Jordan lorsqu'on fut assez loin.

— Yéléna, m'interpella Marlène en venant à notre rencontre.

— Amie, ou ennemie ? chuchota Jordan.

Je secouai la tête pour toute réponse.

— Je suis désolée pour ce que tu as entendu l'autre jour, fit-elle d'un air qui avait l'air sincère.

— Ne t'embête pas avec des excuses, l'interrompis-je. Tu as raison. Sur tout. Tu as entièrement raison.

C'était la conclusion à laquelle j'étais arrivée quelques minutes plus tôt, lorsque je m'étais perdue dans mes pensées. J'étais instable à tous les niveaux.

— Néna, Jodi ! appela le monstre au loin.

Lucas nous fit de grands signes de la main, un sourire angélique sur les lèvres. Seule Jordan lui répondit avec le même entrain. Je me détournai du petit et de Marlène - qui ne tenta pas de dire un mot de plus -, et continuai mon chemin en direction du snack.

— C'est qui, cette femme ? Et qu'est-ce qui s'est passé tout à l'heure ?

— Est-ce que « de la simple vermine » serait une bonne réponse ?

Jordan sourit tristement et passa un bras sous le mien.

— Disons que je m'en contenterai puisque tu ne veux pas en parler. Est-ce que ça va ?

— Oui. Je crois que oui.

Elle acquiesça, satisfaite, puis pressa mon bras. Je pouvais sentir une excitation palpable la traverser.

Comment faisait-elle pour avoir autant d'énergie ? Elle finit par craquer quand on arriva dans le snack, après avoir sauté sur une des chaises hautes près du comptoir, et me dit à toute vitesse :

— L'un des amis d'Adam a dit qu'il aimait les tigresses et qu'il avait l'intention de t'inviter quelque part. Je cite : « Cette femme est une tigresse. J'adore ça. Je vais l'inviter, je crois. »

Je haussai un sourcil et la dévisageai sans assimiler ce qu'elle racontait. Je fis le tour du comptoir pour récupérer de l'eau en demandant :

— Qui ?

— Le type aux yeux bleus.

— Yohan ?

— Oui, lui. Et l'autre, le grand baraqué, celui qui a un regard pas commode...

— Éden ?

— Oui, lui. Il a dit, je cite : « N'y pense même pas, mon pote. » (Son imitation était légendaire.) Alors Yohan s'est senti offusqué, il a commencé à protester, mais Éden a pointé du menton votre emplacement, à Adam et à toi, lorsqu'il t'a soulevée comme si tu étais aussi lourde qu'un pack d'eau. Et ça a cloué le bec à Yohan. Tout comme le mien, d'ailleurs.

Sans bouger, je levai les yeux dans sa direction en attendant la suite, qui ne vint pas. Elle avait le regard dans le vague, rêveuse. Se foutait-elle de moi ? Elle me laissait en suspens sans aller au bout de ses pensées.

— Et donc ?

— Oh ! C'était... Il y avait une telle... alchimie. C'était... captivant. Tout le monde vous observait. On l'a tous ressenti. Ne grimace pas, Yéléna, je te dis juste les choses telles qu'elles sont, mais tout va bien.

— Il n'y a rien entre Adam et moi.

— Hmm, hmm, fit-elle en balayant mes mots. J'adore ces vacances.

Je ne pus m'empêcher de m'esclaffer en me frottant les tempes. Jordan allait raviver ma migraine. Je bus mon verre d'eau, puis changeai de sujet.

— Je voulais t'emmener ici pour avoir ton avis : tu vois quelque chose qui serait bon à changer ?

Mon amie regarda autour d'elle, puis descendit de sa chaise et alla tester les banquettes en cuir ancien.

— Non. Je dirais que le style un peu rétro donne beaucoup de charme à l'endroit. Tu pourrais faire ajouter des inscriptions sur les vitres qui attireraient l'œil.

— J'ai pensé aussi que l'enseigne sur le toit pourrait obtenir un petit rajeunissement si elle était nettoyée.

Sans un mot, Jordan sortit du snack et leva la tête. Elle observa la devanture un moment, puis regarda tout autour d'elle, avant de rentrer.

— Comment on monte sur le toit ? Je suis sûre qu'à nous deux, on peut le faire.

Je souris, en me disant que ce serait bien la première fois que je monterais là-haut en robe. Mais j'étais prête à me mettre au travail. Plus je serais occupée et moins je réfléchirais. C'était tout ce dont j'avais besoin.

Je frappai dans la main que Jordan me tendit et, à nous deux, on se mit au travail.

Chapitre 13

On passa les trois jours suivants à bosser sans arrêt. Du petit déjeuner jusque tard dans la soirée, où on tombait de fatigue, on ne s'arrêtait que lorsque nous avions faim ou pour dormir. On ne laissa personne nous interrompre, ou nous distraire. Jordan et moi restâmes toutes les deux et il n'y avait pas à dire : ce duo était bien le meilleur que ce que j'aurais pu souhaiter. L'avancée en direction de la réouverture du snack fit un bond énorme. Des fournisseurs aux nouvelles machines, ainsi qu'aux éléments de déco faits maison par chacune de nous... tout sembla s'imbriquer à la perfection.

Trois jours entiers sans ne penser à rien d'autre qu'à ce restaurant qui reprenait doucement vie.

On s'arrêta plus tôt ce samedi soir, et on s'offrit même un plongeon dans le lac, que les touristes avaient envahi. Étrangement, avec Jordan à mes côtés, j'eus réellement l'impression d'être en vacances.

Alors que nous étions étendues sur nos serviettes, j'avais le regard porté sur le lac droit devant moi, tandis que mon amie se trouvait sur le ventre, observant les alentours.

— Fais comme si tout était normal, commença Jordan, et mets-toi dans la même position que moi.

Je m'exécutai, curieuse. Le soleil ne frappait plus aussi fort et la température redescendait doucement, alors j'en profitai pour remettre mon T-shirt au passage, avant de m'étendre sur le ventre.

— Je pense qu'il t'observe, exposa Jordan en souriant.

Je mis mes lunettes de soleil pour voir sans être vue et suivis la direction qu'elle m'indiqua discrètement.

— Comment tu peux le savoir ? Adam porte aussi des lunettes.

Appuyé contre un arbre près du complexe sportif en haut de la pente, il ne bougeait pas, ses cheveux en désordre et ses lunettes sur le nez ; c'était tout ce que je réussis à voir de lui. Je me remis sur le dos et récupérai mon pantalon, prête à mettre les voiles.

— C'est pour ça que j'ai dit « je pense », contra Jordan en se rhabillant aussi. T'es même pas drôle.

— Qu'est-ce que tu croyais ? Que le fait de le voir émoustillerait quelque chose en moi ?

— Oui !

— Eh bien, non. Désolée de te décevoir. On devrait aller manger un bout et aller se détendre au Boat.

Elle oublia alors partiellement Adam et se releva en quatrième vitesse, prête pour de nouvelles aventures. Nous y avions déjà passé la soirée de la veille, et étions rentrées bien trop tard, mais nous nous étions amusées de la même manière qu'on le faisait à Paris. Je connaissais Jordan par cœur, elle était trop facilement influençable.

Ce soir, le Boat était rempli de testostérone. Je ne savais pas si c'était dû aux touristes, ou si c'était ainsi la dernière fois aussi, mais partout où mon regard tombait, il n'y avait que des hommes. En s'installant à une table au fond de la salle, Jordan m'observa en fronçant les sourcils. Elle aussi avait remarqué.

— Tu es en chasse, ce soir ? s'enquit-elle, curieuse.

— Non, même si j'imagine que je n'aurais pas meilleur moment pour m'y mettre. Le week-end dernier, c'était beaucoup plus mixte, tout comme hier.

On eut la réponse à cette énigme un peu plus tard, lorsque Nathan trouva quelques minutes pour s'installer avec nous.

— C'est le soir des combats, expliqua-t-il simplement. Il y a toujours une énorme masse de clients, principalement masculins. Des bagarres, des paris, et des rabais sur les consos… C'est généralement la folie. Et je vous conseille d'ailleurs de ne pas rester trop tard, ce genre de soirée finit souvent par des combats hors ring. Même si la sécurité est doublée, on ne peut pas prédire où ça va démarrer.

Je me souvins alors que Chloé, la barmaid tatouée, m'en avait parlé. Je n'aurais pas imaginé une ambiance si… agressive. Mais je supposai que ça allait de pair avec le thème de la soirée. Même la musique était composée de sons connus où les basses paraissaient plus lourdes. C'était un orgasme auditif, qui parcourait le corps et faisait vibrer le cœur.

Après le départ de Nathan, on abandonna rapidement notre table et nos verres vides - soda uniquement, pour moi - pour aller danser. On se laissa porter par le rythme du son, mais aussi de la foule, bougeant ou sautant en harmonie avec le monde alentour.

Un nombre incalculable de mélodies passèrent, quand je décidai de faire une pause, à bout de souffle. Je n'avais jamais autant donné, en dansant, que ce soir.

Je fus happée par un homme qui m'attrapa le bras pour me ramener près de lui.

— Danse avec moi, me cria-t-il sans autre forme de politesse.

Je le jaugeai un moment, et secouai la tête. Faire la fête ne me dérangeait pas, ni même les manières de cet homme, d'ailleurs. Je voulais juste aller me rafraîchir et reprendre mon souffle un moment. Mais il sembla ne pas comprendre et m'attira à lui en ignorant mon refus.

Je vis bien qu'il était un peu éméché, qu'il n'était pas forcément méchant, juste bien lourdaud. Ce fut exactement tout ce qui me fit me braquer. Je réussis à lui arracher mon poignet, mais il passa un bras autour de ma taille pour me rapprocher de lui.

— Tu ferais mieux de me lâcher et de me foutre la paix, criai-je, mais avec la musique, il parut ne pas m'entendre.

Je soufflai comme un bœuf et le poussai bien plus fortement. J'étais patiente, mais il y avait des limites, et j'avais horreur qu'on me force à rester quelque part contre ma volonté ou à faire ce que je ne voulais pas.

Le type tituba en arrière, preuve que j'avais tout de même de la force, ou bien qu'il était plus soûl que je ne le pensais. Je me retournai pour enfin aller m'asseoir avec mes amis près du bar, mais mon poignet fut enfermé dans un étau plutôt douloureux. Apparemment, le type n'avait pas compris ou ne voulait pas comprendre. La situation me mit mal à l'aise, surtout parce que l'homme avait l'air plutôt en colère et qu'il me faisait mal. N'avait-il pas compris que je ne voulais pas danser avec lui ?

Adam apparut à mes côtés, il prit la main libre de l'homme - qui me maintenait toujours le poignet - avec décontraction et compressa un point vers son pouce en lui relevant le bras en l'air, sans aucun effort.

L'homme se plia en deux ; il semblait souffrir le martyre.

— Lâche-la, dit Adam et, la seconde suivante, j'étais libre.

Je me massai le poignet, puis Adam libéra l'homme, avant de le toiser du regard.

Que venait-il de faire exactement ? C'était... waouh.

Adam passa une main dans mon dos et me ramena près du bar. Il ne dit rien de plus, se réinstalla sur sa chaise haute et agit totalement comme si rien ne venait de se passer.

Je me laissai tomber à côté de Jordan en grognant, ce que personne n'entendit à cause de la musique.

— Est-ce que ça va ? demanda-t-elle.

— Je crois, oui, répondis-je en vérifiant à nouveau mon poignet.

Puis je m'adressai à Adam :

— C'était quoi, ça ?

Adam rit et haussa les épaules.

— Je te l'apprendrai, un jour.

Je lui fis un sourire, reconnaissante, et me demandai si ce ne serait finalement pas une bonne idée d'apprendre ce genre de chose.

— Donne-moi ton meilleur cocktail, s'il te plaît, n'importe lequel, demandai-je à Chloé derrière le bar qui acquiesça.

— Je dois y aller, déclara Adam avec un sourire moqueur à mon encontre. À plus tard.

— Bonne chance, mec, dit Nathan avant de nous annoncer que lui aussi devait y aller.

— Quoi ? Où vont-ils ? demandai-je sans attendre véritablement de réponse.

Tout le monde s'excita lorsque les jeux de lumières se mirent à danser dans la salle.

Nathan s'installa aux platines, et entamait son jeu de mix, comme une mise en bouche, quand tous les spots se braquèrent sur la scène, où se trouvait un grand ring.

Le combat, déduisis-je en plissant les yeux pour voir qui se trouvait là.

— C'est pas Éden, là-bas ? demanda Jordan en replaçant correctement ses lunettes sur le haut de son nez.

J'acquiesçai en reconnaissant le colosse, uniquement vêtu d'un short bleu sombre. Il avait le corps d'un athlète, une carrure développée, des muscles saillants sous sa peau sombre. Sans oublier des tablettes de chocolat franchement agréables à regarder. Éden était à tomber et clairement prêt à mener toutes les guerres, vu son visage fermé. À ses côtés, Adam lui bandait les mains avec concentration et précision, tout en lui parlant.

C'est quoi, ce délire ?

Une sorte d'angoisse grandit dans ma poitrine. Peut-être parce que j'appréciais Éden, ou peut-être à cause de la surprise... néanmoins un nœud se forma dans mon ventre et rien ne le fit partir.

J'étudiai son adversaire, qui discutait avec concentration de son côté. Ils avaient la même carrure et la même musculature. Un grand écran indiquait un compte à rebours avant le combat, mais également le temps restant avant la clôture des paris. Je ne voulais pas voir ça.

— Ça te dit qu'on s'en aille ? lançai-je à Jordan, mais cette dernière secoua vivement la tête.

— Je n'ai jamais vu de combat. C'est excitant !

Je découvrais encore une nouvelle facette de sa personnalité. Je finis par sourire et me tournai en direction du bar, refusant d'assister à ça. C'était dangereux, c'était même inconscient. J'en eus des frissons dans le dos. L'idée de mettre sa vie en danger ainsi me paraissait absurde. Tout comme celle de voir quelqu'un que j'appréciais dans cette situation m'était presque insupportable.

— Où est-ce qu'on peut parier ? lança Jordan à Chloé qui fit un signe de main à l'un de ses collègues ; celui-ci rappliqua dans la minute.

J'observai mon amie, un peu abasourdie par son excitation palpable. Elle misa sur Éden et fut d'autant plus emballée lorsque la transaction fut terminée. Je n'aurais jamais imaginé que l'idée d'un combat entre deux hommes puisse la mettre dans tous ses états.

— Elle est complètement folle, marmonnai-je en commandant un nouveau soda.

— T'en fais pas, me dit Chloé en déposant la petite bouteille en verre débouchée devant moi. Éden sait faire de l'art quand il se bat.

— Je ne m'inquiète pas, répondis-je en transvasant le liquide dans mon verre.

— Alors détends-toi, Yéléna. Et apprécie le spectacle.

Elle me fit un clin d'œil et fila vers un autre client.

La dernière minute avant le combat fut annoncée dans les haut-parleurs, puis la musique augmenta. Un mélange de basse et de mix arrangé. Le son était dément et parfait pour un combat, mais je refusais toujours de regarder. Au lieu de ça, je me concentrai sur mon verre et tournai la tête en direction de Jordan pour me renseigner sur la situation. Elle, de son côté, ne lâchait pas la scène du regard et ne cligna pas même des yeux. Elle était comme absorbée, tandis que tous, dans la salle, hurlaient des choses qui m'étaient masquées par la mélodie.

Je tentai un coup d'observation, la curiosité prenant le dessus, et vis les deux hommes au centre du ring s'affronter brutalement. C'était un mélange de boxe et de *free fight*. Les deux participants s'étudiaient, se tournaient autour, se défendaient et tentaient de percer la défense de l'autre. Un jeu d'esquive et d'attaque, lent puis soudain rapide où les frappes se faisaient avec vitesse et puissance. Je l'admettais, c'était impressionnant.

Yohan et Adam étaient l'un à côté de l'autre, le premier criait des trucs que je n'entendais pas, le second observait avec attention ce qui se passait entre les deux combattants.

Ça dura ainsi un long moment. Les deux hommes encaissaient et donnaient des coups, mais rien ne semblait les fatiguer, malgré leur corps humide de sueur. Nathan s'éclatait toujours avec la musique, jusqu'à ce qu'une mi-temps sonne. Alors chaque combattant se rendit dans un coin opposé du ring.

Éden but comme un dromadaire, écoutant attentivement ce qu'Adam lui disait. Ce dernier se cachait la bouche pour qu'on ne puisse pas lire sur ses lèvres. Quand il eut fini, il tapota l'épaule de son ami et fit un pas en arrière. Il fouilla la foule du regard et me trouva, puis parut analyser la salle des yeux avant de me faire un signe de la tête, que je ne compris pas vraiment. Voulait-il que je m'en aille ? Que je me rapproche ? Son geste n'avait pas de sens. La mi-temps ne dura pas longtemps, avant que la musique n'augmente à nouveau, annonçant le second round.

Une bagarre éclata non loin de là, très vite arrêtée par les agents de sécurité. Mais, quand une seconde bagarre démarra, je tapotai le bras de mon amie.

— On ferait mieux d'y aller.

Jordan sembla partagée, mais finit par acquiescer. On rejoignit le vestiaire et on récupéra nos affaires sans encombre. Dehors, on put entendre de nombreux moteurs typiques des motos. Il fallait croire que l'animation ne se trouvait pas qu'à l'intérieur.

— C'était incroyable, dit Jordan des étoiles dans les yeux. J'adore cette ville !

On rentra à pied, les oreilles sifflantes et nos lumières de téléphone allumées.

— La dernière fois, dis-je légère, je me suis fait agresser juste ici, informai-je Jordan en éclairant le trottoir d'en face.

— Et bien sûr, tu me dis ça pour me rassurer ?

Je ris et fis un tour sur moi-même pour vérifier que nous étions bien seules.

— Il est encore tôt. Le Boat ne ferme que dans quelques

heures. Il n'y a pas de raison de croiser quelqu'un et, comme on dit, la foudre ne s'abat pas deux fois au même endroit.

— C'est quand même pas très rassurant. Je ne comprends pas pourquoi la ville ne laisse pas, au moins, un lampadaire sur deux allumé.

— C'est une petite ville. Tu l'aimes toujours ?

— Oh ! oui.

On rentra, épuisées, vidées de toute énergie. Sur un « pierre, feuille, ciseaux », je gagnai le droit de prendre une douche la première. Je pris le temps de me délasser, et passai une longue chemise de nuit, avant de me poser dans la cuisine. Pendant ce temps, Jordan s'en alla se doucher à son tour.

Je me servis un grand verre d'eau et me rendis sur la terrasse pour prendre un peu d'air frais avant d'aller dormir. Une fine couverture sur les épaules - car les nuits restaient fraîches -, je me perdis dans les ténèbres qui me faisaient face. C'était apaisant de ne penser à rien, même si j'étais tout de même inquiète pour mes finances.

Il me faudrait bientôt faire un réel choix...

Un boucan de tous les diables éclata dans la maison. De frayeur, je fis un bond énorme sur le canapé, puis sautai vers la baie vitrée pour aller voir ce qui se passait à l'intérieur, imaginant que Jordan s'était vautrée dans l'escalier.

Mais non.

Près de l'entrée, deux hommes en portaient un troisième, qui semblait en piteux état. Je restai figée sur le pas du salon, paniquée, sans comprendre ce qui arrivait.

Je reconnus parfaitement Adam et Éden. Yohan, lui, était sur le dos de ce dernier.

Adam dégagea la table basse et récupéra la couverture qui se trouvait sur mes épaules pour la mettre au sol, où Éden déposa sans ménagement Yohan.

— Je suis désolé d'être là plutôt que chez moi, me dit Adam en prenant mon visage entre ses mains en un geste rassurant, ce qui eut le don de me réveiller de ma transe. J'ai vu de la lumière, alors je me suis dit que tu serais debout. Je ne voulais pas réveiller et inquiéter Lucas. C'est OK ?

J'acquiesçai et penchai la tête sur le côté pour voir l'état de Yohan. Son corps svelte ne laissait rien entrevoir, mais son visage n'avait plus rien de charmant. Ses yeux, habituellement charmeurs et bleus, m'étaient invisibles, plissés de souffrance. Les dents serrées, il semblait figé là, sans plus pouvoir bouger.

— Qu'est-ce qui s'est passé ?

Mais Adam était déjà parti pour récupérer la trousse de soins. Ce fut Éden qui répondit.

— Certaines personnes n'ont pas apprécié la victoire que j'ai remportée. Ils étaient beaucoup trop nombreux et cet imbécile, grogna-t-il en montrant son ami au sol, a un peu fait le con en les provoquant.

L'imbécile en question se mit à rire. Au moins, il était conscient, mais présentait de nombreuses ecchymoses et des gonflements sur le visage.

— Ce genre de choses vous est déjà arrivé ?

— Assez souvent lors des soirs de bagarre, mais ça ne va que rarement jusqu'à un réel affrontement. Par contre, c'est toujours le même qui fait le con, grogna

Éden en colère. Habituellement, ton père le remettait sur pied quand ça dégénérait, puis lui mettait une raclée. Putain, ça va me manquer, ça.

Je le regardai de travers, me demandant s'il me parlait réellement de mon père.

— C'est aussi pour ça qu'on est venus ici, intervint Adam en revenant avec la trousse de soins. Il y a tout ce qu'il faut.

— Eh bien, faites comme chez vous, dis-je en sachant que, de toute façon, c'était déjà ce qu'ils faisaient.

Il fallait que je m'habitue à ce que cette maison ait un vécu qui me rattachait à des choses qui allaient au-delà de simples murs. Tout le monde agissait comme si cette situation était normale, et j'imaginais qu'elle l'était avant le décès de mon père, mais de mon côté, j'étais toujours aussi mal à l'aise. Ils connaissaient cette maison aussi bien que moi et me parlaient de mon père d'une manière qui m'était inconnue.

Un craquement, dégoûtant et presque inhumain, se fit entendre, suivi par des insultes et des cris de douleur, et je compris pourquoi Adam avait eu peur de réveiller Lucas. Il venait de remboîter l'épaule de Yohan. Je grimaçai alors que le blessé semblait figé au sol, refusant d'effectuer le moindre mouvement.

— Relève-toi, qu'on regarde ton visage, ordonna Adam.

— Me touche plus, enfoiré.

Yohan paraissait souffrir le martyre et j'imaginais que c'était le cas. Éden se marra tandis qu'Adam passa une main sur son visage, fatigué.

— Oh ! la vache, dit Jordan en arrivant de la cuisine. Qu'est-ce qui s'est passé ?

Éden répéta ce qu'il m'avait dit, tandis que je m'installais près de lui, inspectant ses blessures. Je me rendis dans la cuisine et récupérai deux torchons propres dans lesquels je mis quelques glaçons, avant d'aller les lui poser sur la face sans ménagement. Il me fusilla du regard, mais se laissa faire. Je tentai de faire de même avec Adam, qui réussit à m'arrêter avant que le torchon n'arrive jusqu'à son visage. Il me le prit des mains et le posa lui-même sous son œil.

— C'est bien la fille de son père, grogna Éden, ce qui me fit regretter de ne pas avoir été plus brusque encore avec lui que je ne l'avais été.

Adam s'occupa de Yohan et je me concentrai sur Éden, aidée par Jordan qui m'assista en commentant, surexcitée, le combat qu'elle avait vu plus tôt dans la soirée. Éden semblait aux anges. Les soins mirent du temps, mais on termina avant que le jour se lève. Les garçons finirent par s'apprêter à s'en aller, mais je retins Adam.

— Occupe-toi de ta lèvre et de ton œil, lui dis-je en montrant également sa main. Et de ta blessure qui s'est rouverte.

— Je le ferai demain, je suis épuisé.

— Moi aussi, ce qui ne m'a pas empêchée de vous aider.

Éden nous salua et aida son ami à sortir, nous signalant qu'il le ramenait chez lui. Adam ne bougea pas. Debout, me faisant face, il ne prêta pas attention à ses amis, qui quittèrent la maison plus calmement qu'ils n'y étaient arrivés. Il me fixait, et je pouvais voir qu'il était presque en train de dormir debout, mais j'avais un argument de taille.

— Si tu ne fais rien, demain matin ton visage ressemblera à une pieuvre multicolore. Qu'est-ce que tu diras à ton fils ?

Il rejeta la tête en arrière en soupirant exagérément. Je le tenais. Au moins, il accepterait que je m'occupe de ses blessures.

Je le poussai doucement en direction du canapé où la trousse de soins se trouvait toujours ouverte. Il se laissa faire et s'affala à proprement parler. Je compris qu'il ne ferait aucun mouvement quand je vis que tout ce qu'il effectua, ce fut reposer sa tête en arrière, les yeux fermés.

— Vraiment ? marmonnai-je en m'installant à ses côtés.

Je récupérai le torchon, où les glaçons avaient commencé à fondre, et l'abattis sur son visage où un microsourire flottait sur ses lèvres. Il grogna sans même en avoir la force, ce qui me fit rire.

— C'est ta manière de te venger ?

— Oui.

— Je me rappellerai que tu es rancunière.

— Si vous n'avez pas besoin de moi, je vais me coucher, dit d'une toute petite voix Jordan avant de filer en nous souhaitant une bonne nuit.

Je secouai la tête en étant pourtant sûre qu'elle aurait souhaité rester.

Adam maintint le torchon en place, mais ne bougea pas. J'allai me laver les mains et revins pour examiner la sienne. C'était moins impressionnant que la dernière fois, mais je refis exactement les mêmes gestes sur sa blessure. Adam me laissa agir, s'en remettant à mes soins sans même vérifier ce que je faisais. Je supposai qu'il m'accordait sa confiance - ou bien il n'avait plus la force de protester.

Une fois sa main désinfectée et bandée, je m'occupai de sa lèvre bien fendue et nettoyai la plaie en me détachant de ce que je voyais.

Ses lèvres me rendaient folle.

— Pourquoi tu souris ? demanda-t-il les yeux mi-clos.

— Pour rien. Évite de parler quelques minutes.

Je passai un analgésique à l'aide d'un coton-tige. Appliquée, je coinçai ma langue entre mes dents, ne rêvant pourtant que de la passer sur ses lèvres. J'appliquai ensuite un pansement liquide. Il y avait réellement tout ce dont j'avais besoin dans cette trousse de soins. Je pris mon temps et m'éternisai un tout petit peu, le temps de passer mon pouce sur sa lèvre inférieure.

Charnue, elle appelait au baiser.

Je me rendis alors compte qu'Adam me fixait à travers ses yeux mi-clos. Il me laissa pourtant faire, sans bouger, ni parler.

— Ça devrait ne pas trop gonfler, lui dis-je doucement en me redressant. Je n'en dirais pas de même pour ton œil, par contre.

— Merci.

Il me prit la main et déposa un baiser sur mes doigts. Avait-il bu ? Je haussai les sourcils en voyant qu'il ne libérait pas ma main. Au contraire, il la garda dans la sienne, qu'il finit par poser sur son torse, alors que sa tête était toujours reposée en arrière. Je me figeai, me demandant s'il allait s'endormir là.

J'observai sa blessure à la lèvre, sa mâchoire et son cou,

où sa pomme d'Adam remonta un bref instant quand il déglutit. Puis nos mains jointes sur l'emplacement près de son cœur. La mienne me démangeait de parcourir son torse au complet.

Je fermai alors brusquement les yeux et récupérai ma main avec force. Pourquoi mon cerveau sexualisait-il absolument tout de lui ? Il était en train de s'endormir, tandis que j'étais parfaitement réveillée et que mon cerveau m'envoyait des signaux interdits. J'ouvris la bouche en un cri silencieux, de frustration intense.

— Ça va ?

Bien sûr, il fallait qu'il me surprenne ainsi en plein conflit intérieur.

— Oui, je vais bien. Tu devrais rentrer te reposer, maintenant.

Il acquiesça doucement, mais ne bougea pas pour autant.

Je me levai et lui fis face, espérant que cela l'aiderait à se mettre en mouvement, mais, au lieu de ça, il m'observa lentement de haut en bas. Très, très lentement.

Oublie ça, Yéléna. Il est juste fatigué. Il n'y a rien d'étrange dans son regard. Oublie ça.

J'inspirai doucement et restai aussi stoïque que je le pus. Quand il remonta ses yeux fatigués vers les miens, je haussai un seul sourcil.

Alors il soupira en râlant à nouveau et se frotta le visage d'une main vigoureuse.

Soit il tentait de se réveiller, soit je n'étais pas la seule à avoir des pensées déplacées.

Il se leva et, sans jamais recroiser mon regard, il me remercia et s'en alla.

Chapitre 14

Les jours passèrent à folle allure. L'excitation fut palpable à l'idée de pouvoir rouvrir le snack bien plus tôt que prévu. L'organisation de Jordan était infaillible. Je n'eus que peu de temps pour m'occuper de ce qui concernait la maison, mais je mis ces travaux volontairement de côté. Avec Jordan on arpenta la ville et celles avoisinantes, pour déposer des tracts d'information. On travailla à l'ancienne. Si la cible première restait le camping à proximité, on mit tout de même nos compétences publicitaires en œuvre, afin d'élargir les zones ciblées et d'attirer tout client potentiel.

— Le fournisseur a appelé, m'informa Jordan derrière le comptoir du snack. Il a dit qu'il aurait un peu de retard, mais qu'il devrait être là dans l'heure.

Nous attendions depuis deux heures déjà, à nettoyer ce qui était déjà propre, à calculer ce qui était déjà fait, et à tout simplement tourner en rond. Tout était prêt pour l'ouverture le jour suivant. Il ne manquait plus que notre commande en retard.

— Je vais passer au bureau de poste, dans ce cas. J'ai un courrier du notaire à récupérer. Ça ira ?

Jordan acquiesça en posant les deux mains à plat sur le comptoir, comme prête à parer à toute urgence.

Je me rendis dans le bureau à l'arrière pour récupérer mon sac. Là, je m'arrêtai près du tableau où était affiché le montant des dettes à rembourser, me fixant pour objectif premier de me mettre à jour. Ensuite, j'aviserais.

Une chose à la fois.

Je regardai l'unique cadre contenant une photo accrochée au mur : mon père y était, ainsi qu'Ariane et moi, chacune avec une glace à la main. Je me souvenais parfaitement de ce jour. Si toutes les noirceurs de mon passé envahissaient mon présent, je ne pouvais nier qu'il y avait eu aussi de bons moments. Ce jour représenté sur la photo en avait été un. Le restaurant avait toujours été un endroit convivial, où mon père montrait le meilleur de lui, où je l'avais aimé comme un père parfait, jusqu'à ce que son addiction lui retire ce qu'il y avait de bon dans son être lorsqu'il rentrait à la maison, pour n'y laisser qu'une personne agressive et mauvaise.

Malgré tout, le snack avait toujours été un lieu de repos, de sourire et d'échange. Probablement l'unique endroit de ce type, d'ailleurs.

Je mis le sac sur mon épaule et quittai le restaurant à grands pas. Le bureau de poste ne se trouvait pas loin, mais je ne voulais tout de même pas laisser Jordan trop longtemps, et je souhaitais surtout éviter qu'elle soit seule pour récupérer la livraison.

Je passai devant l'école, où les petits semblaient être sur le point de la quitter. Un raffut du tonnerre grondait de toute part, tant leur excitation de retrouver leur « liberté » était présente. Ils criaient, jouaient, se battaient aussi. Je redoublai de vitesse en traversant la route pour aller récupérer mon courrier au plus vite. Je n'en eus que pour quelques minutes, mais cela suffit à laisser la horde de petits monstres sortir à l'extérieur. Tout en lisant le courrier du notaire, qui m'indiquait que, en acceptant la reprise du restaurant, je m'engageais pour trois ans, je me sentis bousculée par les petites gargouilles ambulantes. Perdue dans mes pensées, je finis par braver littéralement une marée de vers de terre.

— Je ne suis pas tout seul, clama Lucas que je reconnus au loin.

Il faisait face à un autre enfant, et sa posture démontrait un mécontentement certain. Voire une sorte de frustration. Il était crispé, tendu, et fronçait les sourcils. C'était la première fois que je voyais cette petite chose en colère. C'était marrant. Enfin... C'était ce que je pensais avant de comprendre la raison de son irritation.

— Alors, elle est où ta mère ? demanda le petit garçon qui lui faisait face en le poussant. T'as même pas de maman !

— Et alors ? C'est pas grave si j'ai pas de maman, rétorqua Lucas.

— Si. On a tous une maman, sauf toi. Elle voulait pas de toi !

Il poussa Lucas une seconde fois.

— C'est pas vrai !

Je ne savais pas si c'était parce qu'Ariane avait subi ce genre de remarque plus jeune et que j'avais dû sécher ses larmes un nombre incalculable de fois, mais je pilai à côté de Lucas, contrariée. Je me baissai au niveau du second enfant, mettant mon visage juste devant le sien.

— Hé, microbe, lui dis-je les sourcils froncés. Reparle-lui de sa mère, ou sois encore une seule fois méchant envers Lucas, et t'auras affaire à moi. Donc maintenant, t'es gentil avec lui, ou je reviendrai avec mes loups et je serai beaucoup moins gentille, c'est clair ?

Le petit acquiesça la bouche fermée, les yeux ronds.

Je me redressai et récupérai la main de Lucas que j'embarquai à ma suite. Il me suivit en me serrant les doigts fortement sans dire un mot. Je le lâchai lorsqu'on fut assez loin de l'école.

— Il t'embête depuis longtemps ? demandai-je en ralentissant.

— Des fois.

— Ça veut dire oui, je suppose.

— Il est comme ça avec tout le monde.

— Ce n'est pas une raison. Tu prends des cours de combat ?

— Oui, je fais du karaté.

— Alors pourquoi tu n'utilises pas tes compétences pour le remettre à sa place ?

— Parce que mon papa ne veut pas.

Je pilai et regardai le ver de terre sans comprendre.

— Donc ton père t'apprend à te battre, mais ne veut pas que tu mettes en pratique ce qu'il t'apprend ? C'est quel genre de leçon, ça, encore ?

Je grognai en repartant en direction du complexe sportif sans comprendre Adam, Lucas sur mes talons.

— Il est où, ton père ? poursuivis-je.

— Après l'école, il entraîne tonton Éden.

— OK, alors qu'est-ce que tu dirais d'aller au snack quelques minutes, ensuite on ira le voir.

— Tu vas le disputer ?

— Oui. (Je zyeutai le ver de terre et vis ses yeux s'arrondir.) Ne t'en fais pas, je crois qu'il aime bien ça.

Alors il retrouva le sourire. Étrangement, je retrouvai le mien aussi.

En poussant les portes du snack, je vis le livreur déposer plusieurs cartons au fond de la salle, puis Jordan signa le reçu et il s'en alla.

— Je suis en retard, dis-je en grimaçant.

— Je n'ai rien porté, signala rapidement Jordan. Le livreur a bien voulu tout transporter seul. Je crois qu'il a eu pitié de ma petite taille. Salut, mon pote !

Jordan tapa dans la main de Lucas, comme avec un vieil ami. Ce dernier se débarrassa de son sac plus gros que lui et vint grimper sur une chaise haute, comme s'il en avait parfaitement l'habitude - ce qui devait être le cas. Avant.

Je replaçai mes barrettes correctement dans mes cheveux pour garder ceux-ci en arrière, puis ouvris un premier carton où je récupérai un sachet de cornets de glace. Tout était déjà prêt, il ne manquait plus que ce que nous venions de recevoir. Dans un très vieil automatisme, je préparai un mélange de glace à l'italienne nougat-noisette que je remis à Lucas.

— Hmm ! Merci, Néna.

— Je croyais qu'on ne devait pas toucher aux glaces, marmonna Jordan en s'asseyant à côté du ver de terre.

— On n'avait pas les cornets, expliquai-je en balayant ses mots de la main.

Elle me lança un sourire et je la mis au défi par un regard d'ajouter quelque chose, ce qu'elle ne fit pas. Mais son sourire était déjà bien trop expressif.

— Qu'est-ce que tu veux ? m'enquis-je finalement.

— La même chose, merci !

— Finis ta glace, Lucas. On doit y aller avant qu'Adam s'imagine qu'on t'a enlevé.

Le petit acquiesça, et descendit de sa haute chaise avec prudence, tandis que je donnais la glace à Jordan. Il fila sans un mot de plus, oubliant son sac. Mon amie ne bougea pas et ne sembla pas non plus vouloir m'accompagner. Je ramassai donc le sac d'école, puis traversai le terrain qui séparait les deux bâtiments.

Lucas était déjà perché dans les bras de son père lorsque j'entrai à mon tour. Adam lui frottait la bouche où traînaient des restes de glace ; puis il se tourna dans ma direction.

— Je te rends ce qui t'appartient, dis-je en lui donnant le sac du ver de terre.

— Merci. Tu vois, j'avais raison... Je t'avais dit que tu viendrais par toi-même.

Je plissai les yeux et secouai la tête.

— Je ne suis pas là pour ça. Tu ne t'es même pas inquiété de ne pas trouver ton fils devant l'école ?

— Non. Je t'ai vue partir avec lui, alors j'ai fait demi-tour et vous voilà.

Pourquoi est-ce que cela sonnait comme un piège dans lequel je venais de tomber ?

— Quoi qu'il en soit, je ne suis pas là pour ça, signalai-je en reculant d'un pas. J'ai accompli ma mission. À plus tard.

— Non, non, protesta vivement Adam en me rattrapant.

Il passa un bras autour de ma taille et me poussa avec lui vers le fond de l'accueil.

— J'ai des choses à faire, Adam.

Il déposa son fils à terre et lui signala d'aller rejoindre Yohan pour son cours, tandis qu'il me tirait vers la salle de boxe.

— Je suis sérieuse.

Mais il ne m'écouta pas.

— Je n'avais pas de photo, commença-t-il en refermant la porte derrière nous. Alors j'ai mis les noms sur les sacs, en me disant que ça te donnerait peut-être l'envie de rester.

Je découvris alors que chaque sac de frappe était pourvu d'un prénom. « Julian », « Camille », et même le nom de mon père s'y trouvaient.

— OK, j'admets que c'est tentant.

— Tu as le droit de te défouler. Je ne t'embêterai pas plus que ça, promis.

Son visage montrait une réelle jouissance. La joie dans ses yeux marron, sombres, plissés par son sourire, fit naître le mien. Ses deux pieds ancrés au sol, il fourra les mains dans les poches de son pantalon, montrant pleinement sa satisfaction. Comme s'il avait gagné un combat auquel je n'avais pas eu conscience d'avoir participé. Quand il passa la langue sur ses lèvres pour les humidifier, je détournai mon attention. Il ne restait qu'un léger reflet jaunâtre du coquard qu'il avait arboré après la bagarre, et ses lèvres semblaient... parfaites.

— OK, je vais me défouler, dis-je avant d'écarter les bras. Mais je n'ai pas les bons vêtements pour ça.

Il me regarda rapidement et acquiesça, avant de se rendre vers les casiers près de la porte et de me jeter un sac de sport qui atterrit à mes pieds.

— Ce sera un peu grand, me dit-il en haussant les épaules, mais j'ai une tenue de sport de rechange. Propre.

Est-ce que j'allais vraiment faire ça ? Porter ses vêtements ? Me changer ici ? Je décidai que oui.

J'enlevai alors ma veste, puis défis le bouton de mon jean.

— Attends... protesta-t-il. Il y a des vestiaires. Oh...

Il trouva alors le plafond subitement intéressant quand je descendis mon jean. Puis, très rapidement, il me tourna le dos et plaça un pied sur le bas de la porte de la salle, comme pour s'assurer que personne n'entrerait. Je ris en passant son jogging.

— Tu fais le timide, alors que tu m'as vue nue ? m'enquis-je amusée.

— Je ne t'ai pas vue nue, grogna-t-il toujours de dos.

— Ah ? Donc il ne s'est rien passé l'autre soir... Et tu ne m'as pas reluquée quand j'ai décidé de porter ton T-shirt pour dormir ?

Il me montra son profil, où je vis parfaitement son sourire railleur. J'attachai fermement le cordon du jogging pour éviter de perdre le vêtement et décidai d'enrouler le bas du pantalon trop long sur mes chevilles, quand il répondit :

— Ça, tu ne le sauras pas.

— Autrement dit, tu m'as reluquée. Je croyais vraiment que je te laissais totalement indifférent, tu sais ? Tu regonfles un peu mon ego, merci.

— Je n'ai jamais dit que j'ai aimé ce que j'ai vu.

J'ouvris la bouche, choquée. Il ne résista pas et jeta un rapide coup d'œil dans ma direction. Me voyant habillée, il relâcha la porte et s'approcha, heureux de l'effet que sa repartie avait eu sur moi. Une fois qu'il fut à un pas, il tapota une seule fois de l'index le bout de mon nez, puis s'éloigna en secouant la tête, toujours en souriant. J'aurais donné cher pour savoir à quoi il pensait.

Je pestai dans son dos silencieusement, jusqu'à ce qu'il se retourne pour me mettre les gants. Comme la fois précédente, ses gestes furent vifs et précis. Une fois cela fait, je ne m'occupai plus de lui et me rendis près du sac où « Julian » était noté. Je donnai quelques légers coups, me rendant compte que le sac était super dur, car il ne bougea quasiment pas. Alors je frappai plus fort, ce qui n'eut pas beaucoup plus d'effet. Je ne devais réellement pas avoir de force.

Je mis un vrai coup avec plus de puissance et fus contente de voir le sac vibrer. Stupide Julian.

— Encre tes pieds au sol, me dit Adam dans mon dos.

— Je ne vole pas, à ce que je sache, bougonnai-je en me tournant dans sa direction. Mes pieds sont au sol.

— Non, tu lèves une de tes jambes en arrière à chaque coup, comme si tu étais en équilibre sur un fil. Tu n'auras aucune puissance dans tes frappes comme ça.

— Tu as dit que tu ne m'embêterais pas !

Il se retint de rire et me tourna en direction du sac, se collant contre mon dos, puis plaça une de ses mains sur mon ventre. OK… Finalement, ça devenait intéressant. La chaleur qu'il dégageait dans mon dos était apaisante. Il était ferme.

— Tu vas te faire mal si tu persistes comme tu le fais

là, Yéléna. Mets-toi un peu sur le côté. Tu es droitière, n'est-ce pas ?

Il n'attendit pas ma réponse et me positionna comme il le souhaitait, gardant sa main là où elle se trouvait.

— Garde tes pieds bien au sol et souffle quand tu lances ton poing. Vas-y.

Avec un niveau de concentration égal à zéro, je frappai de toutes mes forces.

— Recommence en contractant tes abdos.

Je pris une grande inspiration en levant brièvement les yeux au plafond pour me reconcentrer, puis frappai encore une fois. Cette fois, je n'eus aucunement mal. Nulle part. Je souris, satisfaite. Adam aussi, qui recula de quelques pas.

— Amuse-toi bien, me dit-il avec un hochement de tête.

Je reportai mon attention sur le sac et plus précisément sur le nom. J'aurais aimé que Julian soit réellement présent. Qu'il puisse recevoir les coups que je portais, car il les méritait. Je ne savais pas si c'était l'adulte en colère, ou l'adolescente victime de chantage et impuissante sur tous les points qui frappait, mais je ne m'arrêtai que lorsque je fus essoufflée. Je reculai d'un pas et eus la brillante idée de mettre un gros coup avec la jambe, comme j'avais pu le voir dans les films d'action. La douleur qui remonta de mon tibia sur tout le long de ma jambe me fit couiner.

Quelle conne, m'insultai-je en grimaçant le temps que la douleur parte, tandis que, dans mon dos, Adam jura.

— Mais pourquoi ? s'enquit-il en me ramenant jusqu'au banc. Tu n'as aucune protection aux tibias et aucun entraînement. Quelle idée de te faire du mal, comme ça ?

— Je ne sais pas, couinai-je en retirant les gants. Je ne savais pas que ça ferait mal.

Il se mit alors à rire sans pouvoir se retenir et s'accroupit devant moi en mettant son pouce et son index sur ses yeux, comme épuisé, puis relâcha les bras en soupirant.

— Mets de la glace en rentrant.

— Je crois qu'on peut dire que j'ai tout donné.

Il rit à nouveau et me massa le mollet de la jambe douloureuse en me fixant d'une drôle de façon. Ses cheveux qui bouclaient légèrement lui tombaient sur le haut des yeux.

Pourquoi fallait-il qu'il soit si agréable à regarder ?

Soudain, une pensée me vint : pourquoi me retenais-je de le draguer ? La première fois qu'on s'était vus, j'avais quitté la voiture parce que j'avais pensé qu'il était en couple avec Marlène...

— C'est quoi ta relation avec Marlène ?

Je me rendis compte que j'avais vraiment demandé ça à voix haute. Surprise par ma propre question, je haussai les sourcils. Adam ne dit rien, il n'eut même aucune réaction, continuant de me fixer, insondable.

— Tu as raison, répondis-je seule face à ce silence, ça ne...

— Il n'y a rien entre elle et moi, me coupa-t-il. Pourquoi ?

— Juste par curiosité.

Je souris, satisfaite. Pourquoi cette information me mettait-elle de si bonne humeur ?

— Ah, c'est vrai... Qu'est-ce que tu m'as dit, déjà ? « Bravo la franchise. »

Je restai bloquée, me souvenant parfaitement de ces mots insinuant qu'il était un menteur, alors qu'il m'avait dit quelques minutes plus tôt qu'il n'avait personne dans sa vie.

— Pour ma défense, ton fils était venu me voir plus tôt et m'avait parlé de son grand-père Marc. Et quand je l'ai ramené chez toi, c'est Marlène qui m'a ouvert. J'en ai déduit que tu m'avais menti.

— Et maintenant quoi ?

Pourquoi sa voix avait-elle baissé d'une octave ?

Je souris lentement. Dans ma tête, des choses très précises se dessinaient. Il dut le voir parfaitement, car il secoua la tête, se releva, puis, posant les mains sur le banc, de chaque côté de mon corps, il me dit à l'oreille :

— Ne me tente pas.

Il se redressa et recula d'un pas sans me lâcher du regard. Pour la première fois de ma vie, je me sentis comme une proie et non pas comme le chasseur. Je souris et calquai mon comportement à celui qu'il avait eu plus tôt avant de rétorquer :

— Qui a dit que je voulais te tenter ?

Il sourit largement et porta une main sur son torse. Ça devait être douloureux pour son ego. Je compatissais.

Plus sérieuse, je repris et changeai de sujet :

— Tu devrais laisser ton fils se défendre de la manière que tu lui apprends ici. Il se fait embêter par d'autres enfants.

— Non. Ces cours sont là pour lui apprendre la maîtrise de soi et l'autodéfense.

— C'est ridicule, autant ne rien lui apprendre s'il ne peut pas le mettre en pratique dans sa vie quand on l'attaque. Si j'avais pris des cours de combat plus jeune, j'aurais fait un carnage.

Il rit et secoua la tête comme s'il refusait d'y penser, puis vint se rasseoir sur le banc qui me faisait face.

— Je n'en doute pas, vu la vraie sauvageonne que tu es. Je parlerai à Lucas et, s'il le faut, j'irai voir les parents de l'enfant en question. Je t'apprendrai aussi la maîtrise de soi. Tu en as besoin.

Je soufflai comme un buffle, le prenant comme une attaque personnelle.

— Je n'ai besoin de rien.

Il attrapa les bords du banc sur lequel j'étais, le rapprocha de lui, puis me montra le sac sur lequel « Julian » était écrit.

— Alors, qu'est-ce que tu dirais de faire la paix avec ton passé ?

Je plissai les yeux sans savoir quel genre de nouveau tour il allait tenter.

— Comment ça ?

Il haussa les épaules, puis se leva pour se rapprocher du sac.

— Pourquoi ne pas tirer un trait sur ce que ces gens ont dit, et recommencer à zéro ?

— Parce qu'ils continuent de parler encore aujourd'hui. Ce n'est pas tant ce qu'ils pensent, c'est surtout les mensonges qui m'insupportent.

— Ils ne le feront plus, et ne diront rien de plus. Je m'en suis assuré.

Je me levai à mon tour et m'approchai pour lui faire

face afin de voir son visage. Quelque chose dans sa phrase ou dans le ton qu'il employa m'inquiéta.

— Comment ça : tu t'en es assuré ? Qu'est-ce que tu as fait ?

— N'y pense pas. Ce n'est pas important. Sache simplement qu'ils ne recommenceront pas, c'est une promesse.

Je le fixai sans trop comprendre. Adam m'apparaissait soudain comme quelqu'un de dangereux. Pourtant, l'image ne collait pas avec le comportement qu'il avait avec moi. Comme il l'avait déjà fait, il passa une main le long de mon visage pour me sortir de mes réflexions.

— N'y pense pas, insista-t-il. Et ton père ? Pourquoi ne pas essayer de tirer un trait sur ta rancœur même pour un court moment, le temps de me permettre de te montrer qu'il avait changé ?

— J'ai bien tiré un trait sur mon père. Simplement, pas comme tu l'entends.

— Il est loin d'être tiré, ce trait. Pas quand ça te met encore aujourd'hui dans un état aussi triste que j'ai pu le voir.

— Parce qu'il y a des choses qui marquent. Il y a des situations qu'on ne peut jamais oublier.

Il sembla hésiter à avancer sur ce terrain miné. Je détestais cette conversation. Surtout parce qu'elle me mettait si facilement en rogne.

— Et si tu essayais de lui pardonner ?

— Lui pardonner ? répétai-je surprise. Maintenant qu'il est mort ? Alors que de son vivant il n'a jamais demandé ce pardon ?

— Qui te dit qu'il ne l'a jamais demandé ?

— Moi !

J'étais prête à n'importe quelle guerre, tant je me sentais tendue. J'avais envie d'affronter Adam, peu importait la manière, mais il avait le don d'appuyer là où c'était douloureux. Même quand je pensais pouvoir encaisser, c'était cette même bonne amie la colère qui revenait au galop.

— As-tu seulement lu une seule des lettres qu'il t'a envoyées ?

Je fronçai les sourcils, perplexe. Adam avait également le pouvoir de me désarçonner.

— Comment peux-tu savoir qu'il en envoyait ?

— Parce que j'ai posté la dernière.

Comme après un coup de poignard reçu en plein ventre, je me sentis un instant démunie. Ce mot... « dernière », résonna dans ma tête comme une secousse qui perturba tout mon être.

Je me repris cependant et l'affrontai.

— Mon départ a été le point de non-retour. C'était avant, que j'aurais aimé entendre ses excuses. Avant, que j'aurais voulu qu'il se comporte comme un père. Avant, que j'aurais aimé qu'il me porte un intérêt autre que celui d'être un punching-ball !

Je frappai le sac, avant d'y poser le front un court instant, le temps de me reprendre.

— J'ai renvoyé tous les courriers. Alors peu importe ce qu'il y avait écrit dedans, je ne le saurai jamais.

— Sauf si je les ai.

Ce type voulait ma peau.

— Laisse tomber, Adam, s'il te plaît. Chaque fois que tu parles en bien de lui, j'ai envie de te frapper. Sache-le.

Il eut un demi-sourire triste.

— Alors la prochaine fois, je te laisserai me frapper.

Je secouai la tête, dépitée. Il n'abandonnait donc jamais.

— C'est inutile. Et pour info, je t'ai déjà frappé.

Il captura mon visage dans ses mains et prit une longue inspiration avant de relâcher ses bras le long du corps et de me tourner le dos, contrarié.

— J'ai du mal à l'admettre, mais oui, tu as raison. Sortons d'ici.

Alors enfin, l'espace d'une courte seconde, je souris à nouveau. S'il semblait que je n'étais pas de taille à affronter ce type, au moins, j'avais gagné cette petite partie.

Chapitre 15

À l'accueil, trois paires d'yeux se tournèrent dans notre direction. Je suivis parfaitement les pensées de Jordan qui me regarda de haut en bas et haussa les sourcils, curieuse. J'imaginais qu'elle se demandait la raison de mon changement vestimentaire... Elle serait bien déçue quand elle en connaîtrait la raison.

Adam alla s'entraîner avec Éden, tandis que Yohan partit donner un cours aux enfants – je me demandais bien comment il ferait avec son bras en écharpe – que Jordan demanda à suivre. Alors ce fut seule que je quittai le centre. Je finis par m'installer un moment à l'ombre d'un arbre devant le restaurant, les yeux rivés sur les touristes, plus bas, jouissant du beau temps dans l'eau. Indéniablement, je repensais à la conversation avec Adam. Pourquoi l'idée qu'il ait gardé ces lettres me rendait-elle aussi contrariée que nerveuse ? Pourquoi cette fichue porte, que j'avais claquée il y a des années, ne cessait de se rouvrir ? Mais surtout, pourquoi cela me touchait-il toujours quand c'était Adam qui m'en parlait ?

J'étais curieuse de la relation que lui et mon père avaient entretenue, mais d'un autre côté, je ne voulais pas y penser, parce qu'il y avait sans cesse un sentiment de colère et de jalousie mélangées qui semblait vouloir tout ravager en moi. J'avais des problèmes affectifs, j'en étais parfaitement consciente, mais ça ne m'avait jamais gênée... jusqu'à maintenant. Pire encore, je laissais des gens entrer dans ma vie, ce que je m'étais promis de ne plus jamais faire.

C'est bien connu, ce sont les personnes qu'on aime le plus qui sont la cause des plus grandes souffrances. J'avais compris qu'Adam souhaitait briser la glace et, pour une raison que j'ignorais, il voulait me réparer en me confrontant à mes émotions et à mes brisures. Mais était-ce vraiment nécessaire ? C'était surtout douloureux.

Je passai les mains dans mes courts cheveux et me relevai pour rentrer dans le restaurant. Je n'avais pas grand-chose à faire, alors je me rendis dans le bureau, et décidai de réfléchir à ce que je comptais décider pour la maison. C'était une autre part du gouffre financier qui me tombait sur les épaules, et j'avais beau repousser l'échéance, il allait falloir que je m'en occupe.

— Il y a quelqu'un ? lança une voix familière depuis la salle de restaurant.

— Dans le bureau, répondis-je en attendant de voir Nathan franchir le seuil.

Il me sourit en entrant, habillé d'un pantalon et d'une chemise en lin blanc.

— Je passais rapidement avant d'aller au Boat. Tout va bien ?

J'acquiesçai et repoussai les papiers, où des tonnes de notes et de calculs étaient inscrits.

— Tout va bien, si ce n'est que je pense sérieusement

à vendre mon corps pour pouvoir réussir à sortir la tête de l'eau.

Il me sourit et vint derrière moi pour me masser la nuque.

— Tu vas t'en sortir, Yéléna.

— On verra.

— Je sais que tu as toujours tout pris sur tes épaules, comme si tu étais la seule à pouvoir gérer tout ce qui se passait dans ta vie, de tes émotions à tes soucis, mais tu n'es pas seule. Tu ne l'as d'ailleurs jamais été.

— Tu as oublié les heures interminables où je me plaignais auprès de toi ? Je crois que j'aurais implosé des milliers de fois si tu n'avais pas été là.

Il me pressa un peu plus la nuque et vint s'asseoir sur le bord de la table pour me faire face.

— Dans quelques jours, ça fera sept ans que l'accident a eu lieu, dit-il prudemment. Je vais tous les ans déposer des fleurs sur la tombe d'Ariane. Tu voudras qu'on y aille ensemble ?

— Merci pour elle. Mais... je ne sais pas.

— Es-tu un jour allée te recueillir ?

— Pour quoi faire ? Me souvenir de ma perte ? Me faire du mal à observer le marbre froid où son prénom est inscrit comme pour ne pas oublier où son corps est enfoui ? C'est stupide.

Il prit une longue inspiration et se frotta le menton lisse.

— Ou tu pourrais simplement te souvenir de toutes les misères qu'elle nous a fait subir. Elle était rebelle et franchement pas simple à vivre.

— Mais je l'aime comme elle est.

Je souris et sentis ma gorge se nouer. Alors je me levai rapidement et marchai dans l'espace exigu, le temps de me ressaisir. Même parler d'elle m'arrachait le cœur.

— Penses-y, Yéléna.

Nathan se pencha sur mes notes et pointa une ligne :

— Tu aurais moins de frais sans ce loyer exorbitant.

— J'aime mon appartement, marmonnai-je. J'ai eu toutes les misères du monde pour réussir à le trouver.

— Le loyer est aussi cher qu'un mois de salaire !

— C'est Paris, dans un bon quartier.

— C'est cher, répéta-t-il en pointant les chiffres sur la feuille.

Je le savais, mais je comptais bien quitter Rosebaie un jour, même si le notaire m'avait indiqué que cela ne pourrait pas être dans l'immédiat. Malgré tout, je ne me voyais pas repartir de zéro à Paris, c'était bien trop compliqué, mais ça, je préférais le garder pour moi.

— J'ai assez d'économies pour le moment.

Il me lança un regard rempli de sous-entendus et de perplexité à la fois. Manifestement, ses yeux marron me disaient que c'était du gâchis. Je le repoussai en souriant, quand quelqu'un toqua à la porte ouverte.

— Barbecue improvisé, signala Jordan avec un grand sourire.

— Il est temps que je file, déclara Nathan avant de tapoter sa tempe en mimant les mots « penses-y ».

Ariane. Non, je n'avais pas envie d'y penser.

— Ça ne t'embête pas si on t'emprunte des assiettes et des couverts ? s'enquit Adam en entrant dans le bureau une fois que Nathan l'eut quitté.

Pourquoi me donnait-il soudainement l'impression que la pièce était encore plus petite qu'elle ne l'était ?

— Non, si tu te charges de faire la vaisselle, répondis-je avec un grand sourire.

— Vendu.

Il jeta un rapide coup d'œil à toutes mes notes sans faire le moindre commentaire, puis me fit signe de le suivre à l'extérieur. Au passage, il récupéra sous le comptoir des assiettes et je pris les couverts, et on emporta tout dehors. Le ciel se couvrait doucement, mais personne ne sembla s'en inquiéter. Les garçons avaient pris une table - sûrement provenant du centre sportif - et y avaient posé un barbecue électrique qu'ils raccordèrent à une prise du restaurant. Des touristes qui assistaient aux cours de remise en forme au grand air - ils étaient dispensés le matin en semaine - se joignirent à nous au cours de la soirée. Ils mirent de la musique grâce à une enceinte portative. Lucas abandonna Éden et Jordan, qui s'amusaient à l'embêter, pour jouer avec des enfants de son âge.

Assise sur le bord de la table, le ventre plein, j'observais ce groupe qui s'était formé naturellement avec le sourire. Cela faisait plusieurs semaines que j'étais revenue et ils s'étaient, doucement mais sûrement, insérés dans mon quotidien. Ça ne me plaisait pas, mais je n'avais rien pu faire contre cette vague humaine qui s'était imposée et qui s'apparentait un peu plus chaque jour à des amis. Sans parler de Nathan et Jordan, déjà bien ancrés en moi.

Cette dernière abandonna sa conversation animée avec Éden pour me rejoindre d'un pas lourd.

— Je suis triste, déclara-t-elle en relâchant ses épaules. Je n'ai aucune envie de partir après-demain.

— Je n'ai aucune envie que tu partes, moi non plus.

— Deux semaines, c'est trop court. Tu te rends compte que je pourrais aussi démissionner et rester avec toi ?

— Non, répondis-je en riant. Tu as un bon poste. Tout quitter pour travailler dans un restaurant qui, pour le moment, ne peut même pas se permettre de te payer, ce serait de la folie.

— Il paraît que je suis folle. Ce serait donc une belle folie.

— Qui a dit ça ?

— Éden.

Je haussai les sourcils en la fixant, lui lançant un appel télépathique qu'elle comprit. Elle rit en me pointant du doigt.

— C'est donc ça, le sentiment que tu as chaque fois que je fais un sous-entendu ? C'est presque gênant. Et c'est non. Éden ne me plaît même pas. (Je fis une moue déçue, ce qui la fit éclater de rire.) Je n'aurais jamais pensé que la situation puisse être inversée un jour. Nos rôles ont été échangés contre mon gré, je ne suis pas d'accord. Où en es-tu avec Monsieur Sexy ?

— Personne ne te plaît jamais, contrai-je toujours déçue. Tu finiras vierge à vie, Jodi.

— Ça me va. Réponds donc à ma question.

— Ça n'a pas changé. Il n'y a toujours rien avec Adam.

— Mais tu l'aimes bien.

Je ne répondis pas et jetai un œil à l'intéressé, qui était en pleine discussion avec Yohan. Comme s'il avait senti qu'il était le sujet d'une conversation, il tourna le visage dans notre direction et croisa mon regard. Il ne sourit pas. Il ne bougea même pas un sourcil, debout, les mains dans les poches, telle une statue. Aucun de nous ne chercha à couper ce simple contact visuel. Il n'y avait aucune gêne, ni drague, c'était comme une conversation muette à distance, sans qu'aucun mot ne puisse définir ce qui se passait. Yohan lui mit un coup de coude, alors Adam reporta son attention sur son ami.

— Allez… Continue de dire qu'il n'y a rien, marmonna Jordan. Bon sang, ça crève les yeux !

À mon tour, je reportai mon attention sur mon amie qui m'observait, les sourcils haussés.

— Qu'est-ce qui crève les yeux ?

— C'est pourtant toi qu'il regardait… tu n'as rien vu ? La manière qu'il a de t'observer pourrait presque me donner chaud. Je me demande comment tu fais pour ne pas te consumer sur place. Surtout toi qui sautes habituellement sur tout ce qui bouge.

— Hé ! C'est faux.

— D'accord… Seulement sur les hommes que je te choisis soigneusement. Ce qui sonne très étrange, dit ainsi.

Je balayai ses mots de la main et tentai de revenir au sujet principal.

— Peu importe, là n'est pas la question. Je ne vais pas nier qu'il y a une tension sexuelle…

— Ça, ce n'est pas sexuel du tout.

— … entre lui et moi, mais… Quoi ? C'est quoi alors ?

— C'est… rien, dit-elle prudemment. Enfin… Je crois qu'il est « ce truc profond » dont tu as besoin.

Je grimaçai en tentant de connecter mes neurones

à pleine puissance pour comprendre ce qu'elle venait de me dire, sans toutefois y parvenir. Jordan le vit et m'expliqua :

— Avant que tu viennes ici, on a eu une discussion à propos de tes « soucis ». Tu ne ressentais plus d'excitation, tout te paraissait plat et sans intérêt. Je crois qu'Adam t'apporte ce qui te manquait. Mais oublie cette discussion, je ne veux pas t'entendre me dire que j'ai tort.

Elle ajouta néanmoins très rapidement :

— Je te dis ça parce que j'ai bien vu comme il te prête une attention vraiment particulière, il est ultra prévenant. Je vois aussi le genre de regard qu'il pose sur toi, et je sais qu'il est loin de te laisser indifférente. Mais oublie ça, et continue simplement ta vie. Je n'ai rien dit.

— Ne t'imagine rien de mirobolant, Jodi. Je ne suis même pas certaine d'être son type de femme. Il s'est juste donné pour mission de réparer l'irréparable.

Elle acquiesça vivement. Beaucoup trop vivement. Elle se foutait de moi.

Je ne relevai pas et l'emmenai à l'intérieur du restaurant où je préparai des glaces que Jordan alla distribuer. À ce rythme, je n'en aurais bientôt plus et en prime je n'aurais fait aucun profit. Néanmoins, ça me faisait vraiment plaisir.

Je restai avec le groupe, assise dans l'herbe, jusqu'à ce que la nuit tombe. Ils jouèrent à un jeu de cartes, mais je restai à l'écart, car j'étais mauvaise perdante. Néanmoins, je découvris qu'Éden l'était beaucoup plus encore, ce qui déclencha des fous rires mémorables. Je finis par retourner à l'intérieur du restaurant pour nettoyer quand Adam me rejoignit avec une montagne de vaisselle. Je ris ouvertement et, sans un mot, il se mit au travail. Je terminai de mon côté et le retrouvai de l'autre côté du comptoir, où je sautai sur le plan de travail en le regardant faire.

— Tu ne comptes vraiment pas m'aider ? s'enquit-il les mains dans l'eau.

— Absolument pas.

Le visage déconfit, il m'éclaboussa, puis retourna à sa tâche.

— Il faut que je te rende ton jogging, signalai-je ; je me sentais pourtant parfaitement à l'aise dans ce vêtement.

Il jeta un rapide coup d'œil autour de nous, puis parut comme inquiet.

— Garde-le pour l'instant. Inutile de te changer ici. Tu me le rendras un autre jour.

— Je ne comptais pas te faire un strip-tease deux fois dans la même journée.

Il cessa de frotter l'assiette qu'il avait entre les mains et me coula un regard en coin, presque au ralenti.

— Fais attention que je ne t'en demande pas un... en privé.

Je souris, amusée.

— Tu m'as dit ne pas avoir profité du premier, l'autre soir. Tu n'as pas regardé non plus celui d'aujourd'hui. Tu penses que je vais tenter une troisième fois ? Tu peux toujours courir.

— Je n'ai jamais dit que je n'avais pas profité du premier.

— Ça ne compte pas vraiment. Je n'étais pas en pleine possession de mes moyens. Si ça avait été le cas, je ne me serais pas réveillée seule dans ton lit.

— Qui a dit que j'ai dormi ailleurs ?

J'ouvris grand la bouche en le fixant, choquée. Bon sang ! Que s'était-il passé cette fameuse nuit ? Le fait de ne me souvenir que d'un bloc noir me frustrait au plus haut point.

Adam éclata de rire en voyant mon visage outré.

— Je plaisante. J'ai dormi dans le salon.

Je restai muette, lui lançant un regard mauvais. Il avait la repartie facile. Il pouvait parler de ma langue aiguisée, la sienne l'était tout autant.

— Lucas m'a dit que tu avais pris sa défense à l'école, me révéla-t-il avec un sourire, les yeux rivés sur les couverts qu'il nettoyait. Il m'a demandé au moins trois fois si ça voulait dire que tu commençais à l'apprécier.

— Qu'est-ce que tu lui as dit ?

— Que je ne savais pas. C'est le cas ?

— Non, je m'habitue simplement à sa présence.

Adam acquiesça et coupa l'eau lorsqu'il eut terminé. Il récupéra un torchon et se mit à essuyer la vaisselle. Je me sentais piteuse de le laisser tout faire, mais c'était aussi assez satisfaisant. *Il* était satisfaisant à regarder. La seule lumière provenait d'une lampe extérieure. Le restaurant était plongé dans une semi-pénombre reposante.

— Comment tu as rencontré tes amis ? m'enquis-je en jetant un coup d'œil dehors par la longue vitre ; tous se trouvaient toujours assis à jouer aux cartes.

— Yohan est un ami d'enfance. Éden, je l'ai rencontré sur le ring. Il fut un temps, je combattais, moi aussi.

— Et donc, vous êtes devenus copains en vous tapant dessus ? C'est original.

— On peut dire ça comme ça, dit-il amusé. Mais c'est une longue histoire. Pour faire court : je m'étais fait pas mal d'ennemis à force de gagner mes combats. Éden était aussi entouré de gens peu recommandables, qui ne lui souhaitaient pas que du bien. Le jour où mes ennemis sont devenus les siens, une amitié est née. Je l'ai ensuite aidé à se détacher de son entourage toxique et on a finalement commencé à travailler ensemble.

— Pourquoi tu as arrêté les combats ?

— Pour Lucas.

J'acquiesçai en regardant par la vitre l'intéressé, concentré sur son jeu, installé dans l'herbe à côté de Jordan.

— Qu'est-il arrivé à sa mère ?

Adam étendit le torchon humide en rangeant les derniers couverts et s'appuya contre le meuble qui me faisait face.

— Partie.

— Simplement partie ? Ou elle est morte ?

Je me rendis compte à quel point ma question pouvait paraître détachée, et surtout indiscrète, mais Adam ne sembla pas dérangé et me répondit naturellement :

— Ce qui l'intéressait, c'était l'argent, la notoriété et l'idée d'être la femme d'un combattant. Quand j'ai tout remis en question quelques semaines avant l'accouchement, elle a commencé à changer. Elle ne voulait pas d'une vie rangée, elle aimait le frisson de chaque combat, pouvoir s'exposer à mon bras avec fierté. Elle m'a supplié de ne pas arrêter, mais c'était décidé de mon côté. Je n'avais que vingt-trois ans, et une carrière entière devant moi, mais j'étais sûr de mon choix. Alors notre relation s'est dégradée à une vitesse foudroyante et elle a accouché sans reconnaître Lucas.

Je ne savais pas comment enregistrer toutes ces informations. Elles en disaient énormément sur la personne que pouvait être Adam, et, à la fois, j'étais comme assommée. Je me voyais parfois comme une personne froide et sans compassion, mais il y avait bien pire que moi.

— Est-ce que tu regrettes ? demandai-je après quelque temps de silence.

— Pas une seconde, répondit-il sans une once d'hésitation. Je ne dis pas que ça a été simple, bien au contraire. Je suis arrivé dans cette ville pour repartir à zéro avec un bébé à charge alors que je n'avais, avant ça, jamais tenu un nourrisson. Imagine, changer une couche ou faire prendre un bain...

Je ris en imaginant la catastrophe.

— Et pourtant, je suis presque sûre que ton fils est parfaitement normal et équilibré.

— C'est là qu'intervient ton père.

Adam me fixa pour jauger ma réaction, comme s'il tâtait une température invisible. Je ne savais pas si j'étais capable d'encaisser, mais j'étais curieuse.

— Vas-y. Raconte-moi ce qu'il a fait pour vous deux.

— Je suis arrivé ici quelques mois après ton départ. Je ne le savais pas à ce moment-là, mais depuis l'accident, il n'avait plus mis un pied dehors. Fred, le père Vincent et Mme Henry se relayaient pour s'occuper de lui. Je ne savais pas qui était mon voisin et ça ne faisait que quelques jours que j'étais là, donc je ne m'en suis pas préoccupé. Jusqu'au soir où, en voulant réparer un des volets de la maison, je me suis blessé à la main. Lucas pleurait non loin, j'ai eu un moment d'inattention et je me suis écorché. Et là, j'ai eu comme un craquage intense. Tous les fusibles ont sauté dans ma tête. Je souffrais et Lucas, qui avait quelques mois, hurlait. Je me souviens de m'être dit que ce petit finirait avec les services sociaux, parce qu'un abruti comme moi serait incapable de s'occuper de lui. Le raffut a fait sortir ton père qui m'a engueulé. Autant te dire que le câble ayant déjà sauté dans ma tête, je n'étais plus maître de moi-même, mais je ne sais pas pourquoi, je me suis mis à rire comme un fou.

Il sourit face à ce souvenir qui, pourtant, n'avait rien de joyeux.

— Qu'est-ce qui s'est passé ensuite ?

— Ton père a continué de m'engueuler en s'époumonant, jusqu'à ce qu'il voie Lucas dans son couffin. Il m'a alors dit que j'étais un petit con qui n'avait même pas pensé à couvrir son fils. Et c'était vrai. Il ne faisait pas froid et, bêtement, je m'étais dit que, si j'avais chaud, alors Lucas aussi. Marc a pris mon fils dans ses bras, s'est assis sur une chaise et m'a dit d'aller soigner ma main.

Adam sourit, le regard dans le vide, comme s'il chérissait ce souvenir.

— Je me souviens de m'être dit que cet homme devait être un fou, mais Lucas s'est calmé et Marc semblait savoir ce qu'il faisait, alors je suis allé m'occuper de ma blessure. Après ça, il m'a aidé pour toutes les réparations de la maison. Et depuis ce moment, il n'y a pas eu un seul jour sans que ton père ne soit présent pour mon fils, comme pour moi.

Adam releva les yeux dans ma direction, haussa les sourcils, comme surpris, puis se décolla du meuble contre lequel il était appuyé, pour se placer devant moi. Il passa les deux pouces sur mes joues et sourit, satisfait.

— C'est la première fois que tu souris quand je parle de ton père. Garde toujours ce sourire, Yéléna.

Bien évidemment, je le perdis.

— Ton histoire est touchante. Cela n'a rien à voir avec mon père.

— Il fait partie de mon histoire.

Je soupirai en me forçant à ne pas entrer à nouveau en guerre contre Adam. Je me fis réellement violence, parce que mon besoin presque primaire de vouloir lui imposer mes ressentiments était toujours bien présent.

— Et pourquoi tu n'as jamais refait ta vie ? demandai-je pour dévier du sujet de mon paternel.

Les mains d'Adam quittèrent mon visage pour se poser sur le plan de travail, de chaque côté de mon corps. Il ne s'éloigna pas pour autant.

— Ça n'a pas été ma priorité. Je me suis concentré sur mon fils, sur l'ouverture du centre sportif, aussi. Ça m'a bien tenu occupé. Alors je n'ai pas ressenti le besoin de reconstruire quelque chose.

Je grimaçai en secouant la tête.

— Une perte pour la gent féminine qu'un homme comme toi puisse déclarer forfait.

Il passa les deux mains dans mon dos et, d'une poussée, me fit glisser sur le plan de travail pour me rapprocher de lui, m'ouvrant les jambes pour venir entre elles. Tout mon corps réagit instantanément. De mes entrailles qui se contractèrent, à mes jambes prêtes à l'entourer au moindre nouveau geste, tout comme ma bouche qui s'ouvrit comme pour accueillir la sienne. Son visage n'était qu'à quelques centimètres du mien et un sourire suffisant apparut sur ses lèvres, que je m'efforçai de ne pas regarder.

— Je ne crois pas avoir déclaré forfait, dit-il tout bas.

L'enflure, me dis-je en comprenant qu'il avait juste voulu savoir si son savoir-faire agissait sur moi, et me prouver que j'avais tort. Bien évidemment, c'était le cas.

— J'ai dit que je ne voulais pas reconstruire, pas que je n'avais pas pratiqué, poursuivit-il avec un haussement de sourcils. Et toi ?

— Moi, quoi ?

— Pourquoi tu ne construis pas une relation stable et durable ?

J'entrai alors dans son jeu et en profitai un peu. Mes mains se posèrent sur ses bras, qui étaient aussi durs que la pierre, et remontèrent lentement jusqu'à ses épaules.

— Je préfère ce qui est éphémère. Je ne veux pas être amoureuse.

Mes doigts glissèrent un peu plus haut autour de son cou, sa nuque, puis se perdirent dans ses cheveux. Ses yeux s'étrécirent, et j'étais presque certaine que c'était parce qu'il me masquait les émotions qui le parcouraient. La pression de ses mains dans mon dos ne changea pas, mais sa respiration s'alourdit. Il mit un peu trop de temps à répondre, comme légèrement absent :

— Tu ne cherches donc pas le bonheur ?

Son visage était toujours aussi proche du mien et je mourais d'envie de l'embrasser, mais refusais de céder.

Je fronçai les sourcils en réfléchissant à sa question et répondis avec franchise :

— Le bonheur ? Cette idée du bonheur est complètement fallacieuse. Les gens se mettent à la recherche de ce bonheur factice et sont malheureux parce qu'ils ne l'atteignent jamais. La vie est une succession d'épreuves, encore et encore. Tu peux être content, mais ce n'est que passager, parce que rien n'est fait pour durer. C'est ça la vérité sur la vie : tout n'est que passages et courts moments de plaisir, qu'on assimile à du bonheur. Mais c'est illusoire parce qu'éphémère.

Il acquiesça en comprenant mes mots, mais je voyais bien qu'il n'était pas d'accord. Alors j'entourai ses hanches de mes jambes, mes doigts toujours perdus dans ses cheveux, et appuyai à nouveau :

— Les plaisirs éphémères, sans s'encombrer de tout ce qui est lié à un état amoureux, sont les meilleurs. Il n'y a pas de blessure. Tu es content, tu prends ton pied et tu passes à autre chose.

— Aimer, ça te tombe dessus, tu ne choisis pas de qui ou quand tu tombes amoureux, contra-t-il ses yeux figés dans les miens. C'est comme vivre sans respirer. Ou ordonner à un cœur de cesser de battre. C'est impossible. L'amour, c'est ça. Incontrôlable et chavirant.

— Je ne suis pas d'accord. On ne contrôle peut-être pas un cœur qui bat, mais on décide par contre de vivre ou non. On a le choix. L'amour, tu décides si tu veux y aller et tomber. Si tu es prêt à te brûler et aussi à faire face à toutes les conséquences que ça implique. Donc tomber amoureux est un choix. Et d'ailleurs, on peut parfaitement être heureux, tout en étant célibataire. Le bonheur ne dépend que de nous-mêmes.

Adam fronça les sourcils, pas du tout du même avis. Avec mes doigts toujours posés sur sa nuque, son visage tout près du mien, il parut soudain se figer. Ses yeux dans les miens semblèrent peser une tonne. Je ne bougeai pas, intriguée, sans comprendre cette soudaine intensité.

— Je me retiens vraiment, Yéléna, mais c'est dur, dit-il en un murmure.

— Tu te retiens de quoi ?

— De t'embrasser.

Son regard tomba alors doucement sur mes lèvres, avant de remonter à mes yeux. Pourquoi est-ce que j'avais l'impression que mon ventre libérait des milliers de fourmis ? Pire encore : pourquoi me sentis-je subitement honteuse ? Non, ce n'était pas le bon mot. J'étais comme timide.

Hein ?

Une chaleur intense et incontrôlable m'enveloppa et atteignit mon visage. Qu'est-ce qui m'arrivait ?

Adam s'esclaffa et posa le front sur mon épaule en inspirant profondément comme pour rassembler son courage et s'éloigna brusquement pour s'appuyer à nouveau contre le meuble qui me faisait face.

Je posai les mains sur mes joues, heureuse qu'il fasse assez sombre pour qu'il ne me voie pas rougir. Même si j'étais presque sûre qu'il avait compris.

Quel était mon problème ? C'était du jamais vu. J'étais forcément malade ou en train de couver quelque chose...

— Pour en revenir à ce dont on parlait, dis-moi la même chose quand ça t'arrivera et que tu tomberas amoureuse sans que tu ne le veuilles, reprit-il comme s'il ne venait pas de m'avouer avoir envie de m'embrasser. Et avec toi, ça va plutôt piquer. Tu tomberas de bien haut.

Je reconnectai mes neurones, en tâchant de me souvenir de ce dont nous étions en train de discuter juste avant, puis fronçai les sourcils.

— Ne me lance pas de malédiction ! Tombe amoureux tout seul, mais ne me souhaite pas la même chose.

Il rit et secoua la tête sans me quitter des yeux.

— Si je tombe, Yéléna, je ferai en sorte de ne pas tomber seul.

— On remballe ! s'écria l'un des gars à l'extérieur.

Je restai alors muette, me demandant si je devais comprendre quelque chose de précis dans ce qu'il venait de dire. Je supposais que le timing était parfait. Pouvais-je dire que j'avais été sauvée par le gong ?

Chapitre 16

De retour à la maison, nous ne tardâmes pas à aller nous coucher – Jordan tombait littéralement de fatigue. Toutefois, même si je soupirai de bonheur lorsque tout mon corps reposa dans mon lit, je ne parvins pas à trouver le sommeil. Je tournais inlassablement sans parvenir à déconnecter mon cerveau. Mon corps était épuisé, mais ma tête ne l'était pas et c'est cette dernière qui gagna le combat.

Je descendis, pris un verre d'eau, puis me rendis dans le salon où j'ouvris la porte-fenêtre pour rafraîchir la pièce. Des éclats de rire se firent entendre, alors je tendis l'oreille sans trop savoir pourquoi.

— Tu devrais voir la tête que tu fais, dit la voix que je reconnus comme étant celle de Yohan. On t'a juste posé une simple question. On est curieux.

Je me rapprochai pour mieux entendre. Je n'étais habituellement pas une espionne, mais leur conversation m'intriguait.

— Ce n'est pas une simple question, répondit Adam.

Adam n'habitait qu'à quelques mètres à côté, et je fus étonnée de réaliser que leurs voix portaient beaucoup trop bien. Je notai mentalement de faire attention à l'avenir lorsque je parlerais sur la terrasse.

— Marlène est en train de défaillir, intervint Éden de sa lourde voix. Elle ne me parlait quasiment jamais et depuis peu elle semble curieuse à ton sujet, Adam.

— C'est Yohan qu'elle veut.

— Non, elle m'a déjà eu, dévoila ce dernier.

— Quel homme facile, se moqua Éden, hilare.

Je posai une main sur ma bouche pour me retenir de rire. J'adorais leurs histoires, jusqu'à ce qu'Éden reprenne :

— Elle a aussi tenté sournoisement de me raconter des choses sur Yéléna, mais je lui ai dit que ça ne m'intéressait pas. Qu'est-ce qu'ils ont tous avec elle ?

— Les petites villes peuvent parfois être un enfer quand tout le monde te connaît depuis toujours, expliqua Yohan. Et donc, pour en revenir à ma première question : qu'est-ce qu'il y a avec Yéléna ?

— Rien de ce que tu imagines, répondit Adam avec un grognement comme s'il s'asseyait.

— Ce n'est pourtant pas ce qu'on dirait.

— C'est la fille de Marc.

— Et c'est l'excuse la plus débile que j'aie pu entendre, protesta Yohan. Ça se voit que tu l'apprécies. Marc n'aurait jamais été contre. Ça aurait été moi, j'aurais foncé tête baissée.

— Comme tu le fais avec toutes les femmes, se moqua Éden.

— Elle et moi n'avons pas les mêmes objectifs, les gars. Ça n'irait pas bien loin. Changeons de sujet.

— Alors pourquoi tu sembles vouloir la séduire ? s'enquit Éden, mais le silence lui répondit.

Il reprit :

— Fais-lui changer ses plans, rien n'est figé. Je l'aime bien.

— Moi aussi, appuya Yohan.

— Moi aussi, finit Adam. La boucle est bouclée, changeons de sujet.

Pourtant seul le silence suivit cette requête.

— Sérieusement vous n'avez aucun autre sujet de conversation à part Yéléna ?

Des rires se firent entendre, puis Éden reprit :

— J'ai eu une nouvelle proposition de rencontre avec Stephan.

— Refuse, c'est un nid à embrouille. Ce type ne sait jamais s'arrêter, ce ne serait qu'une occasion pour lui de foutre la merde dans notre vie.

— Il finira par revenir à un moment ou à un autre.

Je cessai d'écouter et refermai doucement la porte-fenêtre. Toujours assise par terre, je réfléchis un instant sans trop savoir quoi penser. Moi aussi je les aimais bien, c'était tout ce qui me vint. Je revins me coucher après avoir nettoyé mon verre, et tournai dans mon lit encore un moment avant de finalement sombrer.

Je me rendis tôt au snack, alors que Jordan dormait encore. Le soleil pointait tout juste le bout de son nez, tout était calme, les oiseaux chantonnaient, le camping était toujours endormi, tandis que je regardais l'horizon, assise sur un banc près du snack dont la vue donnait sur la plage artificielle. C'était reposant. Je ne savais pas si c'était l'angoisse de la réouverture du jour, ou s'il y avait autre chose, mais je n'avais que peu dormi cette nuit, et mal. Je me frottai les bras, car il faisait encore frais, puis rentrai à l'intérieur pour préparer les ingrédients pour les sandwichs, et m'assurer que tout était propre et à sa place.

Quand le soleil fut levé, je reçus un texto de Jordan :

Ne me dis pas que tu es déjà au resto, alors qu'on n'ouvre qu'à 11 heures ?

Je souris et répondis que si. Peut-être qu'en fin de compte c'était bien un petit stress. Mon unique objectif était bien de rembourser les dettes et de relancer le snack pour le revendre ensuite. Je savais que c'était la meilleure chose à faire et pourtant, je me sentis mal à l'aise à cette idée. C'était nouveau... Pourquoi... ?

Je pris un café et me rendis dans le bureau. Je restai plantée devant la photo accrochée au mur, en me posant mille questions.

Que serait ma vie si Ariane était toujours là ?

Mon père se serait-il un jour arrêté de boire ?

Est-ce que le cauchemar aurait continué ?

Ma vision du monde aurait-elle été différente ?

Prenais-je les bonnes décisions aujourd'hui ?

Mon existence avait pris un tournant inattendu et j'admettais être perdue.

J'arrêtai de me torturer l'esprit avec toutes mes questions lorsque Jordan me rejoignit. On prit un vrai petit déjeuner assises sur le banc devant La Glacière, observant les touristes qui arrivaient pour leur cours de remise en forme au centre sportif. Puis ce fut le coup d'envoi. Un peu après l'ouverture officielle, à l'heure du déjeuner, les premiers clients arrivèrent. Le bal commença en douceur, jusqu'en début d'après-midi où, après une multitude de glaces vendues, le calme revint. Une nouvelle vague arriva en milieu d'après-midi et pour la première fois de ma vie, voir des enfants de toutes parts ne me dérangea pas. Même lorsque Lucas vint s'asseoir avec difficulté sur une chaise haute devant le comptoir, aucun sentiment négatif ne me vint. La journée était trop bonne pour me laisser envahir.

— Je peux avoir une glace, moi aussi ? demanda-t-il à Jordan qui acquiesça.

— Il faudra la payer, celle-ci, petit monstre.

— Je te donnerai l'argent de mon papa.

— Ça me va, dis-je en riant.

Les heures défilèrent sans que je ne les voie passer. Jordan s'en alla finalement avec Lucas pour profiter de la plage un moment, pendant que je m'occupais du nettoyage et de la fermeture. Une fois cela fait, je m'installai dans le bureau et me lançai dans de nouveaux calculs. Si les chiffres étaient tous les jours aussi bons qu'aujourd'hui, alors ça irait. Mais il était impossible de prévoir quoi que ce soit avec une seule journée d'ouverture.

Je posai lourdement la tête sur mes notes, épuisée. Il fallait que j'arrête d'angoisser.

— Tu aimes vraiment te faire du mal ?

Je relevai le menton quand Adam franchit l'entrée du bureau. Il vint s'asseoir sur la chaise qui me faisait face et sourit.

— Comment ça a été aujourd'hui ? J'ai vu pas mal de monde arriver.

— Oui, c'était une bonne journée.

— Mais...

Il haussa les sourcils en attendant que je complète. Je secouai la tête.

— Ce n'est rien. J'ai juste un trop-plein d'inquiétude, mais ça ira.

Il remarqua mes notes et les glissa devant lui pour les étudier.

— En rapport avec ça ? s'enquit-il, toujours attentif à ce qui était écrit.

— Oui. Disons que je n'ai pas l'habitude d'avoir des dettes et que j'essaye de visualiser à quel moment je sortirai la tête de l'eau et combien de temps je peux tenir en roue libre.

— Hmm... Pour les frais liés à la maison, tu ne devrais pas t'en inquiéter. Avec les gars, on peut s'en charger pendant notre temps libre. Il n'y aurait que les matériaux à acheter, et je suis certain de pouvoir trouver de bons prix.

— Je n'ai pas le droit de te demander ça.

— Sauf que tu ne le demandes pas. Je te le propose. Accepte.

Adam posa les coudes sur ses genoux et me regarda à travers les mèches de ses cheveux qui lui tombaient devant les yeux. Puis il haussa les sourcils comme pour me mettre au défi de refuser. Avait-il seulement conscience que toute sa gestuelle, sa manière d'être et son charisme étaient irrésistibles ? J'étais presque sûre que oui et que c'était pour cette raison qu'il me défiait sans cesse.

— On verra, me décidai-je.

Il sourit et se passa la langue sur les lèvres. C'était définitivement pour m'achever.

Je me levai pour sortir du bureau et couper court à toutes les pensées qui me submergèrent, mais Adam fut plus rapide et m'attrapa le poignet. Il me ramena devant lui doucement et me tendit un fin paquet de lettres. Je fronçai les sourcils en comprenant.

— Je pense que ça te revient, dit-il simplement.

— Des fois, j'ai l'impression que tu vas me sauter dessus, et puis finalement, tu me lâches une bombe comme celle-là qui n'a rien à voir avec ce que je pensais.

Il rit, mais redevint très vite sérieux.

— C'est ce que tu veux ?

— Je crois que tu ne le sauras pas.

Je lui arrachai des mains les lettres que mon père avait écrites, sans trop savoir quoi en faire. Si je les lui avais toutes renvoyées, c'était bien parce que je n'avais eu aucune envie de les lire. Est-ce qu'aujourd'hui c'était différent ? Pas du tout. Malgré tout, je les gardai en main et tournai le dos à Adam en souriant face à son air hésitant. Je repensais à la conversation qu'il avait eue la veille avec ses amis et comprenais qu'il était en plein dilemme lui aussi.

Au moins, nous étions deux.

Maintenant que je savais dans quelle la direction il souhaitait aller, était-ce mal de vouloir le tenter plus encore et le rendre fou ? Je supposais que oui, si de mon côté je n'attendais rien de plus. Mais étais-je réellement capable de me contenter d'une nuit avec lui ? À ce jour, je n'en étais vraiment plus certaine, et ça... ça me fichait la trouille.

Je m'arrêtai au milieu du snack, sans trop comprendre ce qui m'arrivait. Je déposai les lettres sur le comptoir en réfléchissant. Adam paraissait être différent, et je ne savais pas avec quel pouvoir il opérait, mais je pris conscience que c'était bien réel. Me voyais-je rester plus longtemps qu'une nuit ? Non, bien sûr que non... Ou bien, peut-être que si.

Je voulus me frapper la tête avec l'envie de faire sortir cette fichue idée qui semblait s'immiscer à l'intérieur, mais ma main n'atteignit jamais mon front. Elle percuta celle d'Adam, qui l'avait placée là pour parer le coup.

— Je ne sais pas contre quoi tu te bats, mais je te le redis : arrête de te faire du mal.

— Pourtant je le mérite. C'est ta faute, en plus.

Collé contre mon dos, il me plaqua les bras contre mon corps afin que je ne me fasse aucun mal, puis il posa le menton sur mon épaule, sa joue touchant presque la mienne.

— Je t'ai déjà dit que, si tu en ressentais le besoin, tu avais le droit de me frapper.

— Alors lâche-moi les bras.

Il n'obtempéra pas. Je le sentis sourire contre ma joue, me narguant. Alors je tentai de lui marcher sur le pied, ce qu'il esquiva. Je recommençai en tentant de dégager mes bras, mais il n'y avait rien à faire, je ne pouvais pas rivaliser avec sa force. Alors je jouai la subtilité, et tournai mon visage vers le sien et l'embrassai juste à la commissure des lèvres.

Mon attaque réussie, je doublai le coup d'un écrasement de pied. Cela lui fit oublier mes bras et je pus enfin me dégager.

— Je savais que je réussirais, dis-je victorieuse.

— OK, tu as réussi à te libérer. Frappe-moi, maintenant.

Adam rit quand je tentai de le faire et recula, prêt au combat. Il était déjà en position, comme il pouvait l'être sur un ring. Manifestement, je n'avais aucune chance, mais je m'avançai quand même dans sa direction, me demandant comment j'allais bien pouvoir faire pour l'atteindre.

Lorsqu'il parvint au fond de la salle, il relâcha les bras le long du corps et secoua la tête.

— C'est beaucoup trop facile, dit-il déçu.

— C'est toi qui es piégé, pas moi. Et je n'ai même pas encore commencé que tu abandonnes ?

Il m'attrapa le coude, me fit un balayage. Je perdis l'équilibre, puis il me récupéra sans difficulté pour me percher sur son épaule comme un sac à patates. Il me déposa la seconde d'après sur une des tables qui se trouvaient près de nous.

— C'est injuste. J'ai l'impression d'être une poupée facilement transportable et maniable à souhait. Même si j'essayais pour de vrai, je n'arriverais pas à t'atteindre.

— Laisse-moi t'apprendre. C'est plutôt amusant.

— Donc, ce que tu veux, c'est jouer avec moi ?

— Non, c'est...

Il fronça brièvement les sourcils face à mon sourire et comprit le double sens de ma phrase.

— Je veux juste t'apprendre les bases du combat. C'est plutôt toi qui es en train de jouer avec moi.

Il s'esclaffa et recula d'un pas en passant les deux mains dans ses cheveux. Il était vrai que je m'amusais de la situation et plus encore de sa réaction. Il était comme une bombe à retardement, et si j'avais toujours cru depuis le début que je le laissais plutôt indifférent, ce qui avait de nombreuses fois blessé mon ego, cette fois-ci, il semblait ne pas pouvoir me cacher quoi que ce soit.

C'était excitant.

Adam paraissait en pleine conversation avec lui-même, secouant la tête comme s'il répondait à son tour à des questions muettes, puis il me tourna le dos, les mains toujours posées sur son crâne. Alors je ris, descendis de la table, puis me rendis dans son dos et passai les bras autour de sa taille, profitant de son ventre ferme sous mes doigts. Je le taquinai un peu plus, en disant tout contre son large dos :

— Je ne sais pas à quoi tu penses, mais ça a l'air d'un vrai dilemme. C'est si dur que ça ?

— Hmm ? Non, ça va, affirma-t-il avec conviction.

Je desserrai les bras lorsqu'il se retourna. Adam acquiesça alors, comme pour se convaincre lui-même de ce qu'il venait de dire, tout en me faisant reculer doucement vers la table.

— Vraiment ?

Il répondit simplement par un hochement de tête, qui se transforma en négation petit à petit lorsque je fus tout contre la table. Il me prit le visage entre les mains et se mordilla la lèvre inférieure avant de soupirer.

— En fait, si, c'est dur.

Je souris sans rien répondre. Au fond, je n'étais pas

sûre de ce qui pourrait se passer si je parlais à nouveau. Mais je n'en eus pas besoin.

— Pardonne-moi, Yéléna. Je n'en peux plus.

Je fronçai les sourcils, en me demandant de quoi il parlait, quand il écrasa ses lèvres sur les miennes, ses mains toujours sur mes joues, comme pour m'empêcher de bouger. Mais je ne comptais aller nulle part. Une fois la surprise passée, je vins aussi à sa rencontre, et passai les mains dans ses cheveux, l'embrassant en retour.

J'ignorai les fourmis qui se répandaient dans mon ventre, dont je ne comprenais pas la signification. Ignorai mon corps entier qui semblait perdre toute force, comme s'il fondait en son intégralité. Ignorai aussi mon cœur qui paraissait plus lourd, comme si chaque battement était ressenti avec plus de puissance. J'avais perdu tout contrôle de mes membres et organes, mais sans trop savoir pourquoi, je les ignorai tous, pour me concentrer sur ses foutues lèvres qui m'avaient rendue folle. Ces mêmes lèvres qui étaient en train de ravager les miennes.

Ses mains quittèrent mes joues pour passer dans mon dos. D'une poussée, il me fit asseoir sur la table et me rapprocha un peu plus de lui, alors j'entourai ses hanches de mes jambes, comme si c'était totalement normal. Je décollai dans ses bras sans vraiment m'en rendre compte.

Il pouvait bien faire ce qu'il voulait de moi, du moment qu'il continuait de m'embrasser comme il le faisait.

Une porte claqua et je décidai d'abandonner brièvement ses lèvres pour vérifier où on se trouvait. La porte qui venait d'être claquée était celle du bureau dans l'arrière-salle. Adam me déposa sur le meuble où mes notes étaient éparpillées, et reprit possession de mes lèvres. Certains de ses doigts dans mes cheveux, d'autres agrippant ma hanche. Il semblait avoir perdu toute raison. Ça me convenait parfaitement.

Une de mes mains quitta ses cheveux pour passer dans son dos, juste sur sa cambrure, et le maintint en appuyant fortement comme pour le rapprocher plus près de moi. Il n'y eut pas besoin de mot, Adam me poussa doucement en arrière et il quitta brièvement mes lèvres pour glisser les siennes dans mon cou. Je frissonnai comme jamais, et quand il revint m'embrasser, ce fut les yeux ouverts. Il resta quelques secondes penché sur moi, ses yeux marron, si sombres, plongés dans les miens.

Il ne dit pas un mot, mais n'en eut pas besoin. Son désir était si visible, tant dans son regard que dans ses baisers, que même avec toute la volonté du monde, je n'aurais pas pu le repousser. Je n'en avais de toute façon aucune envie.

Ses doigts trouvèrent l'ourlet de mon débardeur et passèrent sous le vêtement. Sa peau contre la mienne paraissait ardente. Je pouvais la sentir avec précision, comme si mes sens étaient décuplés au point de n'être concentrée que sur ce toucher... que j'oubliai partiellement quand il m'embrassa à nouveau, tandis que sa main continuait de remonter sur ma taille.

Si, la première fois que nous nous étions embrassés, j'avais mené la danse, cette fois-ci, je ne contrôlais plus rien. Mon corps était à la merci d'Adam et il ne semblait pas vouloir se priver de quoi que ce soit. Je m'abandonnais à lui, sans même prendre de réelles initiatives, comme si je me laissais porter au gré de sa volonté.

Ça aussi, c'était bien une première. J'avais toujours eu l'habitude de contrôler absolument tout de mon corps. Mais il apparaissait qu'avec Adam, rien n'était contrôlable.

Son bras droit m'offrait un oreiller derrière ma tête, tandis qu'il continuait de partir à la découverte de mon corps avec beaucoup d'attention, mais aussi fermement. C'était comme s'il se contrôlait pour n'être ni brusque, ni trop rapide. Comme s'il savourait ce qu'il découvrait. Tandis que je profitais de chacune de ses caresses. Je me délectais également ses lèvres. Je savais avec certitude qu'elles me hanteraient pendant longtemps. Elles étaient parfaites et appelaient au péché le plus extrême.

Lorsque ses doigts atteignirent ma poitrine, il me toucha avec délicatesse, alors j'allai à sa rencontre pour augmenter la pression. Il grogna dans ma bouche. Peut-être que cela était des mots... je ne compris rien et je m'en fichais.

Doucement, il retira son bras de derrière ma nuque et souleva mon débardeur en quittant mes lèvres pour m'embrasser juste au-dessus du nombril, et remonta le long de mes côtes. Je soupirai en fermant les yeux, en me disant qu'il était parfaitement habile, trouvant chaque point sensible qui déclenchait des frissons, des vibrations et intensifiait mon excitation.

— ... Des hot-dogs ? Ou des burgers ?

J'ouvris les yeux brusquement.

Est-ce que j'entendais la voix de Jordan dans ma tête ?

— Les deux, répondit une petite voix.

Et merde.

— Adam, chuchotai-je en le tapotant sur l'épaule.

Il remonta et m'embrassa à nouveau sans rien dire. N'avait-il rien entendu ?

Apparemment non, car il m'embrassa avec une ardeur redoublée.

— Papa ? T'es là ?

Alors Adam se figea. Il ouvrit les yeux, et trouva les miens. D'un geste, il abaissa mon haut, puis recula, en me tirant par la main pour me remettre debout. La force qu'il mit dans son geste faillit me propulser contre le mur d'en face, mais il me retint, de justesse.

La porte du bureau s'ouvrit sur Lucas qui entra comme si de rien n'était, commençant à parler de burgers à son père, qui, lui, semblait totalement hagard.

Avec ses lèvres gonflées, ses cheveux en désordre et son regard encore embrumé de désir, il paraissait avoir du mal à se concentrer sur son fils. Et il parut clair qu'il refusait de me regarder.

— Oh ! Néna ! Papa, tu dois lui donner de l'argent, continua le ver de terre.

J'éclatai alors de rire et posai mon bras contre le mur, sans plus pouvoir m'arrêter. C'était incontrôlable, et je finis par sortir du bureau, pliée d'hilarité.

Si on m'avait dit un jour que je me serais retrouvée dans cette situation, je n'y aurais pas cru. Le petit monstre avait choisi le moment parfait pour intervenir.

J'allais mourir de rire et de frustration.

Chapitre 17

Après la fermeture du restaurant, avec Jordan, on marcha tranquillement sur le chemin qui longeait le lac. Lorsque l'été arrivait, il y avait toujours de petits feux de camp qui étaient installés par le camping, bien encadrés afin qu'aucun départ de feu n'ait lieu. C'est tout naturellement que, Jordan et moi, on s'installa sur le bois mort en guise de banc. Puis elle me posa mille questions et s'excusa de nous avoir interrompus, Adam et moi.

— Au contraire, répondis-je. Je pense que c'est mieux ainsi.

— Voir une Yéléna raisonnable, c'est une première pour moi. Y aurait-il du changement dans l'air ?

Il n'y en avait pas, mais Jordan était trop têtue pour y croire.

Le soleil n'était pas totalement couché quand Éden, Adam et Lucas nous rejoignirent. Yohan apporta des Chamallows un peu plus tard, avec un éclat de fierté dans le bleu de ses prunelles. Il était ravi d'y avoir pensé.

La discussion s'orienta sur le Boat, que les garçons voulaient rejoindre plus tard dans la soirée, tandis que Jordan était maussade. De mon côté, mon attention revenait sans cesse sur Adam, qui semblait ne pas vouloir croiser mon regard.

— Je suis triste, les gars, annonça Jordan avec un soupir exagéré. C'est mon dernier soir.

— T'es surtout déprimante, râla Éden. C'est comme si c'était la fin de l'été, alors qu'il commence tout juste.

— Je suis quand même triste.

— Tu n'as qu'à poser tes bagages ici. Arrête de te plaindre.

Jordan haussa les sourcils, soudainement intéressée, puis me fixa avec un sourire. Je secouai discrètement la tête et elle le perdit aussitôt.

— Ce n'est toujours pas une bonne idée. Le restaurant ne pourra pas se permettre de payer qui que ce soit avant au moins deux mois, en étant optimiste.

— Je peux l'embaucher au centre alors, dit Yohan amusé. Les enfants auront un adversaire de taille, comme ça.

— Mais ! protesta Jordan en lui lançant sauvagement un morceau de bois mort qu'il esquiva en riant. Je vais aller prendre des cours à Paris et je reviendrai, juste pour te prouver que je peux moi aussi être forte.

Yohan et Éden échangèrent un regard avant de sourire, en tentant tout de même de se retenir de se moquer. Jordan le vit et marmonna dans son coin, vexée.

La soirée se déroula sans accroc. Les garçons allèrent chercher à manger, tandis que Jordan occupait Lucas près de l'eau. Un peu plus loin, des lycéens se trouvaient autour d'un autre feu de camp, célébrant la fin de l'année scolaire, du moins, c'était ce à quoi cela s'apparentait. Dans mes souvenirs, toutes les fêtes qui s'étaient déroulées ainsi n'avaient jamais été une partie de plaisir pour moi. On colportait de sales rumeurs à mon sujet... J'étais souvent l'objet de moqueries et avais longtemps rêvé de voir quelqu'un, n'importe qui, me sauver de cet enfer personnel. Mais ce soir c'était bien différent : plus calme et posé. C'était plaisant, presque reposant.

Depuis mon retour, j'avais l'impression que chaque mauvais souvenir finissait par être remplacé par quelque chose de meilleur. Comme si deux mondes différents se superposaient. Je souris en me rendant compte que le monde d'aujourd'hui, je pouvais l'accepter.

— Qu'est-ce qui te donne le sourire ? s'enquit Adam en s'asseyant à mes côtés.

Il ne laissa même pas un centimètre entre nous. Sa hanche était contre la mienne.

— Mes propres pensées, répondis-je en me frottant les bras.

La nuit était finalement tombée et je fus surprise en sentant un vêtement entourer mes épaules.

— Tu n'es pas obligé, marmonnai-je en appréciant malgré tout la chaleur qui m'engloba.

— Arrête de toujours protester. Tiens, me dit-il en me tendant un sandwich enveloppé dans du papier aluminium. C'est un hot-dog qui devrait être encore chaud.

Je le remerciai et mangeai avec appétit. Adam s'occupa de Lucas un instant, pendant que le reste du groupe s'engageait dans un débat insolite sur ce qui était mieux : être un homme ou une femme. Jordan était debout, tous crocs sortis. Je ris beaucoup, car les garçons adoraient visiblement la mettre en rogne.

— Je croyais que tu allais m'ignorer à présent, dis-je tout doucement pour que seul Adam puisse entendre.

Il entoura ses genoux de ses bras et posa le menton sur la main qui était de mon côté, avant de me répondre tout bas :

— J'ai eu un peu de mal à redescendre et la chose qu'il ne fallait surtout pas faire, c'était te regarder. Mais non, je ne t'ignorerai pas.

Ses yeux pétillaient d'un éclat différent, que je n'avais encore jamais vu sur lui. Comme s'il détenait des secrets sur moi qui me mettaient à nu. J'étais... intimidée, mais ne le montrai à aucun moment.

— Je pense que tu as dû oublier les lettres au restaurant, poursuivit-il en changeant de sujet.

— Non, je les ai. Je ne sais simplement pas ce que je veux en faire.

— Les lire ?

Je récupérai le petit paquet entouré d'un élastique, et les plaçai devant mes yeux.

— Ou les jeter au feu.

Je mis mes mots à exécution et les lançai sans perdre de temps. Adam se leva d'un bond et plongea la main au milieu des flammes pour les récupérer. Il tapota sur le coin de l'une d'elles, qui avait commencé à noircir, puis se rassit à mes côtés en me les tendant à nouveau, le souffle court.

— Non, Yéléna, ne les brûle pas.

Je ne fis pas attention aux lettres qu'il me donnait, mais observai avec attention sa main, qui ne semblait pas avoir souffert d'un passage rapide au milieu des flammes. De l'autre côté, tous s'étaient tus, et ne parurent pas comprendre ce qui venait de se passer. Adam reprit finalement sa position initiale.

— Pourquoi ça te tient tant à cœur ?

— Ma réponse ne te plaira pas, me signala-t-il en me parlant toujours aussi proche, son bras séparant nos visages. Je vais te dire que je suis certain que, même si tu ne les lis pas aujourd'hui, elles serviront un jour. Si tu les brûles, tu pourrais le regretter. Ce serait dommage.

Je m'esclaffai brièvement et secouai la tête en récupérant le paquet.

— Ça ne me plaît pas, effectivement. Je préfère quand tu me sautes dessus.

De l'autre côté du feu, un rire se fit entendre et je compris que j'avais parlé un peu trop fort. Je les ignorai, Adam fit de même, et sans détourner le visage, je vis son sourire naître d'abord dans ses yeux, avant qu'il n'apparaisse sur ses lèvres.

Une goutte tomba dans mes cheveux, puis une autre sur ma main, ce qui me sortit de mes pensées.

— Il n'était pas censé pleuvoir aujourd'hui, si ? demandai-je en tournant la paume vers le ciel.

Apparemment, le temps faisait des caprices.

— Et en plus je ne peux même pas profiter du dernier soir, se lamenta Jordan, déçue.

On ramassa nos déchets qu'on jeta à la poubelle, avant d'aller signaler au garde du camping qu'on libérait le feu de camp.

— Tu devrais aller au Boat, suggérai-je à mon amie.

— Et toi ?

— Moi, je suis crevée et j'ai très mal dormi la nuit dernière, alors m'octroyer un peu de sommeil me paraît être la meilleure idée du siècle.

— OK. Je vais demander aux garçons s'ils m'acceptent, dans ce cas.

Ils l'embêtèrent un peu, mais prirent Jordan avec eux. J'étais presque sûre qu'elle passerait une bonne soirée à se chamailler. Je rentrai alors avec Adam et Lucas. Ce fut principalement ce dernier qui fit la conversation, même s'il était apparent qu'il tombait de fatigue. Comment une si petite personne pouvait avoir autant de choses à raconter ?

Je ne cherchai pas à lui répondre, et rentrai directement en souhaitant une bonne nuit à la volée lorsqu'on arriva à nos habitations respectives.

Oui, j'étais vraiment crevée.

Comme chaque soir après la douche et avant d'aller dormir, je pris un verre d'eau et me rendis sur la terrasse. Je souhaitais me vider la tête afin de pouvoir dormir l'esprit tranquille, mais c'était une chose qui arrivait rarement depuis que j'étais revenue ici. Ce soir n'échappa pas à la règle. Alors qu'il pleuvait assez fortement, Adam ne pouvait pas se détacher de mon esprit. Il était dans chacune de mes respirations. C'était sûrement idiot, mais il m'apparaissait à présent comme une obsession que je n'arrivais pas à me sortir de la tête. Lorsqu'il était là, je me sentais bien, protégée et presque en paix. Lorsqu'il était ailleurs, il hantait mes pensées. Et je réalisais à quel point c'était pire encore à présent que j'avais pleinement goûté à ses lèvres. Était-ce parce que je ne contrôlais rien avec lui ? Je n'en avais pas la moindre idée et je n'étais même pas sûre de vouloir comprendre.

Adam était différent.

— À quoi tu penses ?

Je sortis de ma rêverie et souris sans pouvoir m'en empêcher quand je vis l'objet de mes fantasmes arriver à mes côtés. Lui aussi semblait fatigué.

— Si tu savais… dis-je en laissant ma phrase en suspens.

Adam vint s'asseoir à mes côtés, puis me poussa un peu pour passer une de ses jambes derrière moi. Quand il fut correctement installé, il me tira doucement par le bras pour me ramener contre lui, mais je restai assise, droite, sans me laisser faire.

— Qu'est-ce que tu fais ?

— Je sais que tu es épuisée par ta journée, alors je t'offre un coin pour pouvoir te reposer.

Il écarta les bras, comme pour m'encourager à l'y rejoindre. Je me demandai quel était encore ce tour de magie, car lorsque je décidai de plonger dans ses bras, je trouvai son corps bien plus confortable que n'importe quel lit. Surtout lorsqu'il les referma autour de moi, m'enveloppant de sa chaleur. Je décidai que c'était définitivement la meilleure place au monde. Jamais je n'avais ressenti autant de paix qu'en cet instant. Sans essayer de comprendre ces émotions qui me traversaient, je demandai :

— Il y a quelque temps, tu m'as parlé brièvement de ta mère, qui n'aimait pas les enfants, comme moi. Elle est où, maintenant ?

— Je ne sais pas. Aux dernières nouvelles, elle était sur la côte dans le sud du pays, mais je n'ai pas beaucoup de nouvelles, à vrai dire. Je n'ai d'ailleurs jamais vraiment su ce qu'elle faisait dans la vie.

— Elle ne te manque pas ?

— Non. J'ai toujours eu une relation très particulière avec elle. Elle m'a assumé à sa manière, mais être mère n'était pas ce qu'elle désirait. J'ai dû me gérer seul très tôt. Et dès l'adolescence, elle se contentait de payer les factures, sans jamais être présente. Et la tienne, elle te manque ?

C'était facile de parler ainsi. Je ne le regardais pas, la tête posée sur le haut de son torse, un bras passé dans son dos comme s'il était un gros oreiller ferme et confortable, tandis qu'il me frottait doucement le bras, comme pour me réchauffer. Il continuait de pleuvoir et même le bruit de la pluie semblait nous bercer.

— Non. Elle est morte quand j'avais quatre ans, quelques jours après la naissance d'Ariane. Je n'ai pas de réels souvenirs, malheureusement. Mais parfois, je me demande ce que ça aurait été si elle avait été là. Est-ce que mon père aurait commencé à boire ? En vérité, je ne sais même pas si le décès de ma mère en est la raison.

Adam resta silencieux un moment, alors je demandai :

— Pourquoi tu as commencé la boxe ?

— Parce que je passais mon temps à me battre avec tout le monde. J'avais la fâcheuse habitude de m'attirer beaucoup de problèmes.

Surprise, je redressai la tête, ce qui le fit rire, puis il me força à me replacer contre lui en me bloquant, pour que je ne bouge plus. Peut-être que pour lui aussi c'était plus confortable ainsi.

— Toi ? Tu te battais avec tout le monde ? Alors que

tu apprends maintenant aux autres le contrôle de soi ? J'aurais bien voulu connaître ce garçon-là.

— Tu l'aurais sûrement détesté. J'étais tellement rempli de colère, que j'avais l'impression que le monde entier était contre moi. Le moindre écart dans ma vie faisait ressortir le pire. J'étais une bombe à retardement à chaque instant.

— Pourquoi tu étais en colère ?

— Ma mère. J'étais en manque de tout et surtout de son amour. Elle s'en foutait de moi. Je n'avais aucun repère parental, aucune limite. J'étais livré à moi-même et ça a été un cocktail explosif en grandissant. Jusqu'à ce qu'un adulte, là où j'habitais, m'emmène dans une salle de boxe. Ça a changé ma vie et vidé ma colère. J'ai eu un cadre, des règles et des gens qui m'ont appris le respect, et qui m'ont montré que la famille ne s'arrête pas aux liens du sang.

— C'est pour ça que tu veux autant me faire monter sur un ring ?

— Peut-être. Ou pas. Je reconnais simplement la colère qui t'habite pour l'avoir connue aussi.

— Mais peut-être que tout le monde ne peut pas être réparé comme tu l'as été.

— Il n'est pas forcément question de réparer quoi que ce soit, mais de surmonter et de ne rien contenir pour s'autoriser à accepter, se pardonner et pardonner aux autres.

— J'ai l'impression d'entendre le père Vincent.

— Il faut croire que je deviens quelqu'un de plutôt sage, alors. Ce qui est un exploit quand on sait d'où je suis parti. Tu devrais venir à la salle après le travail.

— Si tous les jours sont comme aujourd'hui, je n'aurais plus aucune force pour quoi que ce soit d'autre que dormir.

— Même pas pour te battre avec moi ?

— Tu ne me laisserais même pas te toucher.

— Qui sait ?

Je souris et relevai brièvement le visage dans sa direction, en sachant parfaitement que ce n'était qu'une ruse pour m'attirer dans les filets de son ring.

On resta ensuite silencieux un instant à écouter la pluie tomber. Je fermai les yeux, épuisée, trouvant un certain réconfort à être dans ses bras. Mais un étrange nœud se forma dans mon ventre. J'avais envie de lui dire tant de choses, pourtant, je n'étais pas sûre que c'était une bonne idée.

Pour la première fois de ma vie, je craignis que mon point de vue, et ma manière de vivre puissent faire fuir une personne de mon entourage. En l'occurrence, Adam.

Je me devais d'être franche, mais je me rendais aussi compte que je ne voulais pas le perdre.

Depuis notre rencontre, j'étais en perpétuel combat intérieur, pleine de contradictions, les émotions se combattant les unes, les autres... Adam n'avait rien fait et ne s'en rendait pas compte, mais il me fatiguait.

Je décidai alors de mettre les pieds dans le plat et de jouer la carte de l'honnêteté.

— Tu sais... à propos de ce qui s'est passé tout à l'heure... Il ne faut pas en attendre beaucoup de moi.

Adam inspira longuement et prit le temps avant de répondre :

— Je sais que nous n'avons pas les mêmes attentes. Mais ne te pose pas trop de questions, Yéléna.

Je relevai le visage dans sa direction afin de croiser son regard derrière ses paupières à moitié closes. Je ne savais pas ce que je voulais y trouver, mais son calme et son assurance me rassurèrent. J'ignorais simplement quelle partie de moi était rassurée.

— Je ne sais pas faire ça, ajoutai-je alors.

— Je sais.

— Je suis sérieuse.

— Je sais.

— Tu m'as dit avoir souffert de l'absence d'affection de ta mère. Ça a été mon cas aussi. On a beau dire que, par amour, n'importe qui est prêt à tout, mon père, lui, n'était prêt à rien. Il m'a appris que l'amour, c'était détruire l'autre. Il ne m'a jamais montré ou expliqué comment aimer. Il m'a seulement fait voir ce qu'était la douleur, Adam. Il était à la fois le jour, mais bien plus souvent la nuit. Il m'a prouvé que par amour, on pouvait déchirer, abîmer et détruire une personne. Je ne connais rien d'autre.

— Je sais.

— Non, tu ne comprends pas : je ne sais pas comment aimer.

Une partie de moi avait peur qu'il ne saisisse pas toute l'étendue de mes paroles, tandis que l'autre réalisait qu'il comprenait vraiment ce que je disais.

Adam passa la main sur ma joue, comme un signe de réconfort.

— Yéléna... Pourquoi tu te justifies sur tout ce que tu me dis ? Tu n'as pas à le faire.

— Parce que je veux que tu comprennes qu'il y a des choses dont je suis incapable.

— J'ai compris. Arrête de t'inquiéter pour moi. Je comprends chacun de tes mots et ce que tu insinues. Mais je sais aussi ce que je fais et où je vais, ce que je veux et ce qui me rend heureux.

Adam rapprocha son visage du mien et m'embrassa avec tant de douceur que j'eus la sensation que tout mon être et toute mon âme se fissurèrent de toutes parts.

Comment arrivait-il à chambouler autant de choses en moi ? Ce type était une énigme terrifiante. Il était comme un raz-de-marée contre lequel j'avais beau mettre toute ma puissance pour le contrer : rien ne semblait l'arrêter. Comment pouvait-il me démontrer autant d'assurance et de force, alors qu'il savait que nous n'avions pas les mêmes attentes ?

Adam paraissait serein vis-à-vis de mes décisions, confiant sur tous les points sans craindre de se brûler, alors qu'il aurait dû simplement reculer et partir au loin.

Et pourtant, malgré tout ce que je lui disais, pourquoi étais-je celle qui était totalement terrifiée ?

Il cessa de m'embrasser, puis me caressa la joue. Avec son visage tout près du mien, il parut jauger une chose qui m'échappait. Il resserra les bras autour de moi, m'offrant une cage de sécurité, de chaleur et de confort, avant de m'embrasser à nouveau.

Son baiser ne cessa que lorsque je me détendis contre lui, et je compris alors que son attention à mon égard dépassait tout ce que je pouvais imaginer. Adam semblait avoir une conscience très précise de ce qui se passait en moi. Il ne desserra pas les bras et reposa la tête en arrière en reprenant doucement ses caresses, en un geste rassurant et réconfortant. Je pris une longue inspiration. Les yeux fermés, je me concentrai sur l'instant présent, repoussant tous les sentiments qui se bousculaient en moi.

Adam était assurément différent.

Et si j'étais détendue dans ses bras, je n'arrivais pas à calmer cette angoisse à l'idée qu'un jour, peut-être, je serais celle dont il souhaiterait oublier jusqu'au moindre détail.

Chapitre 18

Je me réveillai en sursaut, compressée dans un étau, qui fit accélérer mon cœur de peur. Où étais-je ? Que se passait-il ? Je n'avais aucune réponse à ces questions.

— Vous avez dormi ici ? Un lit, c'est plus confortable.

Je fronçai les sourcils en me débattant dans les bras d'Adam, qui les maintenait toujours fermement autour de moi. J'avais froid, il pleuvait encore et je m'étais endormie sur le canapé de la terrasse. Lorsque je relevai la tête en direction d'Adam, il me parut évident que lui aussi s'était endormi.

Alors je remarquai la silhouette fluette de Jordan, assise dans le fauteuil qui nous faisait face, un grand sourire aux lèvres, parfaitement éveillée.

Me redressant, je frissonnai et bâillai à m'en décrocher la mâchoire.

— Il est quelle heure ? m'enquis-je en resserrant les pans de ma veste autour de moi.

— Quatre heures, répondit mon amie.

Adam s'étira, puis se frotta le visage. Il me pinça discrètement la hanche, puis se retira en saluant Jordan. Je ne tardai pas et me levai en titubant légèrement pour rejoindre l'étage et mon lit, Jordan sur mes talons.

— On a plein de choses à se dire, jeune fille, gronda-t-elle faussement avant de glousser.

— Tu es soûle.

— Un peu.

— Va te coucher, Jodi.

— D'accord.

Cependant, elle ne me suivit pas. Peut-être ne réussissait-elle pas à monter l'escalier, je n'étais plus en mesure de vérifier. À elle les courbatures et autres inconvénients de la gueule de bois. À moi le sommeil.

Je n'aurais jamais cru qu'un au revoir avec Jordan puisse être si déchirant. Ces deux semaines en sa présence étaient passées bien trop vite et, même si je savais qu'elle reviendrait, il n'en demeurait pas moins que le fait de la voir monter dans le train les yeux humides me brisa le cœur. Je n'étais pas vraiment démonstrative, alors rien ne filtra sur mon visage. Toutefois, je voyais son départ comme un problème à résoudre. J'avais passé le trajet à refaire des calculs sur mon téléphone en espérant lui annoncer que le snack pouvait la payer et qu'elle n'était pas obligée de partir, mais je m'étais résolue à l'évidence. Je ne pouvais pas me le permettre. Il me faudrait encore patienter.

Georges, le chauffeur de taxi de Rosebaie, nous déposa à la gare et c'est sans Jordan, en milieu de matinée, que je rentrai. La maison me parut alors bien vide. Je m'affalai sur le canapé après avoir ouvert la baie vitrée pour que Le Chat puisse aller faire un tour. Si le silence me parut pesant, la maison ne resta cependant pas vide très longtemps.

— Toc, toc, Néna, j'ai toqué, bonjour !

Le ver de terre entra par la baie vitrée et sa remarque m'arracha un sourire que j'aurais préféré ravaler. Ses cheveux clairs étaient dressés sur sa tête, comme s'il venait de sauter du lit. Lucas vint grimper sur le canapé à mes côtés et ramena son doudou contre lui pour le serrer dans ses bras.

— Je viens dire au revoir à Jodi, me signala-t-il doucement, comme encore endormi.

— Elle est déjà partie.

— Mais elle ne m'a pas dit au revoir !

— Elle reviendra.

— Quand ?

— Je ne sais pas encore.

— Bientôt ?

Je tournai la tête dans sa direction, ennuyée par toutes ces questions. Il le vit et me sourit avant de bouder, vexé. Cela ne dura que quelques secondes avant qu'il ne descende du canapé en me signalant qu'il avait des céréales à manger et un dessin animé à regarder. Lucas s'en alla d'un pas certain, mais toujours avec ce visage fâché.

La journée passa très rapidement et sans Jordan à mes côtés, je n'eus pas une minute à moi. Mais je m'amusai beaucoup. À l'agence, je n'avais pas passé un jour sans un certain stress, ce qui était inexistant ici. C'était différent, plaisant. Comme un bonus pour atteindre mes objectifs.

Je passai un moment avec Nathan, qui vint m'aider jusqu'à la fermeture en fin d'après-midi. On alla se promener de la même manière qu'on l'avait fait tant de fois des années en arrière, avant que nos chemins se séparent, lorsqu'il fut appelé par l'un de ses employés.

Marchant pour rebrousser chemin, je traînais presque des pieds sans savoir si c'était parce que j'étais fatiguée, ou parce que je n'avais pas envie de rentrer. Une fois en bas de la pente menant au restaurant, je pilai, les bras le long du corps.

Au bout de l'allée, Adam était là, seul, les mains dans les poches de son pantalon noir, avec une chemise tout aussi noire et des manches retroussées sur ses avant-bras... Pourquoi fallait-il qu'il soit si... aussi... comme ça ? Ses cheveux retombaient sur son front en bouclant légèrement, et ses yeux étaient bien ancrés sur moi. Je ne savais pas s'il m'attendait, mais ça en avait tout l'air. J'eus envie de courir vers lui. Tant de beauté et de charisme me cramaient les neurones et faisaient grimper instantanément mes œstrogènes à un pic inédit. Véritablement, ce type n'avait rien de comparable avec tous ceux que j'avais connus.

Je le rejoignis, sans qu'il ne bouge d'un pouce ou qu'il ne cligne des paupières. Pas un sourire, ou un tic nerveux. Il ressemblait à une statue sexy impossible à lâcher du regard. Je ne résistai pas à poser les mains sur son torse lorsque je fus devant lui. Alors Adam bougea. D'abord, il baissa le visage sur mes mains posées sur lui, puis il sortit les siennes de ses poches pour prendre les miennes et les porter à ses lèvres.

Ses lèvres. Ah ! Une si belle création.

— Tu as fermé plus tôt, aujourd'hui ? s'enquit-il en passant un bras autour de mes épaules pour m'entraîner avec lui.

— Oui, il n'y avait plus de clients, vu que le temps se gâte. Et Nathan était là, alors j'ai fermé pour en profiter et aller me balader un peu avant qu'il ne pleuve à nouveau. Et toi ? Où est ton fils ?

— Avec Éden. Je venais te chercher parce que je sais que Jordan est partie, et je ne voulais pas que tu sois seule.

Je relevai le visage dans sa direction et souris en tentant de me contenir, sans trop de succès. Je ne me posais aucune question et savourais les émotions qu'Adam faisait naître en moi. Des fourmis qui couraient dans mon ventre au sourire idiot sur mes lèvres, j'avais abandonné l'idée de contrôler quoi que ce soit. Le raz-de-marée était en route.

— C'est gentil, mais pourquoi tu m'emmènes au centre sportif ?

— Parce qu'on le peut, même quand c'est fermé, vu que j'ai les clés. Mais surtout parce que j'ai laissé mes affaires là-bas, hier. Vu que j'étais un peu occupé avec toi... J'en ai tout oublié ensuite.

— C'est sûrement un autre de tes tours pour m'attirer sur le ring.

— Tu veux ?

Adam haussa les sourcils avec un sourire si charmant que je ne réussis qu'à secouer la tête sans le dire à voix haute. Peu importe ce qu'il voulait : lorsqu'il demandait ainsi, si lumineux et charmeur, je serais capable de tout lui donner sans aucune résistance.

Lorsqu'on entra dans le complexe, j'eus envie de

marcher sur la pointe des pieds tant le silence me parut étrange. C'était la première fois que je venais alors qu'il n'y avait pas un chat. Pas un cri, pas de rires d'enfants, rien. Seuls les pas d'Adam résonnaient dans le couloir. Il avança d'une démarche déterminée, comme si tout était normal. Et tout l'était, bien sûr, je n'avais simplement pas l'habitude.

— Ça me rappelle les fois où, ado, j'infiltrais le gymnase de l'école avec Nathan. C'était tout aussi calme que maintenant.

— T'étais une délinquante.

— Ha, ha, dis-je sans ironie. Non, je ne l'étais pas.

— Et le feu à l'église ?

— Un accident.

— Les deux fois ?

Il s'arrêta devant la salle de boxe ouverte et me fixa, amusé.

— À peu près. La première fois, c'était à l'extérieur. On s'amusait à fumer les cigarettes infectes de mon père, avec Nathan. On a mal écrasé le mégot. La seconde fois... J'ai fait tomber une bougie sans m'en rendre compte. La table a pris entièrement feu, mais ça a été éteint avant que tout ne brûle.

— Une délinquante, marmonna-t-il en entrant dans la salle.

— Non, juste de la maladresse, Monsieur « Je tape tout le monde ».

Adam éclata de rire en s'asseyant sur le banc qui faisait face aux casiers. Il récupéra son sac et les coudes sur les genoux, il tourna le visage dans ma direction, curieux.

— Toujours aucune envie d'une cession bagarre ?

— Je vais perdre.

Il sourit, referma le casier et se leva.

— Sans les gants, alors. Les griffes sont autorisées.

— Pourquoi tu veux autant te battre avec moi ?

— Parce que j'aime le combat.

— Je n'ai même pas une once de chance.

— Sauf si je te laisse gagner.

Il fit un pas glissant sur les derniers mètres qui nous séparaient et me poussa doucement en direction du ring sans un mot. Je jurai qu'il m'était impossible de lui dire non. Adam était irrésistible et j'allais me faire botter les fesses. Je le savais, mais j'y allais avec le sourire.

Je montai sur le ring sans grâce, puis attrapai la main d'Adam qui m'aida à me relever. Bien évidemment, lui, grimpa en un simple saut. Il ne portait même pas de jogging, pourtant il avait l'air parfaitement à l'aise. J'étais fichue.

— Je vais finalement réussir à te montrer quelques techniques d'autodéfense.

Il semblait vraiment heureux de cette constatation.

— Ça ne te manque pas de combattre ?

— Parfois. Surtout quand je vois Éden sur le ring. Mais on s'entraîne pratiquement tous les jours, alors, en soi, je n'ai pas vraiment arrêté.

Adam s'avança vers moi et attrapa les pans de ma veste comme s'il simulait une agression.

— Qu'est-ce que tu ferais dans cette situation ? s'enquit-il le visage tout près du mien.

— Rien. Tu l'as vu toi-même. Je me pétrifie quand on m'attaque.

— Parce que tu n'es pas entraînée.

Je passai mes deux bras entre les siens et entourai son cou. Il relâcha les bras le long de mon corps et me récupéra lorsque je sautai sur lui en entourant ses hanches de mes jambes. Ma tête était maintenant plus haute que la sienne, et en voyant son sourire, j'imaginai que cela ne le dérangeait pas.

— Tu sauterais sur ton agresseur, alors ?

— S'il te ressemble, je crois que c'est ce que je ferai, oui.

— Je vais devoir éliminer toutes les personnes qui me ressemblent, dans ce cas.

Je ne résistai pas et l'embrassai tout doucement, les yeux toujours ouverts, plongés dans les siens. Lorsque je reculai le visage, une de ses mains passa derrière ma nuque et, à son tour, il m'embrassa en s'assurant que je restais bien en place. Il ne bougea pas du centre du ring, nous laissant là où nous étions, profitant simplement d'un instant d'échange.

Lorsque Adam cessa de m'embrasser, mes mains se trouvaient de chaque côté de son visage, comme si, inconsciemment, je n'avais pas eu envie que cela s'arrête.

— J'ai pensé à ça toute la journée, m'avoua-t-il tout bas.

— Tu vois que c'est quand même mieux quand on se saute dessus.

Il rit, puis après un rapide baiser, me fit redescendre au sol. Adam finit tout de même par réussir à m'apprendre quelques méthodes d'autodéfense. Je n'étais pas certaine de pouvoir réellement les mettre en pratique, et j'espérais n'en avoir plus jamais besoin, mais cela s'avéra plutôt facile à réaliser… sur le ring.

Je me trouvais sur le dos, après une énième démonstration, épuisée. Si ma journée n'avait pas suffi à me vider de mon énergie, Adam s'y était employé à la perfection. Je m'étais découverte plutôt résistante, même si je n'avais gagné aucun de mes combats. Adam était débraillé, sa chemise presque entièrement hors de son pantalon. Ce n'était pas énorme, mais ça démontrait qu'il avait au moins dû y mettre de l'énergie... ou bien que j'avais inconsciemment tenté de le déshabiller, mais ça, personne ne le saurait jamais.

— Et si ton agresseur te bloque comme ça, me dit soudain Adam en passant sur moi, me dominant de tout son corps.

— Je le frappe au visage, surtout au nez, et je le griffe.

Ce disant, je lui attrapai les joues gentiment et les étirai dans tous les sens. Il se dégagea en souriant.

— Et s'il fait ça ?

D'une seule main, il attrapa mes deux poignets et les bloqua au-dessus de ma tête.

— Oh ! C'est sexy, ça.

— Ne dis jamais ça à ton agresseur.

— Je ne dirai plus que tu es sexy, alors.

Adam abandonna la partie en se laissant retomber entièrement sur moi. Tant mieux, parce que je n'avais plus de forces. Il roula ensuite sur le dos en m'emportant avec lui. J'en profitai pour faire courir mes mains sur son torse. J'adorais tout ce que je découvrais de lui. Il était agréable à regarder et agréable à toucher. Mais il m'arrêta dans ma lancée.

— On devrait y aller. Les gars doivent être en train de nous attendre.

— Pour quoi faire ?

— Manger.

— Ou on pourrait rester ici. Personne ne nous dérangerait.

Je grimpai sur lui, comme pour lui faire la démonstration de ce que j'attendais. Il me sourit, mais je sus que j'avais perdu d'avance.

— C'est une idée très tentante, mais il vaut mieux qu'on y aille.

Adam me repoussa sur le côté, puis se releva avant de descendre du ring, comme s'il souhaitait mettre un maximum de distance entre nous. Je m'assis sans comprendre. Allait-il me dire qu'il n'était pas prêt à aller plus loin avec moi ou autre chose du genre ? Non, je savais parfaitement qu'il était bien plus que prêt. Alors... avais-je fait quelque chose de mal ?

— Est-ce que tout va bien ? demandai-je, inquiète.

— Bien sûr, pourquoi ?

Adam remit sa chemise correctement, puis récupéra son sac avant de venir m'aider à sortir du ring, sur lequel je me trouvais toujours. Je l'arrêtai quand il voulut passer un bras autour de ma taille pour me faire descendre. Au lieu de ça, je tentai de le bloquer en l'entourant de mes jambes.

— Tu sembles prendre tes distances, tout d'un coup. Tu mets comme un voile qui n'était pas là quelques minutes plus tôt. À tel point que je me demande si j'ai fait quelque chose de mal.

— Tu n'as rien fait de mal.

— Tu es sûr ? Parce que, si tu n'aimes pas quand je te touche ou que je fasse des blagues foireuses, tu n'as qu'à le dire. Même si je ne suis pas sûre de pouvoir et vouloir arrêter.

Adam retint son sourire comme pour ne pas se moquer, puis secoua doucement la tête.

— J'aime ton humour tordu, Yéléna, et je perds la tête quand tu me touches. Je ne suis pas en train de mettre de la distance. J'essaye juste de garder la tête froide. Mais c'est plutôt dur avec toi.

— Qui te dit de garder la tête froide ? Je veux te voir perdre la raison.

Il expira doucement et détourna même brièvement le regard, avant de m'embarquer avec lui pour me remettre debout. Une de ses mains resta occupée à porter le sac, l'autre à caresser ma joue avec douceur.

— Moi, je me le dis. Je ne veux pas perdre la tête.

— Pourquoi ?

— Parce que rien ne m'indique à ce jour que tu ne prendras pas ensuite la fuite.

Je restai muette sans savoir quoi répondre. Voulais-je prendre la fuite ? Absolument pas. Était-ce pourtant le schéma que je répétais chaque fois avec mes amants ? Oui, tout le temps.

Adam me fit un sourire presque triste, comme s'il avait compris mon silence de travers. Comme si mon silence confirmait ce qu'il pensait. Je réalisai alors que je voyais une autre facette de sa personne. Moins assurée. Est-ce que cela signifiait qu'il avait peur de me voir partir ? Je supposai que oui. Est-ce que cela me faisait plaisir ? Assurément. Est-ce que ça me terrifiait ? D'autant plus.

— Je ne compte aller nulle part pour le moment,

dis-je alors afin de le rassurer, mais je compris que je m'y prenais mal.

Ce n'était pourtant pas faute de lui avoir expliqué ce dont je n'étais pas capable.

— Pour le moment, non. Mais je ne suis pas prêt à jouer à pile ou face avec toi. Je ne suis pas certain de pouvoir garder la tête froide bien longtemps à ce rythme, cela dit.

Je fis alors ce qui me parut être la chose la plus normale possible : je passai mes bras autour de sa taille et le serrai contre moi. Quand je relevai le visage dans sa direction, il déposa un baiser sur mon front, sur le bout de mon nez, puis enfin sur mes lèvres.

Et ça se reproduisit. Tout mon être parut se fissurer à nouveau.

— Allez. Allons-y, me dit-il en m'entraînant à sa suite.

Je lui masquai mon trouble et ne dis rien de plus. Je le suivis sans même faire attention à l'endroit où on allait. J'avais une pleine confiance en lui.

Si Adam savait garder la tête froide, il semblait évident que j'étais incapable de ne pas perdre la mienne. Je le ressentais jusque dans mon âme. J'étais totalement impuissante face à lui, et toutes ces nouvelles choses me paraissaient incompréhensibles.

Les garçons nous attendaient effectivement dans notre rue. Éden, Yohan, Nathan et Lucas étaient présents, mais également Mme Henry et Georges, ainsi que Marlène. Ils étaient tous dans le jardin mitoyen de la maison de mon père, assis sur ses chaises posées aléatoirement, attendant que le barbecue prenne forme.

Un « Ah ! » général se fit entendre lorsqu'ils nous

repérèrent, suivi d'un cri d'enfant, heureux à l'idée de pouvoir enfin manger. Éden se mit instantanément aux fourneaux, tandis que je repérais une chose dans la partie du jardin qui m'appartenait, qui pourtant n'avait pas été présente quand j'avais quitté la maison le matin même.

— C'est quoi, tous ces trucs ? demandai-je à Adam qui, une main dans mon dos, semblait vouloir garder un contact comme s'il avait peur que je prenne la fuite.

Des tas de cartons empilés les uns sur les autres et des matériaux en tous genres formaient de petites montagnes.

— On est allés au magasin de bricolage aujourd'hui avec les gars, m'expliqua Adam avec un haussement d'épaules. On ne savait pas où mettre les cartons, alors ils ont fini là. Mais au moins, on a ce qu'il faut pour pouvoir commencer la rénovation de la maison.

— Mais... comment avez-vous su ce dont il y a besoin ?

— Jordan nous a donné les devis. Tout y était détaillé.

Je m'arrêtai et fixai Adam, l'esprit embrouillé.

— Arrête de réfléchir, Yéléna. Je t'ai dit qu'on s'en chargerait.

— OK.

Je restai un instant silencieuse en observant le matériel entreposé, puis levai la tête en direction du ciel.

— Et s'il pleut ? Tout sera abîmé.

— Yohan a apporté une bâche pour tout protéger. Ne t'en fais pas et n'y pense pas.

J'acquiesçai et le suivis finalement vers le reste du groupe en me demandant pourquoi j'avais la sensation qu'un poids immense venait de se retirer de mes épaules.

J'observai le large dos d'Adam en me demandant pourquoi il prenait sur le sien, une partie de mon fardeau. Même s'il m'avait prévenue vouloir le faire, passer des mots aux actes, c'était quelque chose de puissant.

Mme Henry m'alpagua et on conversa un moment, jusqu'à ce qu'elle me lâche :

— Adam est un bon garçon.

— Hmm, acquiesçai-je vivement avant de plisser les yeux vers la vieille femme au sourire angélique. Y a-t-il un sous-entendu que je dois comprendre ?

— Non. Je suis simplement contente pour vous deux.

— Oh ! Il n'y a rien entre nous.

Je tiquai en entendant mes propres mots et fronçai les sourcils. Qu'est-ce qu'il y avait au juste ? Qu'est-ce qu'on était à présent ? Toujours de simples voisins ? Non, ça ne collait pas.

— Tu es sûre de toi ? s'enquit Mme Henry avec un petit gloussement. Quoi qu'il en soit, tu mérites ce qu'il y a de mieux. Tu mérites d'être heureuse, ma fille. Souviens-toi que ton passé n'est pas ta faute. Et après tout ce que tu as traversé, il n'y a personne qui mérite plus que toi d'enfin trouver la paix et le bonheur. Alors ne t'en prive pas.

Je fixai la vieille femme, qui avait suivi absolument tout de ma vie, touchée par ses mots. Il y avait quelque chose de si maternel dans ce qu'elle venait de dire que je restai la bouche close, le cœur gonflé par la chaleur d'une femme qui avait été toujours présente dans l'ombre de ma vie. Elle dut voir mon émotion, car elle me tapota maladroitement la main, avant que Lucas n'arrive, telle une boule d'énergie sur patte.

— Néna ! Papa veut que tu ailles le voir.

J'acquiesçai, tandis que le petit monstre courait rejoindre Marlène. Georges s'installa à ma place lorsque je me retirai pour me rendre près d'Adam.

— Tu n'as rien touché, me dit-il avant de me tendre une assiette de brochettes en tous genres. Mange.

Il passa derrière moi et déposa un baiser sur ma nuque, avant de rejoindre Yohan. Je l'observai en souriant et décidai d'appeler en visio l'unique absente. Jordan me répondit perdue au fond de son canapé, un palmier en guise de coiffure et des yeux endormis. Sa voix rameuta Lucas, et très vite, le téléphone disparut de mes mains, tombant dans celles d'Éden.

Doublepatte et Patachon, le duo infernal.

Marlène s'arrêta près de moi, ses longs cheveux bruns ramenés simplement sur le côté. Elle n'avait pas un gramme de maquillage sur le visage, mais rayonnait sans le moindre effort.

— Je sais que tu apprécies Adam, lui dis-je sans passer par quatre chemins. Mais ne t'avise pas d'essayer de lui monter la tête à mon sujet. À lui, ou aux garçons.

— Tu te trompes, répondit-elle les yeux sur le groupe un peu plus loin. Enfin, oui, je l'apprécie, mais pas comme tu sembles le penser. C'est surtout à Lucas que je pense.

Comme s'il avait senti qu'il était le sujet de la conversation, ce dernier rappliqua et se posa entre nous, appuyé contre Marlène. Je rétorquai avec tout le calme dont j'étais capable de faire preuve :

— Et qu'est-ce que tu crois que je pourrais lui faire, au juste ?

— Je travaille avec les enfants. J'ai vu bon nombre

de personnes reproduisant exactement ce que leurs parents leur avaient fait subir. En plus, tu n'apprécies pas les petits, alors que j'adore ce gosse. Je m'inquiète, c'est tout.

Je serrai les dents et pris une profonde inspiration pour faire disparaître l'agressivité qui monta en moi. Marlène avait tort.

— J'ai peut-être des traumatismes qui subsistent aujourd'hui, mais je ne suis pas ce genre de personne. Donc cesse de t'inquiéter inutilement et de raconter des choses sur moi.

Marlène me jaugea, comme pour mesurer ma sincérité, alors je fis la même chose sans détourner le regard un instant. Elle m'agaçait, mais ce qui m'agaçait bien plus, c'était qu'une part de moi la comprenait. Elle finit par acquiescer et rejoignit Mme Henry qui l'appelait.

À mes côtés, Lucas avait la tête levée dans ma direction, semblant attendre quelque chose. J'avais presque oublié sa présence. Je m'accroupis alors à son niveau.

— Qu'est-ce qu'il y a ? demandai-je simplement.

— Marlène a dit que tu n'aimais pas les enfants et toi aussi tu l'as dit. Mais je suis sûr que tu m'aimes bien, un peu.

Je souris sans pouvoir m'en empêcher et lâchai un râle.

— Garde-le pour toi, dans ce cas. Ce sera notre secret.

Lucas ouvrit la bouche en un rond parfait, montrant sa surprise, puis il me fit le plus grand des sourires avant de passer ses petits bras autour de mon cou pour me serrer.

— Ah... Ce n'est plus si secret, là. Allez le monstre, zou !

Il rit quand je le chatouillai pour qu'il me relâche. Je

voulais bien céder un peu de gentillesse, mais il y avait tout de même des limites.

— Je suis content, Néna. Même trop content.

— Tant mieux, mais n'oublie pas : c'est notre secret.

Lucas acquiesça et continua de me fixer comme s'il voyait la plus belle chose au monde. Ses yeux innocents me firent sourire à nouveau. Je me relevai et passai une main dans ses cheveux châtain clair avant de le repousser gentiment au loin.

Il fallait croire que, de père en fils, c'était la même chose : le raz-de-marée continuait sa course.

Chapitre 19

Sept ans.

Comment le temps avait-il fait pour passer aussi vite, alors que j'avais l'impression que mon monde s'était effondré la veille ? Si la douleur était différente, parce que j'avais su la mettre en sourdine et surtout vivre avec, elle n'en demeurait pas moins présente. Et aujourd'hui était particulier. C'était la première fois que j'étais là, à Rosebaie, alors qu'il y avait cet anniversaire funèbre. Habituellement, je me noyais dans le travail, et si ce jour tombait durant un week-end, alors je sortais et m'occupais pour ne pas penser à ce que je faisais ce jour-là, à cette heure-là, et à toutes ces choses que j'aurais pu et dû faire pour que le drame n'arrive jamais.

Mais aujourd'hui... Je n'avais rien à faire.

Le temps était maussade et les températures plus basses qu'habituellement. Alors bien évidemment, il y avait moins de clients, ce qui me laissait le temps de penser. Beaucoup trop, même.

Nathan arriva en début d'après-midi, un bouquet de fleurs à la main, alors que je nettoyais une table déjà propre. Il m'avait dit aller au cimetière chaque année pour ma sœur, et cette fois ne faisait pas exception. Je frottai d'autant plus fort, j'étais bien trop sur les nerfs. Sa présence et surtout ce bouquet de fleurs en ajoutaient une couche.

— Je ne suis pas certaine que remuer le passé soit une bonne chose, Nathan.

— Parfois, il le faut pour pouvoir avancer, me répondit-il en s'asseyant sur une chaise haute.

— Qu'est-ce que ça changera, au fond ? Constater que ma sœur est toujours morte et enterrée ne fera rien avancer. Au contraire, je dirais même que ce serait replonger dans quelque chose de franchement pas joli.

Je jetai l'éponge au sens propre du terme, avant de la récupérer pour me rendre derrière le comptoir.

— J'irai seul si tu ne veux vraiment pas venir, mais je me devais d'essayer. Et puis il n'y a pas beaucoup de passage aujourd'hui, vu le temps. C'est sûrement mieux de m'accompagner plutôt que de rester seule, ici.

Les mains posées à plat sur l'évier, je fixai les fleurs, le ventre noué. Je n'en avais pas envie. C'était une réalité encore trop dure à encaisser, même après sept années. Pourtant, l'idée de laisser Nathan y aller sans moi me faisait culpabiliser.

— Donne-moi quelques minutes, dis-je finalement en me disant que ça irait, que je pouvais le faire.

Pourtant je traînais et faisais tarder le moment du départ. N'importe quelle excuse était bonne pour faire patienter Nathan un peu plus. Il avait cependant raison sur un point : rester seule ici n'était pas une bonne idée. Mon ami ne broncha pas, il patienta dans le plus grand calme, comprenant probablement le combat intérieur qui se jouait en moi. Néanmoins, il finit par faire le tour du comptoir après de longues minutes et posa les mains sur mes épaules pour que je le regarde.

— Yéléna. Si tu n'es pas prête, ce n'est pas grave. Tu n'as pas à te forcer pour quoi que ce soit. On pourra aussi y retourner un autre jour, quand tu sentiras que c'est le bon moment.

— Non, non. Je vais venir. Ça va aller. OK, allons-y.

Pourtant, chaque pas que je faisais semblait plus lourd que le précédent.

— Je n'arrête pas de me rappeler cette journée dans les moindres détails, révélai-je à Nathan une fois dans sa voiture.

— Ça m'arrive aussi, mais rien n'aurait pu empêcher ce qui s'est passé.

J'oubliais parfois que Nathan aussi avait perdu un être cher ce jour-là. Ma sœur avait toujours un peu été la sienne.

— Tu crois ?

— Dans tous les cas, on ne peut pas revenir en arrière. Il ne sert à rien de te torturer.

— Tu as raison, mais c'est plus fort que moi.

On arriva devant le cimetière quelques minutes plus tard. La dernière fois que je m'étais retrouvée ici, c'était lorsque j'avais brisé la bouteille en verre sur la tombe de mon père. En passant près de l'allée où il se trouvait, je remarquai que le marbre de sa tombe était propre, sans plus d'éclat nulle part. Quelqu'un avait dû la nettoyer... Je n'étais pas fière.

La tombe de ma sœur était un peu plus loin, identique ou presque à celle de mon père.

Je détestais être là. Je détestais ressentir cette douleur qui remontait de mes entrailles pour encercler puis broyer mon cœur. Même mes os semblaient s'entrechoquer à chaque pas, comme en contradiction avec mes membres qui décidaient où me porter. Les années avaient beau avoir passé, je n'arrivais pas à me dire que jamais je ne la reverrais.

J'observai Nathan déposer les fleurs bleues et blanches, entourées de feuilles vertes, dans le vase, après avoir retiré celles qui étaient fanées. J'étais comme une étrangère dans mon propre corps. Les cadenas maintenaient fermement chacune de mes émotions. Je voulais être là, mais mon esprit était pourtant loin, fuyant ici et maintenant. Je me sentis néanmoins happée lorsque Nathan prit la parole :

— Tu te rappelles comme on essayait toujours de se cacher lorsqu'elle nous suivait partout ?

Je lâchai un bref rire qui était tout sauf joyeux et qui sembla éjecter les cadenas au loin. Ma gorge se noua brusquement et je tentai en vain de retenir les larmes qui brouillèrent ma vision.

— Non, ne fais pas ça, Nathan. Ce n'est pas une bonne idée.

Ma respiration s'entrecoupa, comme lors d'un gros chagrin. Mon ami me prit dans ses bras et il ne m'en fallut pas plus pour que les vannes s'ouvrent librement.

Ariane avait été la seule et unique personne que j'avais aimée sans condition, sans barrière, sans retenue et de tout mon cœur. Elle avait été ma raison de vivre, mon bonheur et mon malheur lorsqu'elle m'agaçait. Elle avait été ma petite sœur que j'avais vue disparaître bien trop tôt. Et que j'avais enterrée. Sous cette plaque de marbre, j'avais également mis sous terre une partie de mon cœur avec elle.

— Je ne comprends pas pourquoi ça fait toujours aussi mal, dis-je en un murmure, me débattant comme je le pouvais pour reprendre contenance.

— Parce que tu es loin d'avoir fait ton deuil, Yéléna.

— Mais c'est plus fort que moi.

— Quoi ?

— Je m'en veux. J'aurais dû garder mon téléphone près de moi en sonnerie et non pas en silencieux.

— Yéléna, rien n'est de ta faute.

— Si, Nathan. Parce que, si j'avais entendu mon téléphone, alors j'aurais décroché et aurais été celle qui serait allée la chercher. Au lieu de ça, elle a appelé mon père. Il était soûl, et il l'a tuée en conduisant dans cet état.

Nathan chercha mon regard et finit par poser les mains sur mes épaules comme pour s'assurer que j'avais toute son attention.

— Ton père ne l'a pas tuée, Yéléna. Il n'était pas le conducteur. Ariane était celle qui tenait le volant.

Je lui avais demandé de répéter trois fois ce qu'il savait de cette nuit-là, et tout se tenait.

Lorsqu'elle avait eu seize ans, peu de temps avant l'accident, Ariane avait pris des heures de conduite pour passer le permis accompagné. Ce soir-là, Nathan m'avait dit qu'elle était alcoolisée, mais que mon père ne l'avait pas remarqué, donc l'avait laissée conduire, à sa demande. Il avait été testé positif à l'alcool, en assez petite quantité pour ne pas avoir de problèmes avec la justice. Mais, s'il avait été à jeun, peut-être aurait-il eu la faculté de se rendre compte que sa fille ne l'était pas.

De mon côté, après l'accident, je m'étais enfermée jusqu'à l'enterrement, après lequel j'avais ensuite tout quitté pour la capitale, refusant l'idée de rester dans ce trou qui me rappellerait toujours ma sœur. Refusant de parler à mon père. Refusant de parler à qui que ce soit. Ma sœur n'était plus, je ne l'avais pas accepté, alors je m'étais enfermée. Et si elle n'était plus là, qu'est-ce qui me retenait près de mon alcoolique de père ?

J'étais partie sans regarder en arrière.

Je ne savais pas quoi faire de ces informations. En soi, cela ne changeait rien. Rien ne pouvait modifier le résultat final. Mais ça m'embrouillait quand même l'esprit. Le remords et la douleur n'en étaient que plus vifs.

Je ne cessais de me demander comment j'aurais pu changer le cours des événements, parce que, inlassablement, je me sentais coupable de sa disparition.

Et pourtant, je savais.

Je savais que rien ne pouvait être changé et que les choses étaient telles quelles, immuablement.

C'est sur le sol devant le canapé que je restais assise, à ressasser, sans m'en empêcher, des événements que je ne pouvais pas remplacer. Mes yeux revenaient sans cesse sur le tas de lettres posé sur le piano. Peut-être y en avait-il une dans laquelle mon père avait tenté de m'expliquer ? Ça ne modifiait rien, ni de ma colère à son égard, ni du passé, mais je me sentais avide de savoir.

Alors je fis ce que je m'étais dit de ne jamais faire : je pris la première lettre, datée d'il y a un peu moins de sept ans. Mon père m'en avait envoyé une chaque année à mon anniversaire, il y en avait en tout six. Comment avait-il eu mon adresse ? Je n'en avais aucune idée. Peut-être Fred l'avait-il aidé.

Je dépliai la feuille le cœur lourd et commençai ma lecture :

NÉNA,

La coutume veut qu'on demande comment vont les gens à qui on s'adresse, mais je te connais assez pour savoir que tu dois être tout aussi dévastée que je le suis. Cela fait maintenant six mois que je regarde la porte d'entrée en priant pour te voir arriver. Plus les jours passent et plus je comprends que tu as sûrement voulu tourner la page, d'une manière qui t'est propre. Peut-être pour oublier.

Il y a pourtant tellement de choses que j'aimerais te dire. J'espère que la vie à Paris t'offre du calme et du répit, pour faire ce douloureux deuil. Mais je t'en prie, même si revenir n'est pas une option que tu considères, alors appelle-moi. J'ai perdu une de mes filles, et j'ai besoin de t'entendre. Je partage ta douleur, et l'idée même de te perdre aussi m'anéantit.

Je suis le seul à blâmer pour Ariane, mais je préfère ressentir ta colère à ton silence. Prends le temps que tu désires, mais passe un appel à ton père, même si j'ai conscience de ne pas avoir été le meilleur qui soit.

Malgré ces jours sombres, je te souhaite un joyeux anniversaire.

Je t'embrasse,

PAPA.

Je refermai la lettre, insatisfaite, et avec la gorge serrée. Pourquoi culpabilisais-je soudain de ne jamais l'avoir rappelé ? De l'avoir laissé là, seul, à gérer la perte de sa fille ? Au fond, il n'avait pas été vraiment seul, mais je n'arrivais pas à bannir ce sentiment qui me rongeait les entrailles. Mon père n'en avait pas vraiment été un. Il avait foiré sur tous les points. Mais... il restait mon père.

Je replaçai la lettre dans l'enveloppe et comme par automatisme, pris la suivante et lus les mots qui défilaient.

« Tu me manques », « Appelle-moi », « Je ne touche plus à l'alcool depuis maintenant onze mois », « Adam et Lucas »...

Mon père avait tenté d'écrire des banalités en me racontant son quotidien, dans lequel Adam avait fait surface. M'indiquant que j'aurais aimé ses nouveaux voisins, que j'aurais aimé la personne qu'il devenait aussi. Qu'il tenait bon avec sa cure de désintoxication.

Pas un mot sur l'accident d'Ariane, rien qui n'assouvirait mon besoin d'en savoir plus sur ma sœur, sur ce qui s'était passé. Alors j'ouvris la troisième, puis la quatrième qui ressemblait à la précédente, où Éden et Yohan faisaient leur apparition. La lettre semblait plus joyeuse, plus sereine, mais il indiquait chaque fois qu'il ressentait le vide de notre absence, à Ariane et à moi.

Je soupirai, frustrée de ne pas en savoir plus. Ou

peut-être que j'aurais aimé qu'il me parle de choses davantage... personnelles. Je ne savais pas ce que j'attendais véritablement mais j'étais insatisfaite. C'était comme un point noir en moi qui me rongeait doucement chaque organe. La frustration était grande.

Je pris la cinquième lettre, hésitante. Était-ce vraiment une bonne idée de la lire ? Ou bien est-ce que les mots se confondraient tous une fois de plus, pour ne me montrer que la facette d'un homme que je n'avais jamais connu ?

Je me relevai à la seconde où je vis la silhouette d'Adam passer devant la baie vitrée, très vite suivie par de petits coups portés à la vitre. Je lui ouvris et m'écartai pour le laisser entrer.

La première chose sur laquelle son attention se porta fut le tas de lettres laissé à l'abandon près du canapé. Puis il se concentra sur mon visage et me jaugea longuement, comme pour vérifier mon état.

— Tu as fini ton inspection ? m'enquis-je en haussant les sourcils.

Un sourire fleurit sur ses lèvres, qu'il effaça très rapidement pour m'attraper la main et me tirer à lui. Alors il déposa un baiser sur ma tempe et me relâcha tout aussi rapidement.

— Maintenant, oui, dit-il alors, satisfait. Je t'ai vue partir avec Nathan plus tôt et ne pas revenir au restaurant. C'est un peu tard, mais je voulais m'assurer que ça allait.

— Eh bien, ça va. Tu devrais lire certaines des lettres de mon père, tu es dedans et je pense que ça pourrait te faire plaisir. Je crois. Je n'en sais rien, en fait.

Je retournai m'asseoir sur le canapé, et réunis les lettres avant de mettre la deuxième, la troisième et la quatrième de côté, pour Adam. Ce dernier me rejoignit et prit les lettres sans pour autant les ouvrir.

— Qu'est-ce qui t'a amenée à finalement les lire ?

Il tourna la tête dans ma direction, tandis que je prenais la cinquième et l'ouvrais, détachée.

— Ça fait sept ans aujourd'hui que ma sœur est morte, et je viens d'apprendre que c'était elle la conductrice, et non mon père. Ça ne change rien, et je l'accablerai toujours pour la mort de ma sœur, mais je crois que j'ai eu envie d'entendre ce qu'il avait à me dire. Malheureusement, il n'y a rien dans ces lettres qui me convienne.

— Qu'est-ce que tu attendais ?

— Je ne sais pas trop. Sûrement quelque chose qui puisse m'apaiser.

— Continue de lire, dans ce cas. Je suis sûr que tu trouveras ce que tu cherches.

Je passai alors les jambes sur ses cuisses, m'installant plus confortablement. Adam ouvrit la deuxième lettre et posa une de ses mains sur ma cheville, en commençant sa lecture. J'entamai également la mienne et transmis la feuille à Adam quand j'eus terminé.

Il ne m'en restait plus qu'une...

J'eus un arrêt, comme si cette dernière lettre était l'ultime lien qui me rattachait à mon père, mais également à ma sœur. Si cette lettre était comme les précédentes, j'en ressortirais déçue, sans aucun doute. Et ensuite, il n'y aurait plus rien...

Malgré tout, je passai le cap et ouvris cette dernière lettre :

Néna,

Le temps passe et je commence doucement à comprendre que tu ne reviendras pas. Je comprends aussi que j'étais une épine douloureuse dans ta vie. Je le comprends à mesure que je vois Lucas grandir. Ce petit est une boule d'énergie et je vois toutes ces choses que je fais pour lui et avec lui, que je n'ai jamais faites avec toi ou ta sœur.

Et puis, il y a Adam. Il est un petit peu plus âgé que toi, de deux années. Il me fait entrevoir ce que j'aurais pu vivre avec toi si tu avais fait de moi un grand-père.

Si j'ai la conviction que je ne te verrai plus jamais franchir à nouveau la porte d'entrée, j'ai espoir que ces mots te parviennent un jour.

À défaut de pouvoir te le dire de vive voix, je n'abandonne pas l'idée qu'un jour, peut-être, tu décideras de conserver une de mes lettres.

Il y a vraiment tant de choses que je souhaiterais te dire. Je ne perds pas espoir que tu me laisses te parler, un jour.

Prends soin de toi, ma fille.

Papa.

Je reposais la tête en arrière en me retenant de jurer. J'eus envie de pleurer en comprenant que, finalement, l'apaisement que j'avais souhaité trouver ne viendrait pas avec ces courriers. Bien au contraire, c'était tout l'inverse qui s'était produit. Mais au fond… Qu'avais-je voulu vraiment y trouver ?

Peut-être un brin d'affection dans ses mots, exactement comme il l'avait fait quand il avait parlé d'Adam ou de Lucas.

Alors je ne pus m'empêcher de ressentir à nouveau cette jalousie déplacée qui était indésirable et qui me rendis furieuse. C'était le serpent qui se mordait le bout de la queue.

Adam était toujours dans sa lecture, mais il resserra sa prise sur ma cheville, comme pour m'appeler au calme. Je le fixai, mais il continua de lire. Je remarquai alors qu'il semblait loin. Si ses yeux étaient secs, je vis le pli soucieux entre ses sourcils et sa pomme d'Adam remonter bien trop souvent, comme si son besoin de faire passer une émotion était fort.

Je pris une longue inspiration silencieuse et mis mes propres émotions de côté, avant de bouger et de me caler contre lui pour le prendre dans mes bras. Si je n'avais que des émotions néfastes envers mon paternel, Adam, lui, le connaissait d'une manière qui m'était inconnue. Il était touché par les mots qu'il lisait.

Quand il eut fini la dernière lettre, il se passa les mains sur le visage plusieurs fois, comme pour reprendre contenance. Ses yeux étaient toujours aussi secs, mais je pouvais presque sentir l'effet que ces lettres avaient sur lui. C'était comme une secousse silencieuse.

— Est-ce que ça va ? demandai-je après un moment.

— Oui, dit-il simplement en refermant les bras sur moi.

Il reprit après plusieurs minutes de silence :

— Je sais que tu n'apprécieras pas que je dise ça, mais ton père a vraiment été la figure paternelle que je n'ai jamais eue dans ma vie.

— Je comprends.

Adam baissa le visage dans ma direction, étonné, alors je répétai :

— C'est vrai ! Je comprends. Tu n'oses pas m'en parler pour ne pas me froisser, mais je l'ai ressenti à travers ses lettres. Le lien est bien réel. Lien que je n'ai jamais eu avec lui. Au moins, ça, il l'a lui aussi reconnu.

Adam resserra un peu plus les bras autour de moi. Je ne mentais pas. Je comprenais vraiment. C'était un peu nouveau, mais c'était comme accepter un autre point de vue complètement différent du mien au sujet de mon père. Une chose inédite que je n'arrivais pas à reconnaître il y a quelques jours encore.

— Où est la dernière ? s'enquit Adam.

— Quelle dernière ?

— La dernière lettre. Celle-ci, me dit-il en me montrant la sixième lettre, date de janvier et ce n'est pas mon écriture sur l'enveloppe. Celle que j'ai postée date de mai.

— Je ne sais pas. Je n'ai jamais reçu cette lettre.

— Hmm. C'est dommage. Mais merci d'avoir partagé ça avec moi.

Je ne répondis rien, parce qu'il n'y avait rien à répondre, quand Lucas débarqua par la porte-fenêtre entrouverte.

— Papa, le film est fini, dit-il avant de s'arrêter pour nous observer tour à tour. C'est pour ça que tu m'aimes bien, maintenant, Néna ? Parce que t'aimes mon papa ?

Je clignai des yeux sans comprendre. Adam, lui,

retrouva le sourire et se mit même à rire pour de bon. Alors je m'éloignai du corps confortable de ce dernier en secouant la tête.

— Non, je n'aime pas ton père, protestai-je.

— Outch, marmonna Adam.

— On aurait dit des amoureux, chantonna Lucas en riant timidement.

Adam vint à mon secours et se leva pour pousser doucement son fils hors de la maison. Il me glissa :

— On va bientôt manger. Tu te joins à nous ?

— Pourquoi ?

— Pour manger.

Dans l'intimité, sans personne d'autre ? Comme une famille ? Non, merci, me dis-je.

Adam sourit et je fus certaine qu'il était capable de lire dans mes pensées, car il ajouta :

— Je ne veux pas que tu restes seule, ce soir. Je ne te donne pas le choix, rejoins-nous dans cinq minutes. Ce n'est qu'un simple repas. Ça ira, Yéléna.

Je soufflai par les narines comme un buffle, incapable de protester à voix haute.

Heureusement qu'Adam était un homme bien, car de toute évidence, alors que j'étais manifestement sans aucune force pour lui refuser quoi que ce soit, il aurait pu obtenir absolument tout de moi.

Chapitre 20

Je ne regrettai finalement pas d'avoir accepté l'invitation. Regarder Adam cuisiner me fit presque tout oublier. Et me fit aussi prendre conscience combien mon esprit était envahi d'idées perverses le concernant.

La maison d'Adam était assez classique, décorée avec des choses simples, dont principalement les créations enfantines de son fils. Je n'avais pas vraiment eu le temps de visiter jusqu'à présent, au vu de la situation, mais sa maison était accordée à sa chambre. Modeste et masculine.

On mangea un hachis parmentier et la soirée fut animée par Lucas, qui ne s'arrêta pas un instant de parler. Sous la table, Adam emprisonna l'un de mes pieds entre les siens, mais ce fut la seule attention - des plus discrètes - qu'il eut à mon égard. Toute sa concentration était tournée vers son fils et j'eus presque envie de frissonner en y pensant, mais ils étaient adorables tous les deux. Adam avait la repartie facile et Lucas était un Flash Boudeur. Ça ne durait jamais plus d'une minute.

Je ris beaucoup et fus d'autant plus charmée par cette relation père-fils. Je passai une bonne soirée et ne pensai que très brièvement à Ariane. Ce détail me poussa un peu à culpabiliser, mais trouver le sourire au lieu des larmes en ce triste anniversaire me fit un bien fou. Les deux hommes de la maison n'en avaient pas conscience, mais ils étaient en train de me sortir la tête de l'eau et m'offraient un brin d'air frais. Un répit bienvenu.

Je m'en rendis pleinement compte lorsque Adam alla coucher Lucas et que je restai seule dans le salon face à l'énorme télévision éteinte. Ce constat me rendit perplexe, puis reconnaissante. Je ne voulais même pas imaginer ce qu'aurait été ma soirée sans eux.

Je textotai brièvement avec Jordan pour savoir si elle était toujours en vie et si ça allait au travail, ce à quoi elle répondit par des têtes de mort. Autrement dit, tout allait bien. J'échangeai quelques messages avec elle, mais aussi avec Nathan, quand Adam finit par revenir.

— Désolé, c'est toujours le cirque au moment du coucher.

Adam s'était changé. Pieds nus, il avait abandonné son jean pour un bas de jogging gris sombre - qui tombait bien bas sur ses hanches - et arborait un large T-shirt. Tandis que ses cheveux étaient toujours un peu en bataille, et que ses yeux sombres semblaient fatigués, je l'observai de haut en bas avec satisfaction. Peu importe ce qu'il portait, tout avait le même effet sur moi.

Il s'arrêta non loin de moi et secoua l'index dans ma direction avec un demi-sourire aux lèvres.

— Non, non, Yéléna. Ne fais pas ça.

— Je n'ai rien fait !

Il plissa les yeux, me faisant rire au passage. Si

j'arrivais à le déstabiliser avec un simple regard, j'étais contente. Alors Adam finit par venir s'affaler sur le canapé à mes côtés, avant de se laisser littéralement couler sur moi.

— C'est toi qui cherches, aussi...

Son rire me parvint étouffé quelque part dans mon cou. Il se positionna confortablement contre moi, puis passa un bras autour de ma taille, comme s'il prenait un oreiller, avant de soupirer bruyamment.

— Lucas risque de se lever, dit-il doucement. Sois sage.

Je lui lançai un regard mauvais bien qu'il ne puisse pas le voir.

— Comme si tu me laissais faire quoi que ce soit.

Je sentis son sourire contre mon épaule et il resserra sa prise autour de mon corps.

— Je me parlais à moi-même.

Je ris et remuai un peu afin de trouver une place plus confortable. Une fois cela fait, on discuta un petit moment, ma main triturant ses cheveux, avant que son fils ne fasse une première apparition.

Adam s'éloigna de moi à l'instant où il entendit le grincement dans l'escalier. Et revint lorsque le « danger » fut recouché, mais resta planté debout devant le canapé.

— Il se lève souvent après le coucher ? m'enquis-je, curieuse.

— Non, mais ce soir, tu es là. Il n'a pas envie de dormir parce que, à ses yeux, c'est une soirée spéciale.

— Hmm. Tu crois qu'il va se relever ?

— Non. Je lui ai dit qu'il y aurait d'autres soirées comme celle-ci.

Je haussai un sourcil, ce qui le fit sourire.

— C'est ce que tu veux ?

— J'aime bien t'avoir à l'œil et passer du temps avec toi, alors oui, c'est ce que je veux.

Je me redressai et m'assis sur le canapé en acquiesçant, puis lui pris la main.

— Cela dit : si ton fils ne compte pas se relever, reviens vers moi.

— Oui, madame.

Il posa un genou sur le canapé et me repoussa en arrière, avant de reprendre la place exacte qu'il avait eue avant que Lucas ne nous interrompe. On entama une nouvelle conversation autour de la rénovation de la maison, qui dévia sur nos projets respectifs, pour finalement s'arrêter sur le snack.

Ses mains passées dans mon dos faisaient des va-et-vient, et je finis par fermer les yeux, totalement décontractée. À chaque fois c'était ainsi : j'étais si détendue que j'avais l'impression de pouvoir m'endormir n'importe où, du moment qu'il était là.

— Merci, Adam.

L'intéressé releva la tête, curieux.

— Pour quoi ?

— Tu me donnes l'impression que tout est facile.

— Peut-être parce que ça l'est.

— Non, pas avec moi. Mais j'aime quand même la sensation.

Il prit une longue inspiration et vint m'embrasser en me surplombant entièrement.

— C'est facile quand tu arrêtes de trop penser, Yéléna,

me dit-il, son visage à quelques centimètres au-dessus du mien. Et je suis plutôt content de l'effet que j'ai sur toi.

— Si tu savais...

Adam me fit un sourire éclatant et plongea une de ses mains dans mes cheveux avant de m'embrasser à nouveau avec bien plus d'intensité. J'en profitai pour passer les jambes autour de ses hanches, et naturellement, son corps épousa le mien à la perfection.

Il était la tentation, le péché et la damnation incarnés. Et pourtant, même si je sentais sa respiration s'alourdir, ses hanches venir à ma rencontre, et la pression de ses mains devenir plus ferme sur ma peau, à mesure que notre baiser se prolongea, je savais qu'il se mettait des barrières, sans vouloir aller plus loin. Même si c'était difficile, je respectai son choix.

Mais bon sang que c'est dur !

— Il vaut mieux s'arrêter maintenant, pendant que j'ai encore toute ma raison, ou presque, dis-je contre ses lèvres.

— Hmm, acquiesça-t-il sans toutefois bouger.

Je souris, me disant qu'avec quelques minutes supplémentaires à ce rythme, si ça ne tenait qu'à moi, la situation risquait de dégénérer. Ses yeux me fixaient comme si j'étais la chose la plus précieuse au monde. Je passai les mains sur ses joues et caressai les traits de son visage.

— Je te laisse une minute pour reprendre tes esprits, consentis-je en terminant par ses lèvres que je caressai du pouce. Passée cette minute, si tu me regardes toujours comme tu le fais maintenant, je te promets qu'il n'y aura pas d'arrêt et que c'est dans ton lit que je me réveillerai demain.

Sa respiration se coupa, puis il sourit, me croqua le pouce avant d'expirer en se relâchant entièrement sur moi.

Il décidait donc de reprendre ses esprits. La partie était bel et bien finie. J'étais déçue.

— Je ferais mieux de rentrer me coucher, maintenant.

Avec un râle, Adam se redressa, puis passa les mains sur sa tête, posant les coudes sur ses genoux. À mon tour, je me redressai en lançant des sorts inconnus dans ma tête pour le faire changer d'avis.

Mais rien n'y fit.

Alors je me levai sans plus le toucher et me dirigeai vers la sortie afin de rentrer me coucher. Je n'osais même pas lui jeter un regard pour ne pas m'infliger de douleur supplémentaire, mais lorsque j'atteignis la porte, un bras se glissa autour de ma taille. Je me laissai aller contre Adam en souriant, quand il m'embrassa la nuque, le cou, puis jusque sous l'oreille.

— Qu'est-ce que tu fais ?

— Je ne veux pas que tu t'en ailles.

— Rester n'est pas une bonne idée non plus.

Il inspira profondément et me mordit l'oreille.

— Ne rentre pas ce soir, Yéléna.

— Quoi ? dis-je surprise en me demandant si j'avais bien compris.

— Reste avec moi cette nuit.

Finalement, la partie reprenait.

— Tu es sûr ?

Il me retourna pour que je sois face à lui et attrapa

mon visage entre ses mains comme pour s'assurer que mon attention se fige sur lui.

— Même si tu décidais de t'en aller, je viendrais te retrouver. Je n'ai aucune intention de te laisser filer, alors ne t'avise même pas d'essayer, ou même d'y penser.

Il m'embrassa la seconde suivante avec une ferveur que je ne lui connaissais pas. C'était comme si les chaînes qu'il s'était mises venaient de sauter. Mon ventre se noua d'anticipation.

C'était là. Ça arrivait vraiment.

Mes mains passèrent sous son T-shirt, trouvant instantanément sa peau chaude et agréable à toucher. Je partis en exploration, impatiente d'en voir plus, de toucher plus et de goûter plus.

Adam plia les jambes et me souleva dans ses bras. Ma bouche collée à la sienne, on arriva dans la cuisine après un temps indéterminé. Il me déposa sur le plan de travail, où j'en profitai pour lui retirer définitivement son T-shirt. Je laissai le vêtement à un endroit inconnu.

J'attrapai le visage d'Adam, comme dans une demande silencieuse pour obtenir une pause. Ce qu'il m'accorda.

Les yeux à demi clos, ses lèvres entrouvertes d'un rouge impeccable, il prit mes mains qu'il déposa sur son torse et regarda nos peaux en contact, comme hypnotisé. Moi aussi je l'étais, d'une autre manière. Adam était un sportif et en avait le corps.

Je laissais mes mains descendre doucement sous ses pectoraux où se trouvaient deux tatouages. L'un, près du cœur, était le prénom de son fils, avec de nombreuses fioritures autour, et l'autre, une simple phrase en tout petit : « La chute n'importe guère, c'est encaisser et se relever qui comptera toujours. » Plus bas, mes doigts trouvèrent son ventre ferme et dessiné, et, sous son nombril, un autre tatouage se déroulait sur toute la largeur de sa peau, mélange d'un dessin tribal avec des symboles différents se confondant les uns aux autres. Le motif disparaissait sous son jogging.

— Il va où, celui-là ?

Je tirai alors l'élastique de son pantalon pour assouvir ma curiosité, mais il l'avait bien trop serré pour que je puisse voir quoi que ce soit. Adam rit et cessa de me laisser l'admirer, revenant tout contre moi. Il me mordit l'épaule, avant de me faire descendre du plan de travail et de me prendre par la main.

— Montons, dit-il simplement d'une voix que j'eus du mal à reconnaître.

— Tu es sûr que ton fils ne va pas se relever ?

— Je vais m'assurer qu'il dort bien en passant.

Il monta l'escalier d'un pas léger, sans jamais me lâcher la main. S'il pensait que j'allais m'enfuir maintenant, il avait tout faux.

Néanmoins, chaque marche montée me noua un peu plus le ventre. Comme une appréhension délicieusement angoissante. C'était bien la première fois que j'étais timide face à ce genre de chose.

Mais depuis le temps, j'avais bien compris qu'avec Adam, rien ne se passait comme j'en avais l'habitude.

Il me lâcha au pas de la porte de sa chambre qui se trouvait au fond du couloir, et revint sur ses pas pour se rendre dans la chambre de son fils. Je n'attendis pas qu'il finisse son inspection et entrai dans la pièce, qui était exactement comme dans mon souvenir.

J'allumai la lumière, puis m'arrêtai au pied du lit en massant mon ventre toujours aussi noué. Ce dernier se contracta de plus belle quand j'entendis la porte de la chambre se refermer.

Adam vint se coller contre mon dos, passant ses larges mains de mes épaules jusqu'au bout de mes doigts, tout en m'embrassant dans le cou. Je me laissai aller contre lui en fermant les yeux. Il remonta mon haut, pour le retirer, puis ne s'encombra pas d'attendre et défit l'attache de mon sous-vêtement. Comme il était toujours dans mon dos, ses bras m'entourèrent et il grogna de satisfaction quand ses mains englobèrent mes seins.

J'observais ce qu'il faisait de mon corps et les émotions qui en découlaient, avec curiosité. C'était même bien la première fois que j'y prêtais attention. Il y avait quelque chose d'intime à le regarder me toucher, tout en le sentant m'embrasser dans le cou, sur la nuque et le haut des épaules. Même les sons qui sortaient de sa bouche faisaient réagir mon corps avec violence.

Il abandonna ma poitrine pour défaire le bouton de mon jean, puis, d'un coup de bassin, me fit basculer sur le lit. Je me retournai et me plaçai assise au milieu du lit, en fronçant les sourcils. Son mouvement de hanche me prenant par surprise était un coup bas, au sens propre comme au sens figuré.

Adam me fit un large sourire, tandis que, toujours debout au pied du lit, torse nu, il m'observait de haut en bas, reprenant doucement son sérieux. Ses cheveux retombaient devant ses yeux sombres et quand il passa la langue sur ses lèvres, j'en oubliai jusqu'à ma curieuse timidité.

Il se pencha, attrapa le bord du lit et le tira un peu afin de l'écarter du mur. Ce n'était peut-être rien, mais ce simple geste qui indiquait clairement ses intentions – quoique peu cachées – fit grimper la température de mon propre corps.

Adam mit un genou sur le lit et entreprit de me retirer mon pantalon et mon dernier sous-vêtement. Il s'assura de ne jamais couper le contact visuel, prenant son temps, comme s'il désirait enregistrer chaque détail de ce moment. Il ne laissait rien paraître, pour autant ses gestes étaient doux, comme s'il craignait de me faire le moindre mal.

J'avais toujours pensé que le plus intime des actes était de faire l'amour. Adam me démontrait que le moment qu'on vivait était un cran au-dessus. J'avais envie de fuir son regard, mais d'y plonger aussi. J'étais impatiente, et nerveuse à la fois.

Lui, paraissait serein, et sûr de lui. Enfin, c'était ce que je pensais, jusqu'à ce que je tire le cordon de son jogging. Lorsqu'il se retrouva aussi nu que je l'étais et que je le touchai, je le vis frissonner, et perdre un instant tous ses esprits. Il semblait lui coûter de retrouver le contrôle de lui-même.

Alors il reprit les choses en mains, et vint me surplomber. Il m'embrassa très brièvement, avant de partir à la découverte de mon corps.

J'en avais connu, des amants, mais aucun comme lui. Aucun n'avait jamais fait réagir chaque centimètre de ma peau, me donnant la chair de poule comme il le faisait. Et rien, ni personne dans ma vie, n'avait réussi à faire naître autant d'émotions qui explosaient de toutes parts comme un feu d'artifice.

C'était peut-être parce que je le connaissais un peu mieux que tous les autres, peut-être parce qu'il partageait une partie de ma vie et qu'il m'avait vue vulnérable. Peut-être aussi parce qu'il semblait vraiment soucieux et prenait constamment soin de moi... Je n'avais pas la moindre idée de ce qui m'arrivait, mais je pouvais vraiment devenir accro de ces émotions et de ces sentiments.

Et même d'Adam.

De son corps, je l'étais déjà. Surtout lorsqu'il me recouvrit entièrement, telle une couverture. Il ne me laissa pas reprendre le dessus, ni récupérer le moindre contrôle de quoi que ce soit. Il ne cherchait qu'à me faire ressentir des choses. Il me mettait sous tension ou me faisait fondre.

Adam savait ce qu'il faisait et, sans un mot, me l'indiquait parfaitement avec ses baisers, ses caresses et ses morsures, agile de sa langue, agile de ses doigts. J'étais aux anges.

Il m'enveloppa de sa carrure, et m'embrassa du bout des lèvres en reprenant son souffle, alors que l'acte en lui-même n'avait même pas encore commencé.

Une de ses mains se perdit dans mes cheveux, tandis que les miennes glissèrent dans son dos, jusqu'à sa cambrure. J'entourai ses hanches de mes jambes et tentai de le faire basculer, mais il ne bougea même pas d'un pouce.

— On le fera à ma manière, me dit-il entre deux

baisers tout en prenant une protection. Même si tu n'as pas l'habitude, je veux que ce soit mémorable.

Je voulus protester, mais il m'embrassa, me faisant oublier jusqu'au moindre mot que j'avais voulu dire. Il frotta ensuite son nez contre le mien et chuchota :

— Tu es tellement belle.

Alors, seulement, il vint en moi. Et ça se reproduisit une nouvelle fois : tout mon être se fissura avec puissance. Comme si chaque partie de mon âme partait en lambeaux, s'envolant à des milliers d'années-lumière d'ici et maintenant.

Au-delà des émotions physiques, puissantes et enivrantes, Adam partagea comme une part de lui, qui dépassait les mots. Son attention à mon égard ne cessa à aucun moment. Si je le sentais vibrer et manifestement prendre son pied, il s'assurait qu'il en était de même de mon côté.

Puis d'autres émotions entrèrent dans la danse. Je le vis dans son regard. Jamais personne ne m'avait regardée un jour ainsi, et ça me percuta. Ça me frappa de plein fouet et en plein cœur.

Je sentis une larme rouler le long de ma tempe. Adam en arrêta sa course, et m'observa attentivement, soudain inquiet, cherchant à savoir où j'avais mal.

— Je vais bien, murmurai-je. Ne t'arrête pas.

Il m'embrassa avec force, comme pour tenter de me faire oublier le trouble qui m'habitait.

Ses baisers étaient parfois légers comme une aile de papillon, parfois brûlants de passion. C'était comme une discussion muette : ses lèvres étaient l'encre et ma peau le papier sur lequel il écrivait.

Alors, mes larmes silencieuses redoublèrent.

Je ne savais pas si je tombais amoureuse ou si je tombais en morceaux. Pour la première fois de ma vie, je me sentis véritablement aimée.

Chapitre 21

Je me réveillai avec les rayons du soleil dans la figure. Pourquoi n'avais-je pas pensé à fermer les stores ? Je pris le bord de la couverture et tirai celle-ci sur ma tête afin d'échapper à cet éclat de lumière beaucoup trop vif à mon goût.

L'odeur d'Adam, qui imprégnait les draps, me fit ouvrir les yeux. Je me souvins alors que je n'étais ni chez moi, ni dans mon lit, et que ces draps avaient été témoins d'une nuit bien mouvementée.

Je refis surface et me tournai sur la droite où, à mes côtés, Adam dormait toujours. Sans aucun contrôle, je me mis à sourire. Je me repris cependant très vite, mais, au lieu d'abandonner le lit et de filer en douce, je collais mes jambes aux siennes et me rapprochai un peu plus. Sans ouvrir les yeux, Adam passa un bras autour de moi et me ramena entièrement contre lui.

Je baissai les paupières un bref instant et profitai du moment. Si le corps d'Adam semblait être un radiateur lancé à pleine puissance et que l'air ambiant de l'été était également déjà bien chaud, je ne bougeai pas. J'avais l'impression d'être en train de baigner dans une eau paisible, alors je savourais l'instant, tant qu'il durait.

Adam était réveillé puisque ses doigts parcouraient mon dos doucement de bas en haut et de droite à gauche ; pour autant, il n'ouvrit pas les yeux, alors je l'imitai.

— C'est quoi, ça ? demanda-t-il d'une voix endormie.

Ses doigts trouvèrent l'élastique de ma culotte qu'il tira et laissa claquer sur ma peau.

— Aïe ! Je n'aime pas dormir entièrement nue, alors j'ai remis ma culotte.

— Je n'aime pas cette idée.

Je frottais la partie douloureuse de ma peau qui semblait toujours électrifiée par l'élastique, quand il roula sur moi, à présent parfaitement réveillé.

— Bien dormi ?

— Trop peu.

Il me fit un sourire éclatant et plongea dans mon cou un bref instant avant de se figer et de tendre l'oreille. Je fis de même et entendis un petit claquement de porte, suivi par des pas légers dans le couloir.

Le monstre était debout.

Adam se redressa et roula dans l'autre sens, se débattant avec les couvertures. De mon côté, je m'écartai de lui, m'approchant du bord du lit pour mettre assez d'espace. Je tentai de récupérer un bout de drap pour m'enfouir dessous afin de disparaître hors de la vue de quiconque, mais Adam ne me laissa pas faire et, quand la porte s'ouvrit, il me poussa définitivement hors du lit.

Je tombai lourdement sur le sol et restai à plat là, étendue avec pour seul vêtement une culotte. Je ne dis pas un mot, alors que j'avais autant envie de rire que de tuer Adam. La porte étant dans un angle de la pièce, je craignis de ne pas être assez cachée et en oubliai de respirer.

Par-dessous le lit, je vis les petits pieds de Lucas rester dans l'entrebâillement de la porte.

— Papa, t'es réveillé ?

— Oui, répondit Adam, un rire dans la voix.

Je mis une main sur ma bouche afin de ne pas trahir ma présence en riant aussi, mais… que ce fut dur ! Cette situation était totalement surréaliste.

— C'est aujourd'hui que je dois aller au camp, poursuivit le petit monstre.

— Je n'ai pas oublié. Commence à descendre, j'arrive. On mange rapidement et je t'emmène.

— OK !

Le petit s'en alla en refermant la porte ; pour autant je ne bougeai pas.

— Je suis désolé, me souffla Adam en se penchant de mon côté.

— Je vais te tuer.

Il explosa de rire sans pouvoir s'arrêter et n'essaya même pas de se défendre quand je le frappai à plusieurs reprises. Il était hilare, et rien ne semblait pouvoir l'arrêter.

— Est-ce que tu te rends compte que je suis nue ! Imagine que ton fils m'ait vue ? Non, en fait, je ne veux pas imaginer. Je n'en reviens pas que tu m'aies jetée hors du lit !

Adam ne s'arrêta pas de rire. Même quand il s'assit au bord du lit. Même quand il s'habilla. Et chaque fois qu'il croisait mon regard. Il revint avec mon T-shirt dans la main, me le tendit, puis se pencha pour m'embrasser avec douceur.

— Je vais m'en souvenir toute ma vie, c'est certain, souffla-t-il avant de s'esclaffer à nouveau.

— Et moi, je me vengerai.

Il rit encore un instant, puis s'arrêta devant la porte, les cheveux en bataille, encore débraillé, et me pointa du doigt.

— Ne bouge pas de cette chambre. Je vais emmener Lucas au camp pour les enfants du coin et je reviens, c'est au camping. Je n'en ai pas pour longtemps. Ne t'en va pas.

— Oui, oui. File.

Il s'en alla le sourire aux lèvres et dans les yeux, et je me promis d'obtenir ma revanche un jour ou l'autre.

À aucun moment je ne songeai à fuir. Bien au contraire.

Les jours et les semaines passèrent, filant à une allure incontrôlable. Comme une adolescente découvrant les plaisirs de la vie, je passais mon temps libre avec Adam, en cachette ou à découvert. Chez lui, chez moi, au restaurant et même au centre sportif, nous ne nous lâchions que lorsque c'était nécessaire, ou que nous n'avions pas le choix. J'adorais apprendre à tout connaître de lui, et lui de moi.

Éden, Yohan et même Nathan nous évitaient le plus possible. Apparemment, nous étions insupportables. Je l'acceptai volontiers. Au moins, ils nous laissaient tranquilles.

Les jours suivant notre première nuit ensemble, Adam

avait eu la crainte de me voir filer à tout moment. Ce n'est qu'après lui avoir expliqué qu'en reprenant le restaurant familial, je m'étais engagée pour trois ans minimum, et que c'était la loi qui le disait, qu'il s'était détendu... Ou presque. Il gardait sans cesse un œil sur moi, mais ça ne me dérangeait pas, au contraire. Alors qu'habituellement, je préférais me débrouiller seule, avec lui, il semblait que je lui laissais naturellement une place dans ma vie, comme je ne l'avais jamais fait auparavant.

Jordan, qui venait un week-end sur deux, s'assurait que la rénovation de la maison avançait correctement, sortant le fouet s'il le fallait. C'était une tortionnaire, mais je crois que les garçons adoraient ça, et ils ne se laissaient pas faire.

Fait étrange : mon amie ne me fit aucun commentaire sur Adam et moi. Jordan écoutait, observait, mais refusait de me faire la moindre remarque. Elle qui avait toujours adoré épiloguer sur le moindre détail de ma vie et m'inciter à tenter plein d'expériences, elle était restée silencieuse. Le monde devait doucement tourner à l'envers, car j'étais celle qui avait envie de parler. De savoir si j'étais normale et si mon obsession pour Adam était une maladie.

Mais je ne dis rien. Car je me sentais bien.

Si aujourd'hui je devais nommer « la folie » autrement, alors je l'appellerais Yéléna, car jamais, de toute ma vie entière, je ne m'étais sentie aussi... vivante, avec autant d'émotions positives dans le corps. Ce qui m'indiquait que la folie était potentiellement en phase d'être atteinte.

— Tu avais raison, déclarai-je à Jordan en m'asseyant à ses côtés sur la terrasse, à l'ombre.

Elle venait d'arriver le matin même et comptait rester pour quatre jours. À peine ses bagages posés, Jordan était venue au restaurant m'aider, puis avait profité un moment du lac avant de rentrer épuisée en fin d'après-midi. Il faisait très chaud en ce début du mois d'août.

Adam était en train de tondre l'herbe puisque le soleil était déjà assez bas dans le ciel ; Yohan était à l'étage pour traficoter et réparer le circuit électrique défaillant ; tandis que Nathan, Éden et Lucas étaient allés au magasin pour acheter à manger, comme toujours.

Mon amie se redressa dans le fauteuil et m'accorda toute son attention, un large sourire aux lèvres.

— Ah ? Et à quel sujet ?

— Adam était ce « profond » qu'il me fallait.

— Ah… Tu ne parles pas de son pénis, rassure-moi.

— Non, Jodi, répondis-je en riant. Juste qu'il est celui qu'il me fallait pour ne plus avoir l'impression que la vie est fade.

— Bien. Je suis contente, alors. Vraiment contente. Tellement contente que je crois avoir attendu ça toute ma vie.

— N'exagère pas. Mais je crois qu'il y a un truc qui cloche chez moi. Quand Adam est là, il y a toujours un moment où j'ai l'impression d'avoir des tonnes de fourmis dans le ventre.

— Des papillons.

— Des fourmis.

— Non, Yéléna. C'est ce qu'on appelle des papillons.

— Ça ne ressemble pas à des papillons.

— Peut-être, mais c'est ça. Et c'est totalement normal quand on est amoureux de quelqu'un.

— Non, je ne suis pas amoureuse.

— Ah. Et tu es quoi alors, si ce n'est dans le déni ?

— Je ne suis pas dans... Laisse tomber. Je suis juste... bien.

Jordan acquiesça sans se départir de son sourire. J'eus envie de protester, mais j'eus aussi peur qu'elle réussisse à me prouver qu'elle avait raison. Parce qu'il y avait trop de nouveaux paramètres dans ma vie, et il était vrai que j'avais moi-même du mal à me reconnaître sur certains points. Comme quand j'étais dans l'impossibilité de voir Adam : il me manquait. C'était idiot, je le savais, mais c'était incontrôlable. Il y avait trop de choses nouvelles, auxquelles je n'étais pas habituée et pour lesquelles j'avais besoin d'adaptation. Pour autant, je n'étais pas prête à mettre des mots sur ce qui m'arrivait. C'est ce qui me tint la bouche close.

— On devrait aller au Boat, ce soir, me dit tranquillement Jordan en buvant son thé froid avec une paille en métal. Nathan m'a dit qu'il y aurait un combat. Mais pas avec Éden.

— Alors qui ?

— Je ne sais pas.

— OK, je verrai bien si j'apprécie un peu plus de regarder un combat quand aucun de mes amis n'est sur le ring.

— Rien n'est mieux que de me voir combattre, rectifia Éden en débarquant par le jardin.

Il déposa deux petits sacs de courses sur la table qui nous faisait face, avec un sourire suffisant aux lèvres.

— Si, il y a moi, en train de mixer, intervint Nathan qui s'affala à mes côtés.

Je frappai son poing tatoué fermé en acquiesçant, rejoignant son camp, ce qui fit grimacer Éden.

— Je vais sûrement avoir besoin d'aide, ce soir, si tu es dispo, ajouta Nathan à mon attention, mais c'est Jordan qui leva la main, apparemment heureuse à l'idée de jouer les barmaids.

Éden tendit le poing vers Jordan, comme pour obtenir une alliée dans ce trio qui s'était formé, mais cette dernière le toisa du regard. Elle finit tout de même par cogner son poing.

— Je suis beaucoup trop gentille pour la misère que tu me fais vivre chaque fois que je viens ici, marmonna-t-elle.

— Ça rend tes voyages plus attrayants et amusants, affirma Éden très sérieux. Tu t'ennuierais sans moi. Et puis regarde… Tu reviens encore et encore. C'est donc bon signe.

Jordan pesta, contrariée, mais se laissa embarquer quand Éden la poussa à le suivre pour préparer le barbecue.

Doublepatte et Patachon, le retour.

Leurs différences étaient flagrantes : il était aussi grand et baraqué qu'elle était petite et menue. Pourtant, ils formaient un duo parfait.

Je n'avais jamais autant mangé de viandes grillées et de brochettes que cet été. Je décidai d'aller chercher la vaisselle et avisai, en rentrant à l'intérieur de la maison, Lucas, assis devant le piano, les mains sur les cuisses, fixant les touches noires et blanches sans bouger d'un pouce. Ce n'était pas la première fois que je le voyais agir ainsi, mais habituellement, je l'ignorais en me disant que les pensées d'un enfant étaient bien trop étranges pour que je les comprenne. Je poursuivis alors mon chemin, apportai tout dehors, mais décidai cette fois de retourner voir le monstre.

— Qu'est-ce que tu fais là ? Ce n'est pas mieux de profiter du beau temps ?

— Papy Marc m'a toujours interdit de toucher au piano, alors j'aime bien venir m'asseoir ici parfois, et imaginer la musique que je pourrais faire. Je sortirai après.

Je fronçai les sourcils, sans trop comprendre ce que cela lui apportait de faire ça et finis par m'asseoir à ses côtés.

— Tu sais jouer ?

— Non.

Je ris alors, et laissai courir mes doigts sur les touches rapidement, laissant les notes envahir la maison. Je m'attendais à ressentir une émotion particulière, mais rien ne vint. Comme si la plaie liée à cet instrument s'était guérie.

— C'est simple, expliquai-je, mais il faut quand même de l'entraînement.

— Tu peux m'apprendre ?

— Tu connais *Frère Jacques* ?

Lucas acquiesça, alors je lui appris la plus simple des comptines. Une fois cela fait, je lui demandai de s'entraîner un peu d'une main, puis avec l'autre, avant de nous rejoindre à l'extérieur.

Dehors, ne voyant plus Adam, je m'éclipsai et traversai le jardin qui séparait nos habitations, avant d'entrer dans la sienne. J'agissais maintenant comme les garçons le faisaient avec ma maison : comme si j'étais chez moi.

Je tendis l'oreille et compris aux grincements du parquet, qu'Adam se trouvait à l'étage, alors je m'y rendis à mon tour et bloquai du pied la porte de la salle de bains avant qu'il ne la ferme.

— Je peux te tenir compagnie ?

— Toujours, dit-il en rouvrant la porte en grand, me laissant entrer dans la pièce. J'ai besoin de me rafraîchir après être resté sous le soleil aussi longtemps.

Je sautai sur l'espace à côté du lavabo et l'observai se déshabiller, le sourire aux lèvres.

— Tu as le droit de me rejoindre aussi, ajouta-t-il en me jetant son T-shirt à la figure.

— Je n'ai pas de vêtements de rechange. Je vais te regarder faire.

Mais il tira le rideau, me bloquant la vue de son superbe corps, pour mon plus grand malheur.

— On va aller au Boat, ce soir, avec Jordan.

— C'est mieux si tu n'y vas pas. Il va y avoir des bagarres.

— Je sais, mais ça fait plaisir à Jordan, et Éden sera là.

— Éden y va ? Tu es sûre ?

— Je crois. Nathan a aussi besoin d'aide, donc on sera sûrement derrière le bar.

Adam resta silencieux et après quelques minutes, coupa l'eau avant de sortir de la baignoire, humide, pour s'enrouler les hanches dans une serviette.

Que cet homme est magnifique, me dis-je en soupirant discrètement.

— Fais attention alors, et appelle-moi si besoin. C'est toujours un peu le bazar quand il y a des combats, même si c'est encadré.

— Sans faute.

Il prit une seconde serviette avec laquelle il s'essuya le visage, tandis que je le regardais faire avec des tonnes de questions à l'esprit. Ce que m'avait dit Jordan flottait dans ma tête. C'était comme une petite voix qui me mettait le doute sur un sentiment que je tentais d'ignorer depuis un moment.

Adam finit par se rendre compte que j'étais en plein dilemme, car il se figea, la serviette sur le haut du crâne.

— À quoi tu penses ?

— À rien.

Il fronça les sourcils, sachant que je mentais. Ce type avait un détecteur de mensonges en ce qui me concernait, ou bien je ne savais pas mentir. Mais il lisait si bien en moi que j'optai pour la première option.

Sans me quitter du regard, il termina de se sécher, puis, sans rien d'autre que sa serviette autour des hanches, il vint devant moi et posa les mains de chaque côté de mon corps. Adam essayait de me faire dire ce que j'avais en tête. Et ça fonctionna.

Alors je demandai :

— Est-ce que tu m'aimes ?

Il n'eut aucune réaction dans un premier temps. Rien qui m'indiqua si la réponse serait positive ou négative. Les traits de son visage se détendirent, et un sourire en coin apparut sur ses lèvres.

— Habituellement, lorsqu'une femme pose ce genre de question, c'est pour se sentir rassurée. Sauf qu'avec toi... Je ne sais pas quelle réponse te rassurera.

À son tour, il semblait en plein dilemme. Je souris.

— Ce n'est qu'une simple question.

— Pas quand il s'agit de toi. Qu'est-ce que tu préférerais ?

— La vérité ?

Adam acquiesça en réfléchissant profondément, puis finit par secouer la tête et recula d'un pas.

— Non, cette vérité, je vais la garder pour moi. Qu'est-ce qui t'a amenée à poser cette question ?

Jordan croit que je t'aime.

— Cette vérité, je vais la garder pour moi aussi, répondis-je à la place.

Adam rit et laissa tomber sa serviette, sans aucune gêne. Il enfila un sous-vêtement, puis un bas de jogging noir, avant de revenir devant moi, torse nu, tout en resserrant le cordon de son pantalon.

— Tu as peur que je te l'enlève ? m'enquis-je en testant son nœud.

— Oui, tu es bien trop dangereuse.

Je souris, satisfaite de sa réponse. Peut-être même que je devrais mettre cette dangerosité à l'épreuve. Mais Adam me sortit de mes plans diaboliques.

— Tu as le droit de me dire tout ce qui te passe par la tête, Yéléna. Tu le sais, n'est-ce pas ?

Adam avait-il deviné mes projets démoniaques ?

Surprise, je demandai :

— Comment ça ? Où tu veux en venir ?

— Je voulais juste t'assurer que peu importe ce que tu penses, tu as le droit de me le dire.

— Hmm... C'est toi qui as commencé à garder la « vérité » pour toi. Je te laisse donc me dire ce que tu as sur le cœur.

Adam m'embrassa sur la joue et posa le front sur mon épaule. Puis il pointa un doigt à l'emplacement exact de mon palpitant.

— Non, je ne peux pas, parce que, pendant des années, tu n'as utilisé ton cœur que comme un simple organe en oubliant son autre fonction. Alors, non, Yéléna. Je ne peux pas tout te dire. Et c'est simplement parce que je veux te ménager et protéger ce cœur, que j'irai tout en douceur.

— Alors, mens-moi. Les mensonges sont toujours doux à entendre. Ils ne font pas de mal.

Il grogna quelque chose que je ne compris pas, puis me mordit dans le cou, avant de s'écarter de moi pour enfiler un T-shirt.

— Ce n'est franchement pas une obligation, protestai-je en lui arrachant le vêtement des mains.

— Ce n'est vraiment pas équitable.

Je retirai alors mon propre haut.

— C'est mieux ?

Il acquiesça, quand la voix lointaine de Yohan nous parvint :

— Le barbecue est presque prêt. Magnez-vous de nous rejoindre !

On s'observa avant de s'esclaffer et se rhabiller pour de bon.

— Tu es sûre de vouloir aller au Boat, ce soir ? s'enquit Adam en sortant dans le couloir.

— Je ne vois Jordan qu'un week-end sur deux, alors oui. Je vais profiter un peu de sa compagnie.

— Dommage...

Son regard sombre, chocolat, qui descendit avec lenteur sur tout mon corps valait plus que mille mots.

Je regrettai presque de devoir sortir.

Adam le vit et me sourit, pleinement satisfait, avant de me pousser en direction de l'escalier. Il avait fait exprès, le bougre !

Chapitre 22

Le Boat était plein à craquer. Comme chaque fois qu'il y avait des combats, le taux de testostérone dans la boîte de nuit était intense. Je fus presque ravie d'être derrière le comptoir pour ce soir. À mes côtés, Jordan était perdue, mais était aux anges à l'idée de sa nouvelle mission de barmaid. Cette fille me fascinait. Rien ne la décourageait.

Il me fallut une petite demi-heure d'adaptation avant que je prenne le pli. Lire sur les lèvres, passer la commande, encaisser et jeter tous les numéros de téléphone que les hommes me transmettaient. Ça devenait comme un automatisme.

Jordan aussi se faisait draguer, et pas qu'un peu. Elle semblait totalement dépassée et, le plus souvent, elle ignorait les sollicitations, tout simplement. C'était drôle à voir.

Je ne savais pas ce qui avait vraiment changé, mais quand j'eus une petite minute, j'observai les gens qui m'entouraient et plus précisément, les hommes. Je n'arrivais pas à comprendre pourquoi je n'en trouvais pas un seul attirant. Tous ces gens me paraissaient fades.

Et je n'avais aucune idée de la raison pour laquelle je tentais d'en trouver un charmant...

Enfin, si. C'était à cause de Jordan, qui m'avait mis de sales idées en tête.

Néanmoins, la curiosité étant à présent à son summum, je scannais absolument chaque visage qui était à ma portée, chaque carrure, chaque gestuelle... Mais il n'y avait rien à faire. Aucun d'entre eux ne me plaisait.

J'étais foutue.

Il fallait croire que j'avais perdu le contrôle de la situation sans en avoir pris conscience. J'essayais toutefois de me persuader que j'étais loin d'être dans ce qui ressemblait à une relation stable. Sauf que je savais que je me mentais à moi-même.

J'attendais le moment où j'allais paniquer, car ça allait forcément arriver... Mais rien ne vint.

C'était trop bizarre.

— Je retire ce que j'ai dit, me cria Jordan en encaissant un client.

— À quel sujet ?

— Être barmaid n'est pas pour moi. Je suis perdue.

J'éclatai de rire en voyant mon amie toujours aussi dépassée. Pourtant, elle n'abandonna pas le poste, en essayant tant bien que mal de suivre le rythme cadencé de la soirée.

Je continuai de rire à n'en plus pouvoir et ce fut très vite à mon tour d'être dépassée.

À l'arrière de la grande salle, Yohan et Éden se trouvaient à une table, assis comme des rois, observant avec attention tout ce qui se trouvait autour d'eux. C'en était presque comme s'ils cherchaient quelque chose. Nathan faisait parfois l'aller-retour vers eux, il était de mèche, ils manigançaient quelque chose que j'ignorais. Alors quand mon ami revint derrière le bar, un peu avant le lancement des combats, je demandai :

— Est-ce que tout va bien ?

— Tout est sous contrôle, me répondit-il en balançant un torchon par-dessus son épaule. Ça ira sans moi ?

— Chloé va assurer, acquiesçai-je en frappant la main tendue de la concernée.

— Eh bien moi, j'assure pas du tout, c'est à peine si je suis plus grande que le comptoir, s'exclama Jordan en rigolant d'elle-même.

— Merci pour l'aide que vous avez apportée, les filles, nous lança Nathan. Les combats vont bientôt débuter, le calme devrait donc revenir. Lorsque Louise arrivera, vous pourrez relâcher et vous détendre.

J'acquiesçai, assez contente à l'idée que la nuit serait finalement plus courte que je ne l'avais pensé. Au fond, j'avais travaillé toute la journée et j'étais sérieusement crevée. En jetant un œil vers Jordan, je vis son sourire de soulagement me conforter dans la pensée qu'on ne finirait pas la soirée ici, mais bien dans notre lit.

— En attendant, elle est où, ma commande ? s'enquit Éden, qui était venu s'asseoir sur une chaise haute derrière le bar.

— T'as déjà commandé ? lançai-je suspicieuse.

— Non. Deux bières, s'il te plaît.

— Fais voir l'argent, d'abord.

Éden fronça les sourcils et frotta sa barbe de quelques jours.

— Mets ça sur ma note.

— Mais quel escroc, marmonnai-je en faisant couler deux bières dans des gobelets que je mis devant lui.

Éden me fit un grand sourire et me pinça la joue.

— Ne t'en fais pas, je paie toujours mes dettes.

Je ne cherchai pas à relever et l'observai partir avec ses boissons.

— Il n'a pas payé, n'est-ce pas ? devina Jordan en se postant à mes côtés.

— Non.

— Il m'a fait le coup tout à l'heure. Demain, on le rackettera.

Je frappai dans la main qu'elle me tendit, comme un accord scellé, puis retournai à mon poste, alors que Nathan débuta aux platines. Les combats allaient commencer.

— Un old fashioned, me lança un client.

Je transmis la commande et l'encaissai, avant de lui donner le verre.

— T'es une amie à Éden ?

Je jaugeai l'homme qui me faisait face, persuadée de ne l'avoir jamais vu auparavant. Son métier était inscrit sur son visage. Des boursouflures aux pommettes, un nez tordu, et des cicatrices parfois profondes... il avait la gueule typique d'un boxeur. Il en avait aussi la carrure. Des tatouages visibles dans le cou, depuis sa gorge, remontant jusqu'au menton. C'était assez saisissant. Mais, étant douillette, il m'en fallait peu pour m'impressionner à ce niveau.

Au fond de la salle, Éden et Yohan avaient quitté leur table et je ne les trouvai nulle part du regard.

— N'est-ce pas ? appuya le boxeur qui me fixait, attendant que je réponde à sa question.

J'acquiesçai simplement. La musique était bien forte et je n'avais pas envie de faire d'effort.

— Je suis un vieil ami. J'ai vu Éden et Yohan, mais pas Adam. Il est dans le coin ?

— Il n'est pas là, répondis-je sur la défensive.

Il y avait quelque chose qui me mettait sur la réserve. Et plus encore lorsqu'il avait parlé d'Adam. Un détail dans sa voix ou dans son regard ne me plaisait pas. De plus, sa posture indiquait qu'il tentait manifestement de paraître à l'aise, mais qu'il ne l'était pas. C'était peut-être aussi parce que j'étais juste protectrice et que je voyais des problèmes partout.

— OK. C'est chouette de faire ta connaissance. Passe-leur le bonjour de ma part quand tu les verras !

— Et t'es qui, au juste ?

— Bonne soirée, répondit-il, feignant de ne pas m'avoir entendue.

Je l'observai en train de s'éloigner et de disparaître dans la masse de gens avec un sentiment de perplexité. Je ne le sentais pas.

— C'était qui ? demanda Jordan en s'étirant.

— Franchement ? Je dirais « des problèmes », mais au fond je n'en ai aucune idée.

— Hmm. Avant que les problèmes n'arrivent pour de bon, je te propose de rentrer. Louise est là. Qu'est-ce que tu en dis ?

— D'accord. On devrait quand même trouver Yohan et Éden pour les prévenir.

— Avec la chance qu'on a, ils doivent être au bord du ring. Tu es prête à traverser cette marée d'hommes ?

Je lui coulai un regard en coin et on se mit d'accord toutes les deux pour dire que ce n'était pas du tout une bonne idée. Alors, on salua rapidement nos deux collègues du soir, puis on remonta à la surface. J'envoyai tout de même un texto aux garçons pour leur signaler notre départ.

— La prochaine fois que j'ai une idée expérimentale comme celle-là, arrête-moi, Yéléna.

— Comme tu me l'as toujours dit : il vaut mieux faire un test raté, plutôt que de ne rien tenter.

— Oui, c'est vrai que je dis des choses franchement sympas parfois, mais quand même. Je pensais gérer les doigts dans le nez, eh bien, je me suis plantée sur toute la ligne. Je ne comprenais rien, le bar est immense pour moi, je suis certaine de m'être aussi trompée pour l'encaissement, mais j'ai prévu de rembourser Nathan.

— On rackettera Éden un peu plus pour qu'il paie pour toi.

— Oh ! Bonne idée !

On marcha plutôt rapidement malgré nos jambes fatiguées, munies des lampes de nos téléphones. Le chemin jusqu'à la maison se fit sans encombre. Je fus la première à aller prendre ma douche, puis comme à mon habitude, je me rendis dehors.

J'envoyai un message à Adam quelques secondes après m'être assise sur la terrasse.

Je suis bien rentrée.

Une réponse arriva presque aussitôt.

Tout s'est bien passé ?

Oui, aucun souci.

Je repensai au boxeur avec qui j'avais eu une courte conversation, et me dis que je lui en parlerais le moment venu.

Rejoins-moi.

Jordan n'est pas encore redescendue. Elle va s'inquiéter et croire que j'ai disparu, si je m'éclipse sans lui dire.

Alors, rejoins-moi après l'avoir prévenue. Je vais déverrouiller la porte en bas.

OK, mais je suis fatiguée. Alors je ne resterai pas longtemps.

On verra.

Je souris en terminant mon verre d'eau, puis retournai à l'intérieur et allai verrouiller la porte d'entrée. J'espérais qu'aucun incident n'arriverait cette nuit, car les garçons n'auraient aucun moyen d'entrer ici. Jordan arriva à ce moment-là et s'en étonna :

— Tu t'en vas ?

— Je vais rejoindre Adam. Je devrais revenir un peu plus tard, mais...

— Oui, bien sûr. À demain, Yéléna, me coupa-t-elle en riant. Ne me regarde pas de cet air étonné ! Tu sais aussi bien que moi que tu ne reviendras pas avant l'aube, et c'est pour ça que tu fermes à clé. Je suis juste plus objective que toi.

Je sentis mes épaules s'affaisser et grimaçai.

— OK, tu as sûrement raison. Tu m'en veux ?

— Pas du tout. File. Moi, je vais dormir.

Je passai alors par la porte-fenêtre que Jordan referma derrière moi, puis sautillai dans l'herbe fraîchement coupée jusqu'à la maison d'Adam. Comme il me l'avait dit, la porte d'en bas était bien ouverte. Porte par laquelle je me faufilai sans bruit.

Si sa maison était configurée comme la mienne, les meubles n'étaient pas les mêmes. Je fis attention à avancer dans la nuit tout doucement pour ne pas me cogner ou faire tomber la moindre chose qui réveillerait tout le quartier. Mais rien n'empêcha mon orteil de trouver le coin de la table.

— Tu aimes vraiment te faire du mal.

Après la douleur et le cri ravalé, je sursautai en entendant cette voix que, pourtant, je connaissais par cœur.

— Quelle idée de mettre cette table ici ?

— Elle a toujours été là.

Quasiment endormi, Adam se trouvait non loin de l'escalier menant à l'étage. Il s'approcha et passa un bras autour de mes épaules en m'entraînant avec lui.

— Tu aurais aussi pu allumer la lumière, se moqua-t-il gentiment. Pour rappel : tu n'es pas une cambrioleuse.

— Ha ha.

Le pire, c'était que je n'avais même pas pensé à cette fichue lumière.

On se rendit en faisant plus ou moins de bruit jusqu'à sa chambre. Adam s'effondra dans son lit et je pus apercevoir dans la pénombre ses bras qui s'écartèrent, comme une requête silencieuse à venir me blottir contre lui. Ce que je fis sans attendre.

— Tu t'es bien amusée au Boat ? demanda-t-il après avoir refermé les bras autour de mon corps.

Je fermai les yeux quand ses mains partirent en exploration.

— Oui, c'était sympa, mais tu es fatigué, alors dors. On en parlera demain.

— Hmm... Parce qu'il y a des choses à dire en particulier ?

Je dus prendre un peu trop de temps pour réfléchir à ma réponse, car Adam me bouscula un peu et se mit sur un coude, comme pour mieux observer mon visage. Je pus voir dans la pénombre le pli soucieux entre ses sourcils.

— Il s'est passé quelque chose là-bas ?

— Non, détends-toi. J'ai juste rencontré quelqu'un de curieux.

Adam se détendit alors, en se rallongeant avec un soupir.

— Quelqu'un de curieux ? Comment ça ?

— On en discutera demain, dis-je en reposant la tête confortablement dans le creux de son épaule.

Mais très vite, il me pinça près des côtes, m'indiquant par ce geste qu'il voulait savoir. Alors, je finis par dire :

— Cette personne m'a dit être un de tes vieux amis.

Adam me bouscula à nouveau et reprit appui sur son coude, pour mieux m'observer.

— Un vieil ami ? Il t'a dit son prénom ?

— Je le lui ai demandé, mais il ne l'a pas donné.

— À quoi il ressemblait ?

En le voyant à présent parfaitement réveillé, avec une intonation grave dans la voix, je me redressai à mon tour et posai une main sur sa joue.

— Pourquoi tu sembles aussi agité ? Qu'est-ce qui se passe ?

— Yéléna, s'il te plaît, dis-moi à quoi il ressemblait.

— À peu près la même taille que toi. Il avait pas mal de cicatrices sur le visage, un nez probablement cassé dans le passé, le crâne presque rasé. Hmm... Des tatouages dans le cou aussi, qui remontaient jusque sur sa mâchoire.

Adam se passa une main sur le visage, puis roula dans le lit afin de récupérer son téléphone, sur lequel il pianota rapidement avant de le coller à l'oreille.

— Qu'est-ce qu'il y a ? demandai-je en m'asseyant sur le lit.

— J'ai besoin de m'assurer que tout va bien.

— Pour qui ? Les garçons ? Explique-moi.

Adam n'eut pas le temps de le faire, car la personne qu'il appelait décrocha. J'entendis beaucoup de bruits dans le combiné, alors j'en déduisis que les gars se trouvaient toujours au Boat. Adam se leva et se mit à marcher de long en large. Sa nervosité faisait grandir la mienne, et je me sentis coupable d'être à l'origine de son angoisse. Je savais que ce n'était pas moi qui étais concernée à proprement parler, mais il n'empêchait que j'étais la porteuse de cette mauvaise nouvelle. Bien que je n'aie aucune idée de ce qu'était réellement l'histoire.

J'écoutai Adam et ne compris que quelques paroles :

— Stephan est là… Soyez prudents… Appelez-moi si besoin.

Ce fut tout ce que j'entendis et tout ce qu'Adam dit. Je comprenais simplement que le type que j'avais rencontré au comptoir, Stephan, n'était pas quelqu'un de bien et qu'il m'avait menti au sujet de son amitié avec les garçons.

Pourquoi étais-je toujours au mauvais endroit, au mauvais moment ?

Quand Adam raccrocha, il resta un moment figé, debout près de la fenêtre. Alors je décidai de quitter le lit pour l'enlacer. Il releva un bras, afin de me ramener devant lui et non plus dans son dos.

— C'est qui, ce Stephan ?

— Je t'ai parlé de ma rencontre avec Éden et des connaissances qu'il avait à l'époque, n'est-ce pas ? Eh bien, Stephan en fait partie. Quand Éden s'est émancipé de ses mauvaises fréquentations, Stephan s'est mis à dire à qui voulait l'entendre qu'Éden lui devait de l'argent. Ce qui est faux.

— Pourquoi mentir ?

— Il n'a pas apprécié l'idée qu'Éden veuille partir de son « clan de boxeurs ». Pour lui faire rembourser sa « dette », Stephan voulait un dernier combat, ce qu'Éden a toujours refusé, parce qu'il connaît parfaitement les méthodes de son ancien ami et sait qu'il ne suit jamais les règles.

— Pourquoi il est là, aujourd'hui ?

— Sûrement pour cette fameuse dette jamais réglée. Je me demande pourquoi il t'a parlé, à toi… T'a-t-il vue échanger avec Yohan, ou Éden ?

— Sûrement avec Éden, oui.

— Si tu le recroises, fuis au loin. Je ne pense pas qu'il s'en prendrait à toi, mais je refuse qu'il t'approche encore une fois. Je devrais aller les retrouver.

— Non ! Tu restes ici, Adam.

Il baissa le visage dans ma direction quand il entendit la panique dans ma voix. Il m'était impossible d'imaginer Adam se rendre quelque part où il serait en danger. Il était impensable pour moi qu'un mal puisse lui arriver.

— Tout va bien, Yéléna. J'aimerais juste m'assurer que les gars ne tombent pas dans une embrouille. Surtout avec Yohan, qui a le chic pour les ennuis.

— Je ne te crois pas. Tu es quelqu'un de calme. Je ne t'ai jamais vu inquiet pour quoi que ce soit. Tu gardes ton self-control dans n'importe quelle situation. C'est la première fois que je te vois nerveux, alors je comprends que, même si tu veux me rassurer, et ne pas m'inquiéter, la présence de ce type est assez grave pour que je l'assimile à un « danger ».

— OK, dit-il avant de déposer un baiser sur ma tempe et de me pousser en direction du lit. OK, je reste là.

Je me laissai faire et finis par me rallonger à ses côtés. Adam était nerveux. Il avait beau faire courir ses doigts dans mon dos, paraître détendu, il ne l'était pas. Mais au moins, il ne tenta pas de me mentir, ce que j'appréciai.

Il ne s'endormit pas, et jetait des coups d'œil à son téléphone toutes les minutes, jusqu'à ce qu'un texto lui parvienne. Je zyeutai l'écran et vis le message d'Éden.

On est à deux pas de la maison. RAS.

Je me détendis alors, et sentis que c'était aussi le cas

d'Adam. Il déposa son téléphone et referma les deux bras autour de moi avec un soupir discret.

Je savais qu'il considérait les garçons comme sa propre famille et je m'en voulais un peu de le freiner alors qu'il souhaitait simplement s'assurer que ses amis allaient bien. Mais s'il arrivait quoi que ce soit à Adam...

J'ouvris les yeux en comprenant soudain que cette idée me révulsait. Et même bien plus que ça. Ayant imaginé une petite seconde qu'un malheur l'atteignait, je compris que je ne le supporterais pas.

Et ça me terrifia.

Ce que j'avais redouté depuis un moment arrivait finalement. La panique s'empara de moi, et le sommeil me quitta définitivement.

Adam resserra un peu plus les bras autour de moi, mais rien n'y fit. Je ne me détendis pas. Il s'endormit tandis que je ne pus empêcher mon cerveau d'imaginer mille scénarios effrayants, sans réussir à trouver le sommeil. Je compris alors deux choses : d'abord, Jordan avait raison. J'étais bel et bien amoureuse d'Adam. Ensuite, et c'était que ce qui me faisait le plus peur... le perdre, comme j'avais perdu ma sœur.

Je le savais : le bonheur ne dure pas. Il est éphémère, tout comme cette vie. Et je craignais que le bien-être que j'avais ressenti pendant ces longues semaines prenne doucement fin.

Chapitre 23

Je restai en alerte le lendemain. J'étais comme une paranoïaque, méfiante envers tout et de tout le monde, cherchant la fissure dans le ciel bleu. Chaque client inconnu me paraissait être un danger potentiel contre lequel j'étais prête à me défendre. Pourtant, rien ne vint.

Jordan assura bien plus que je ne le faisais au snack, et Adam prit le relais en me rassurant par sa présence quand il passait, ou bien en fin de journée. J'avais l'impression d'être une enfant sauvage sur lequel il fallait garder un œil, sous peine de le perdre pour de bon. J'imaginais que mes amis n'avaient pas tort. Je me sentais comme une bombe à retardement. J'étais d'ailleurs la seule à m'inquiéter. Les garçons gardaient leur bonne humeur et agissaient comme si de rien n'était. Sûrement parce qu'il n'y avait pas de réel danger. Il n'empêche que l'idée même qu'un malheur puisse arriver suffisait à me faire trembler.

Ce ne fut que le surlendemain que je me secouai et décidai de ne plus paniquer. C'était surtout parce que je venais de le promettre à Adam, qui m'étouffait avec son corps.

— Pousse-toi ! Je ne peux pas respirer.

Il rit et se releva sans plus me faire sentir son poids.

— Tu as promis.

— Oui, oui. Maintenant, laisse-moi de l'air.

Adam me surplomba de son corps, puis nous enveloppa dans ses draps, créant un cocon, presque insupportable de chaleur, mais que j'adorais en cet instant. Il dégagea mes courts cheveux de mon visage, puis posa les mains sur mes joues.

— Arrête de te faire du souci sur ce qui ne s'est pas passé et d'imaginer le pire.

— C'est plus fort que moi, mais comme je te l'ai dit : je te promets d'essayer.

— Ça me va. Mais sache que, si un problème arrive, ce n'est pas un drame. Je le résoudrai, avec les gars ou même avec toi, et on avancera.

— À t'écouter, ça a l'air tellement simple.

— Parce que ça l'est, Yéléna.

Je ne répondis pas parce que j'étais prête à lui faire confiance, mais je n'étais quand même pas convaincue. La vie n'avait jamais été aisée, de ça, j'étais certaine.

Il m'embrassa comme pour mettre fin à cette discussion et finalement passer à autre chose. Une de ses mains descendit sur ma hanche avant de la presser fortement. Adam se décolla de mon corps et partit en exploration. Ses lèvres étaient comme des flammes brûlant les mèches d'un feu d'artifice à la surface de ma peau. Je faillis perdre toute raison lorsqu'elles se posèrent entre mes jambes, mais ce fut le moment exact où j'entendis une porte claquer.

— Ton fils est réveillé !

Adam revint à la hauteur de mon visage, attrapa la

couverture et la remonta assez pour me dissimuler. J'allais mourir de chaud sous son corps qui me couvrait presque entièrement en plus du drap, mais ne bougeai pas d'un pouce, lui faisant confiance pour ne pas me laisser à la vue du monstre.

— Papa, tu dors ? dit Lucas tout doucement, en entrant.

— Non. Laisse-moi dix minutes et je te rejoins en bas.

— J'ai faim.

— Va prendre des céréales, j'arrive.

— Néna vient déjeuner avec nous, aussi ?

J'ouvris grand les yeux, surprise.

— Néna ? répéta Adam, étonné, lui aussi.

— Oui, j'ai entendu sa voix. Je sais qu'elle est là. Elle s'est rendormie ?

Adam garda un instant le silence, comme s'il réfléchissait à toute vitesse à sa réponse.

— Oui, elle dort. Je vais la réveiller et on viendra.

— Super !

Le monstre quitta la chambre et je restai bouche bée, les yeux ronds.

— Désolé, me dit-il. Je n'ai pas su quoi répondre.

— Ce n'est pas grave, mais si tu voulais garder le secret, c'est fichu, maintenant.

— C'était pour toi que je ne voulais pas lui dire. Je ne souhaitais pas te mettre une pression supplémentaire avec les tonnes de questions que Lucas aurait potentiellement à te poser.

Je souris et haussai les épaules.

— Ça me va.

Alors Adam me fit un véritable sourire, comme s'il

était charmé à nouveau. Et je le fus moi aussi en le voyant rayonner.

— Il faut qu'on descende, repris-je en tentant de sortir des couvertures.

Mais Adam me maintint en place.

— Une fois que j'aurai fini ce que j'ai commencé.

Il m'embrassa rapidement sur les lèvres et disparut sous les draps, pour reprendre là où il s'était arrêté quelques minutes plus tôt.

Autour de la table de la cuisine, j'observais Lucas bavarder de si bon matin avec beaucoup trop d'énergie. Je le fixai en me demandant s'il avait une idée de la chance qu'il avait d'avoir Adam comme père. Puis j'observai Adam et là, je me posai cette même question : réalisais-je vraiment la chance que j'avais de l'avoir dans ma vie ?

J'avais autant envie de fuir que de rester. J'avais une idée parfaite de l'image que l'on représentait tous les trois autour de cette table. On ressemblait à ce que je n'avais jamais voulu avoir après avoir quitté la mienne : une famille. J'étais en plein conflit intérieur, quand le monstre m'interpella :

— Néna, tu veux bien me donner un cours de piano, aujourd'hui ?

— Non, répondit Adam à ma place. Ce matin, on doit aller au centre commercial pour commencer à acheter les fournitures de la rentrée. Et Néna doit travailler.

— Alors on ira prendre une glace en revenant ?

— Si tu veux, oui.

Je ne dis rien, les observant tour à tour en me sentant sourire. On ne pouvait pas nier qu'ils étaient père et fils.

Ils avaient les mêmes mimiques, les mêmes réflexes et ce même sourire qui faisait apparaître une unique fossette dans le creux de leur joue droite. Ils étaient adorables, et je n'arrivai pas à détourner le regard.

Je les quittai en milieu de matinée, pour aller me changer et m'habiller correctement, alors que Jordan n'était pas encore réveillée. En face de ma chambre, j'observai les stickers collés sur la porte d'Ariane et décidai qu'il était temps de les retirer. De passer le cap. D'y aller. D'entrer.

Je retirai les autocollants un par un, les doigts tremblants. Puis je me demandai subitement pourquoi j'avais fait ça et hésitai à les recoller contre la porte, avant de me secouer. Il fallait aller de l'avant. Rénover la maison, ranger sa chambre et faire le tri, tout cela ne voulait pas dire l'oublier. C'est avec cette même pensée que j'ouvris la porte. Une terrible odeur de chaud et de renfermé envahit mes narines. J'oubliai de regarder les détails de la chambre et me rendis près de la fenêtre pour l'ouvrir en grand.

Restant près du battant par lequel entrait de l'air frais, je couvris du regard la pièce, le cœur lourd, mais le sourire aux lèvres. C'était presque comme si Ariane s'était figée dans le temps. Les posters de ses groupes favoris étaient toujours accrochés aux murs, tout comme les tonnes de photos collées sur son armoire. Ses amis y étaient tous, capturés et figés dans des moments de bonheur éphémère. Je m'y trouvais aussi, avec pas mal d'années en moins et un visage toujours enfantin. J'eus de la peine à me reconnaître. Tout était rangé dans cette chambre. Je supposai que mon père y avait fait le ménage, car Ariane avait toujours été bordélique.

Je fus fière de moi pour avoir réussi ce que je n'avais pu faire depuis mon retour. Je ressortis de la chambre dans un état émotionnel secondaire, comme anesthésiée. Un peu triste, mais aussi plus légère. La prochaine fois, je mettrais mon nez dans ses affaires.

Je descendis à la cuisine et, Jordan n'étant toujours pas levée, je me fis un café, avant de marcher en direction de la terrasse, mais finalement, m'arrêtai devant le piano.

Est-ce que je pouvais oser aller plus loin aujourd'hui ?

Je m'assis sur le siège, posai ma tasse sur le coin du piano et passai un doigt sur la gravure « Yéliane ». Je décidai que oui.

Les premières notes de la *Sonate n*° *4* de Jean-Sébastien Bach résonnèrent dans la maison. J'eus envie de fermer les yeux pour laisser la musique m'envelopper, mais je voulus aussi m'ancrer au présent et ne plus associer cette mélodie à la tragédie de mon passé. Pour autant, en jouant, j'avais la mémoire du corps d'Ariane près du mien, de ses doigts se joignant à l'instrument pour créer ce même morceau à quatre mains. J'eus presque la sensation qu'elle était près de moi, et ce fut ce qui m'émut le plus.

Des tonnes d'émotions me traversèrent le corps, mais ce n'était en rien comparable à ce que j'avais ressenti la dernière fois à l'église. Les choses changeaient et, pour la première fois, j'étais heureuse que ce soit pour quelque chose de si positif.

Je n'oublierais jamais ma sœur. Mais j'avais espoir

que penser à elle me donne à présent le sourire plutôt que de déclencher mes larmes.

Lorsque les dernières notes retentirent, des bras entourèrent mes épaules, me faisant sursauter. Je reconnus très vite Jordan, qui posa le menton contre mon cou. Ses cheveux blonds emmêlés vinrent me chatouiller le visage.

— Tu es enfin réveillée.

— Oui, j'ai entendu la musique, ça a éveillé ma curiosité.

— Et en quel honneur tu me fais ce câlin ?

— La mélodie m'a rendue émotive.

Je souris et clignai des yeux pour chasser les derniers vestiges de mes propres émotions. Je lui tapotai le bras, comme pour la réconforter, alors que c'était elle qui le faisait pour moi, sans même le savoir.

— Allons petit déjeuner, lui dis-je avec une voix que j'espérais ferme, mais qui chevrota quelque peu.

— Je te rejoins dans quelques minutes.

Jordan allégea un peu plus mon humeur à mesure qu'elle se réveillait pleinement. Je tentai de la dissuader de travailler à La Glacière aujourd'hui, mais têtue, elle ne voulut rien entendre. Entre son travail la semaine et celui du restaurant quand elle venait, Jordan ne se reposait pour ainsi dire jamais. Il semblait qu'elle était un peu comme Lucas : elle avait une énergie illimitée.

On se rendit ensemble au snack et la journée fut bonne. Lorsque le flot de clients se tarit un peu, j'en profitai pour faire finalement un point sur le mois écoulé. J'avais toujours des dettes, mais doucement, je pouvais voir les chiffres diminuer. Un peu trop lentement, mais au moins, ça allait dans le bon sens.

Comme il l'avait demandé à son père le matin même, Adam et Lucas arrivèrent pour prendre une glace. Je les entendis arriver avant même de les voir, Lucas et Jordan chantonnant un « bonjour » en chœur. Cette dernière avait le don d'être multigénérationnelle. Des plus jeunes aux plus vieux, elle s'adaptait en fonction de la personne qui lui faisait face. C'était sûrement la raison pour laquelle tout le monde l'appréciait.

Adam vint me retrouver dans le bureau au moment où Lucas dit sans trop de discrétion :

— Jodi, tu sais quoi ? Ce matin, mon papa et Néna dormaient ensemble.

— Ah oui ?

— Ouais. Tu crois que ça veut dire qu'ils s'aiment comme des amoureux ?

Je ne pus me retenir de rire, quand Adam referma la porte derrière lui, m'empêchant d'entendre la réponse de Jordan.

— J'ai juste besoin de cinq minutes, souffla Adam en s'appuyant contre la porte.

— C'était si terrible que ça, cette journée au centre commercial ?

— Non, ça a été. C'est juste que je suis obsédé et que j'ai pensé à ce moment toute la journée.

Je souris et me levai quand il s'approcha. Je plongeai avec plaisir dans ses bras ouverts, savourant l'instant présent. C'était incroyable comme un simple câlin pouvait redonner de l'énergie. C'était l'un des pouvoirs d'Adam.

Comme il l'avait indiqué, cela ne dura que quelques

minutes avant qu'il ne m'emmène dans la salle principale, où Jordan écoutait le récit de la journée de Lucas. Yohan passa devant le snack et fit le pitre devant la grande vitre, avant de continuer son chemin en direction du centre sportif. Du coin de l'œil, je vis Adam, assis à une table, le suivre du regard, comme curieux.

Je servis deux clients, gardant un œil sur Adam, comme en un vieil automatisme et parce qu'il était beaucoup trop agréable à regarder. Lui, me coulait parfois des regards suggestifs, parfois zyeutait le centre.

Et je vis l'instant exact où quelque chose dérapa.

D'abord, les sourcils d'Adam se froncèrent, puis il se tendit. Son visage se referma doucement et, alors, il se leva.

— Je reviens, dit-il d'une voix basse, évoquant le danger.

Comme déterminé, Adam quitta le snack sans même croiser mes yeux. Mon ventre se noua d'une façon très désagréable. Lucas suivit son père d'un regard curieux, tandis que Jordan me dévisageait d'un air interrogateur. Je haussai les épaules, lui signifiant que je n'avais aucune idée de la raison du changement brusque de comportement d'Adam.

Ressentant un mélange de curiosité et d'inquiétude, je soupirai et signalai :

— Je reviens aussi, ça va aller ?

— Oui, oui. Vas-y.

Je quittai à mon tour le restaurant, alors que plusieurs personnes s'éloignaient du centre sportif. Elles ne semblaient pas être des clients du camping, ni des gens du coin. Quelque chose dans leur manière de marcher, leur capuche sur la tête en plein été, sans parler de leur regard bien trop sombre pour être de simples touristes...

Ils étaient... des problèmes. Je le sentais à plein nez.

J'hésitais à me rendre au centre. Tomber sur une embrouille serait une mauvaise idée, mais la curiosité l'emporta.

Avant même que je puisse ouvrir la porte du complexe, celle-ci s'ouvrit à la volée sur Adam, dans tous ses états. Tous mes sens se mirent en alerte, surtout lorsqu'il me lança d'une voix grave, que je n'avais jamais entendue jusqu'alors :

— Appelle les secours. Vite !

Mon cœur se serra et je paniquai instantanément.

— Où tu vas ? Il y a un problème ?

Mais il ne me répondit pas, marchant à vive allure en direction du parking.

J'entrai alors dans le complexe, en cherchant mon téléphone, et paniquant quand je compris que je l'avais oublié au restaurant.

À l'intérieur, je vis Yohan, son portable collé à l'oreille. Près de lui, une masse gigantesque était au sol. Tout était saccagé à l'intérieur. La tête me tourna soudain quand je compris qu'il s'agissait d'Éden, allongé par terre.

— Bon sang, mais qu'est-ce qui se passe ici ?

— Va retenir Adam avant qu'il ne fasse une connerie ! me hurla Yohan.

Il reprit ensuite aussitôt sa conversation téléphonique avec ce que je compris être les secours.

Yohan aussi était mal en point. Il gardait un bras contre son ventre et saignait à plusieurs endroits sur le visage ; il se maintenait contre le mur, visiblement à bout de forces. Mais rien de comparable avec Éden, en sang, et dont la cheville formait un angle humainement impossible. J'eus envie de vomir, et mon inquiétude frôla les sommets.

Je restai à l'entrée, hésitant entre me rendre près d'Éden - conscient, mais en mauvais état - et suivre l'ordre de Yohan, que je voyais pour la première fois paniqué.

J'obéis finalement à son injonction, le cœur battant à mille à l'heure, sans rien comprendre à ce qui se passait. Je tremblais comme une feuille. Comment Éden avait-il pu se retrouver dans cet état ? Et pourquoi retenir Adam ? Le retenir de faire quoi, exactement ?

J'accélérai le pas et finis par courir en direction du parking, là où j'avais vu Adam se diriger. Mais il n'y avait personne, et sa voiture était pourtant toujours là.

Des bruits de casse et de lutte se firent entendre au loin, alors je me dirigeai vers la route, où je vis celui que je cherchais. Je fus soulagée de le trouver, avant de comprendre que quelque chose ne tournait vraiment pas rond. Il avait une énorme pierre dans la main et la balança de toutes ses forces sur une voiture qui, comme d'autres, démarra à vive allure. Visiblement, il voulait en découdre avec ces gens, peu importaient les moyens employés. Il récupéra une autre grosse pierre pour continuer de caillasser les voitures, qui ne semblaient pas vouloir s'arrêter.

Je l'entendis hurler aux conducteurs de s'immobiliser, mais aucun d'eux ne l'écouta. Jamais je ne l'avais vu perdre son sang-froid comme maintenant. J'étais tétanisée, sans savoir quoi faire. Le rejoindre ? L'arrêter ?

L'aider ? Mais à quoi au juste ? Je ne savais même pas ce qui l'avait mis dans cet état, ni pourquoi il s'en prenait à ces voitures... J'imaginai qu'il y avait un rapport avec Éden et Yohan.

Et peut-être qu'il y avait même un lien avec l'homme qui avait rendu Adam nerveux l'autre soir.

J'appelai Adam plusieurs fois, mais c'était comme s'il ne m'entendait pas. Il était en train de s'attaquer à la dernière voiture du cortège et s'avança sur la route, comme pour mieux viser.

Muni de deux pierres qui paraissaient assez lourdes, il balança la première, qui sembla casser une vitre, au vu du bruit qui retentit, mais j'étais encore trop loin pour voir les détails. Alors j'accélérai et finis par courir.

Mais je compris.

Je compris que j'arriverais trop tard. Mais surtout, que je ne pourrais rien faire.

Je hurlai à nouveau son prénom, comme pour le prévenir lui aussi, mais il ne m'entendit pas.

Adam leva le bras, prêt à balancer cette nouvelle pierre.

Je vis la scène comme au ralenti, mon cerveau refusant de comprendre que ce qui arrivait était bien réel.

Si Adam avait pensé que la voiture l'esquiverait comme les précédentes l'avaient fait, il se trompa. La dernière voiture du cortège le percuta avant qu'il ne puisse jeter sa seconde pierre.

Mon souffle se coupa. Comme si, par ce geste, je pouvais aussi arrêter le temps. Mais tout alla si vite. Trop vite.

Adam roula sur le pare-brise, et fut éjecté sur le bas-côté.

Je restai figée. Le cœur battant frénétiquement, impuissante et totalement déconnectée de la réalité.

Tout n'était que courts moments de bonheur.

Toute cette vie n'était qu'une vaste succession d'épreuves. Encore et encore.

Tout n'était qu'éphémère, rien n'était fait pour durer.

Pas même Adam.

Chapitre 24

Je courus sur la route à en perdre haleine.

Je courus à travers le parking pour rejoindre la route.

Mes poumons me brûlaient, et la peur grandissait à mesure des foulées que j'effectuai aussi rapidement que je le pouvais.

Mes poumons semblaient se déchirer à force d'inspirer et de pleurer. Je voulais voler pour le rejoindre plus rapidement. Ma course me paraissait bien trop lente.

Ariane.

Adam.

Le passé et le présent se superposaient. Je ne savais plus où je me situais, mais la douleur, elle, était bien là.

Percutante. Terrassante. Foudroyante.

Ma vision était brouillée par mes larmes, et à chaque respiration j'avais l'impression d'inspirer des flammes tant mes poumons me faisaient souffrir.

Je me laissai tomber à côté d'Adam lorsque j'arrivai à sa hauteur, et je pris son visage entre mes mains. Je l'inspectai à travers mes larmes. Je vis d'énormes éraflures le long de son visage, et ses vêtements déchirés m'indiquèrent que le choc avait été assez brutal. Les yeux à demi clos, je soupirai de soulagement en le voyant respirer difficilement, mais respirer quand même.

— Mais qu'est-ce qui t'a pris, bon sang, hurlai-je à bout de souffle, en sanglots, tremblant de tout mon corps. Pourquoi te jeter sur la voiture ? Tu n'es pas immortel, Adam !

— Ça va aller, tenta-t-il d'une voix faiblarde.

J'étais en colère. J'étais terrifiée. Je lui hurlai dessus, mais c'était au-delà de tout. Je ne contrôlais rien. Je faisais face à ma pire crainte dans la vie : perdre quelqu'un que j'aimais.

— À quoi tu pensais ? répétai-je inlassablement.

Je reconnaissais les signes du choc et de la chute d'adrénaline. Je pensai aux secours, et récupérai le téléphone d'Adam pour passer l'appel, quand je vis du sang. Beaucoup de sang.

— Où as-tu mal ? m'enquis-je en cherchant une blessure sur le haut de son corps.

— Nulle part.

Comprenant que c'était mauvais, je débitai un flot de paroles rapides lorsque j'eus un interlocuteur au bout de la ligne. Je dus expliquer trois fois qu'il y avait un second blessé lorsqu'ils me dirent qu'une ambulance était déjà en route. Je m'énervai beaucoup aussi, avec la sensation d'être incomprise. Ou bien était-ce parce que je n'arrivais pas à parler correctement, la peur ne m'aidant que très peu. J'avais la sensation de suffoquer.

Je restai en ligne jusqu'à ce que les secours arrivent. L'arrière de la tête d'Adam avait dû encaisser un gros choc, car la blessure venait de là. Je lui parlai, lui ordonnant de rester éveillé, le disputant aussi par moments et pleurant à d'autres.

L'inconvénient d'être dans une petite ville, c'était que tout était beaucoup trop loin. Y compris les secours.

Le soulagement que je ressentis lorsque ces derniers arrivèrent enfin fut inégalable. Adam aussi dut se relâcher, car il perdit connaissance. Je voulus rester près de lui, mais les secours prirent le relais et je ne pus que suivre de loin ce qui se passait.

Impuissante, je regardai les urgentistes s'occuper de la personne que j'aimais. Je n'avais que mes yeux pour pleurer.

Adam était là, inconscient, si proche et pourtant si loin... J'étais dans le même état que lorsque le feu avait ravagé la voiture dans laquelle se trouvait ma sœur. J'étais spectatrice d'un drame, incapable d'agir pour venir en aide à ceux que j'aimais.

Et puis, soudain, mon cerveau se déconnecta de toute émotion. C'était comme si, finalement, il savait que le pire arriverait. Alors à quoi bon se battre ?

Je suivis les indications qu'on me donna et montai dans l'ambulance après Adam, qui se trouvait sur une civière. J'eus la présence d'esprit d'appeler Jordan et lui indiquai brièvement ce qui s'était passé.

— Je vais fermer le restaurant et je rentre avec Lucas, m'annonça mon amie sous le choc. Qu'est-ce que je dis au petit ?

— La vérité.

Je compris que c'était une mauvaise idée quand les mots sortirent de ma bouche.

— Non, me repris-je. Dis-lui que... Qu'il y a eu... Qu'est-ce qu'on peut dire à un gosse de son âge ?

J'étais incapable de réfléchir correctement et en temps normal, dire la vérité ne m'aurait aucunement dérangée. Mais il s'agissait de Lucas... et d'Adam.

— N'y pense pas, je vais gérer, assura Jordan. Tiens-moi au courant dès qu'il y a du nouveau pour Adam ou Éden. J'essaye de te rejoindre dès que possible.

Je raccrochai sans en avoir envie. Je me retrouvai seule face à cette situation que je désirais fuir. Mes émotions semblaient faire les montagnes russes. Parfois, j'arrivais à me calmer, parfois j'avais l'impression que je sombrais dans un gouffre sans fond, incontrôlable.

Je perdais totalement pied.

Où pouvais-je me rendre pour me libérer de ces sentiments dévastateurs ? Y avait-il seulement une échappatoire ?

J'étais presque certaine que non.

Je me pris alors le visage entre les mains, et, malgré les paroles rassurantes de l'urgentiste, je me perdis dans un coin de ma tête où j'étais seule. Totalement seule. Où il n'y avait ni interaction ni amour et encore moins de lien avec qui que ce soit. Un endroit où j'étais avec moi-même et où rien ne pouvait m'atteindre.

Les bips incessants des différentes machines suspendues au-dessus de ma tête me tapaient sur les nerfs. J'eus envie de les arracher de leur perchoir et de les jeter par la fenêtre, pourtant, ils étaient les bruits auxquels je me raccrochais pour ne pas sombrer. Chaque fois que les machines s'activaient pour mesurer la tension, je revenais dans le monde réel, sortant du trou noir dans lequel je sombrais dès lors que le silence revenait.

Je refusais de le regarder.

Allongé sur le lit aux draps blancs, Adam était inconscient. Les médecins lui avaient fait une batterie d'examens et m'avaient dit qu'il n'aurait pas trop de séquelles, en dehors d'une compression thoracique, de deux doigts cassés, et d'ecchymoses plus impressionnantes que graves. Ils avaient ensuite ajouté qu'une fois réveillé, il lui faudrait effectuer d'autres examens pour s'assurer qu'il n'avait pas de traumatismes supplémentaires liés à l'accident, mais qu'il devrait bien s'en sortir.

C'était encourageant, mais ça ne me sortit pas de ma léthargie éveillée.

— Yéléna, dit doucement une voix amicale.

Je relevai la tête et croisai le visage de Nathan qui entra timidement dans la chambre d'hôpital.

Comme dans un automatisme, je me levai et fondis dans ses bras. J'avais l'envie irrépressible d'être portée. Qu'on soulève le fardeau de mes émotions. Et Nathan était celui qui savait le faire, à force de m'avoir maintenu la tête hors de l'eau lorsque nous étions plus jeunes.

— Tout va bien se passer, me rassura-t-il en me tapotant le dos. J'ai croisé Yohan qui est avec Éden, et eux aussi vont plutôt bien, même si le visage gonflé d'Éden est impressionnant à voir.

— Dis-le encore une fois.

Il n'eut pas besoin que je précise de quoi je parlais.

— Tout va bien se passer. Tout ira bien.

Nathan m'entraîna à sa suite dans le couloir, et m'emmena jusqu'aux sièges non loin.

— Qu'est-ce qui s'est passé ? demanda-t-il une fois assis.

Je lui donnai tous les détails dont j'avais connaissance, et me rendis compte que, dans ma tête, ce qui s'était passé tournait en boucle. Je restais choquée par ce que j'avais vu, ça revenait encore et encore, comme pour mieux m'effrayer.

— Tu devrais rentrer te reposer un peu, me conseilla-t-il. Yohan m'a dit qu'il resterait, et je peux moi aussi être dans les parages. Je te préviendrai s'il y a le moindre mouvement.

— C'est bientôt l'heure d'ouverture du Boat.

— Je suis de repos. Je n'ai aucune contrainte et je te rappelle que je suis mon propre patron.

J'acquiesçai, puis secouai la tête.

— Je veux rester.

— Alors va à la cafétéria manger un peu.

— Non, je vais retourner dans la chambre.

— Je vais te rapporter un truc dans ce cas.

J'eus envie de protester, mais compris dans son regard marron uni qu'il voulait réellement se rendre utile. Alors j'acquiesçai, sans savoir si j'étais capable d'avaler quoi que ce soit.

Je retournai dans la chambre m'installer à la place que j'avais occupée, sans jamais poser mon regard sur Adam. La vision de son corps dans ce lit d'hôpital m'était insupportable. Pour autant, je ne me voyais pas le laisser là, inconscient et sans défense.

— Toc, toc.

Dans l'encadrement de la porte, la silhouette svelte de Yohan apparut, suivie de près par celle d'Éden, plus imposante. Surprise, je me redressai et analysai leur état physique.

Yohan avait un bras en écharpe, le même qui avait subi une luxation de l'épaule plusieurs semaines auparavant. Il avait de petits pansements sur l'arcade et des rougeurs à différents endroits, mais rien ne semblait pouvoir enlever l'éclat malicieux de son regard bleu.

Éden, lui, avait des béquilles. Il avait l'air sonné, et je ne comprenais pas pourquoi il était là, debout, alors qu'il paraissait avoir pris la meilleure drogue relaxante de la terre. Lorsqu'il croisa mon regard, il me fit un sourire niais, qui déforma un peu plus son visage déjà bien amoché. Il planait à des milliers de kilomètres d'ici. Dans d'autres circonstances, j'aurais ri, mais aujourd'hui, je n'eus pas l'ombre d'un frémissement.

Yohan étudia Adam avec attention, puis lâcha un soupir.

— Je suis soulagé. Dans un sens, ça aurait pu être pire, dit-il sans lâcher son ami des yeux.

J'eus envie de l'assommer pour avoir prononcé de telles paroles tant je me sentais sur les nerfs, mais en vérité... Yohan avait raison.

— Mon état est plutôt cool, dit Éden, d'une voix lourde et traînante. J'ai deux infirmières qui sont aux petits soins avec moi. C'est plutôt agréable.

— Tu as oublié l'infirmier, intervint Yohan.

— Il est doté de ce que j'ai moi aussi. Ça ne m'intéresse pas.

J'eus envie de leur dire de parler moins fort, mais j'avais aussi des questions.

— Qu'est-ce qui s'est passé ?

— Je me suis affranchi de toute obligation, déclara Éden avec, à nouveau, ce sourire niais.

— Ce qu'il veut dire, intervint Yohan plus clairement, c'est qu'Éden n'avait pas de bonnes fréquentations, autrefois.

— Stephan, c'était lui ?

Yohan acquiesça.

— Pour faire court, ce type tentait de ramener Éden dans son cercle depuis plusieurs années, mais ces derniers temps, il se faisait plus pressant. Éden lui rapportait beaucoup d'argent à l'époque. Stephan vient d'abattre sa dernière carte. En faisant éclater une bagarre hors ring, devant témoins... Disons qu'ils sont à présent quittes.

— Je ne lui devais rien ! tonna Éden de sa grosse voix, cette fois-ci bien distincte. Mais je l'ai laissé faire pour qu'il nous fiche la paix. Maintenant, il ne devrait plus jamais revenir. Et s'il revient, je le tue.

J'eus envie, à nouveau, de lui dire de parler moins fort tout en me demandant s'il était sérieux. Mais un mouvement attira mon regard. Adam réagissait à ces mots. Peut-être que la voix de son ami parvenait à le sortir de son sommeil.

Alors j'oubliai les garçons, qui ne me prêtèrent pas attention, et j'observai Adam ; il ouvrit une fois les paupières avant de les refermer longuement, puis de recommencer. Je pris une inspiration profonde, sentant un soulagement indescriptible m'envahir. Un poids énorme dégringola de mes épaules.

— La Belle au bois dormant est réveillée, fit Éden en riant doucement, toujours dans un état second dû aux médicaments qu'il avait ingérés.

— La ferme, marmonna Yohan, soudain attentif à son ami alité.

— Je vais y aller, dis-je en me levant.

Une petite pression sur ma main m'indiqua qu'Adam avait bien conscience de ce qui se passait. Je tentai de le lâcher mais il ne semblait pas vouloir la même chose. Il était encore dans un état de demi-sommeil, il n'avait pas la force nécessaire pour réellement me retenir. Je croisai son regard à travers ses paupières à demi closes, mais ne ressentis rien de plus. Après le soulagement de tout à l'heure, ce fut comme si tout sentiment s'était envolé.

— Tu devrais rester, me dit Yohan avec un acquiescement comme pour m'encourager.

— Je dois y aller.

Je ne dis rien de plus et tournai le dos pour filer hors de la chambre.

J'étais subitement si épuisée que je n'avais qu'une envie : dormir. Je me demandai comment j'avais le culot de penser à ça, alors qu'Adam venait juste d'ouvrir les yeux. C'était sûrement pour mieux me perdre dans l'abîme sans pensée, sans inquiétude et sans souffrance, qu'offrait le sommeil.

Nathan était en train de revenir avec une bouteille d'eau, des chips et des gâteaux qu'il avait dû trouver dans un distributeur, et il s'arrêta lorsqu'il me vit marcher dans sa direction.

— Tout va bien ?

— Oui, Adam a ouvert les yeux, et Éden et Yohan sont près de lui. Ça te dérangerait de me ramener à la maison ? Je suis épuisée et je n'ai aucun moyen de transport.

— Bien sûr. Tu es sûre de vouloir rentrer ?

Je fis oui de la tête.

Nathan entretint la conversation sur le trajet du retour, me forçant à manger quelque chose. Au lieu de quoi, je bus quelques gorgées d'eau sans grande conviction.

Comme nous nous arrêtions devant la maison, je le remerciai, mais il m'arrêta avant que je sorte de la voiture.

— Je connais ce regard, Yéléna. Je n'aime pas ça.

— Ça va passer.

— Ne fais rien d'inconsidéré. Je suis sérieux.

— J'ai juste besoin de me reposer.

Nathan acquiesça avec un long soupir.

— Appelle-moi, si besoin.

J'acquiesçai et sortis à l'air frais. Nathan attendit que j'entre dans la maison avant de repartir.

À l'intérieur, il n'y avait pas un bruit. Je restai dans le sas d'entrée, observant le tableau de nos merveilles de jeunesse, à Ariane et à moi, en tendant l'oreille. Mais rien.

Je retirai alors mes chaussures, et déambulai jusqu'au salon où je vis mon sac, mon téléphone et mes clés sur la table. Jordan avait dû passer pour tout déposer, mais où était-elle à présent ?

Je ne résistai pas à l'idée de m'affaler sur le canapé et, la tête reposée en arrière, les yeux braqués sur le plafond rénové, je ne pus m'empêcher de pleurer à nouveau. La pression de la journée avait été bien trop forte et j'étais littéralement perdue.

Le Chat miaula et vint se poser près de ma tête, comme pour me consoler. Sans savoir pourquoi, cela me fit d'autant plus pleurer. Même ce maudit animal comprenait combien j'étais un cas perdu et me prenait en pitié, alors que nous n'avions jamais été copains.

La crise passée, je remplis sa gamelle et sortis par la porte-fenêtre pour me rendre chez Adam. De la lumière filtrait par les vitres et, si Jordan fit un bond d'un mètre lorsque j'entrai, elle vint à mes côtés la seconde suivante, la main toujours sur le cœur.

— Comment tu vas ? Comment ils vont ? Qu'est-ce qui s'est passé ?

Je lui fis un compte rendu détaillé de chaque seconde qui avait suivi mon départ du restaurant, jusqu'à mon retour, en passant par les explications qu'Éden et Yohan m'avaient données.

— Merci, Seigneur, ils vont bien ! Quand est-ce qu'ils rentrent ?

— Je ne sais pas.

Jordan m'observa intensément, puis passa une main dans mon dos.

— Tu es sûre que ça va ?

— Oui. J'ai juste besoin de repos.

— Alors rentre te coucher. Je peux rester avec Lucas. Je me suis dit que le ramener chez lui, dans un endroit qu'il connaît, le perturberait moins.

— Que lui as-tu dit ?

— Qu'il y a eu un léger accident et qu'Adam a dû aller à l'hôpital.

— Merci. Je vais rester, Jodi. Toi, tu devrais aller te reposer, tu as ton train demain midi.

J'avais conscience que l'intonation de ma voix était monotone, mais j'avais cadenassé mes émotions.

— Tu es sûre ?

J'acquiesçai pour toute réponse et la poussai un peu plus en essayant de la rassurer d'un sourire, quand elle s'inquiéta du fait que je reste seule cette nuit.

Que se passerait-il si je la perdais, elle aussi ?

Je repoussai cette pensée au loin, refusant de me laisser à nouveau submerger par l'inquiétude et montai à l'étage. J'ouvris doucement la porte de la chambre de Lucas, qui ne tarda pas à bouger et à se lever.

— Néna ?

— C'est bien moi, petit monstre. Rendors-toi.

— Il est où, mon papa ?

Je soupirai et entrai dans la chambre décorée à l'image des super-héros Spider-Man et Iron Man. Je vins m'asseoir à même le sol, à côté du petit, que j'invitai d'un signe à se recoucher. Il écouta et se mit à me toucher les cheveux frénétiquement. Sans doute un geste qui le rassurait. Je le laissai faire et lui pinçai doucement la joue.

— Ton papa va bien. Il est toujours à l'hôpital et rentrera dès qu'il pourra.

— Qu'est-ce qu'il a ?

— Il y a eu un léger accident au centre, expliquai-je en reprenant les mots de Jordan. Éden et Yohan sont là-bas avec Adam.

— Et mes tontons vont bien aussi ?

— Oui. Tout le monde va bien. Dors tranquillement, on en parlera demain, si tu veux.

Je posai la tête sur le bord de son lit, et lui caressai le dos, comme pour l'encourager à retomber dans le sommeil. La tête installée sur le coin de son oreiller, il m'observa attentivement et se rapprocha discrètement de moi.

— Et toi, Néna ? Tu vas bien ?

Ma gorge se serra, mais je tins bon et répondis :

— Oui, mon petit monstre. Allez, dors.

— C'est ça que je veux être, Néna.

— Quoi donc ?

— Ton petit monstre.

Je fronçai les sourcils en réfléchissant à ce que je venais de dire et compris que c'était bien ce que j'avais prononcé. Cette marque de possession à son égard, c'était nouveau...

Je ne répondis rien et l'observai sombrer doucement dans le sommeil.

Tôt le lendemain matin, j'appelai Nathan, qui m'informa qu'il allait contacter Marlène, afin de savoir si elle pouvait garder Lucas le temps pour moi de déposer Jordan à la gare. Cette dernière voulut qu'on aille ensemble à l'hôpital avant qu'elle ne prenne son train, mais je déclinai. Je détestais les hôpitaux. Alors Jordan y alla seule et y resta pendant deux bonnes heures. Elle revint un peu avant que Marlène n'arrive, avec Yohan. La présence de ce dernier rassura Lucas, et finalement, Yohan m'informa qu'il resterait avec le petit.

Ce fut Georges qui nous emmena jusqu'à la gare. Dire au revoir à Jordan alourdit mon cœur un peu plus. Elle ne vit rien, car je ne laissai rien filtrer. Ou bien faisait-elle exprès de ne pas relever, pour ne pas anéantir les derniers morceaux de mon cœur intacts, ceux qui me permettaient de tenir.

On dit souvent que la foudre ne s'abat jamais deux

fois au même endroit. Je devais être un paratonnerre dans ce cas, car j'étais certaine d'attirer les foudres de l'univers. C'était la conclusion à laquelle j'étais arrivée en attendant que Jordan s'installe dans sa voiture.

Je restai sur le quai jusqu'à ce que le train se mette en route et même jusqu'à ce qu'il soit hors de vue. Alors je rentrai dans la gare, et m'arrêtai en plein milieu.

Le lieu semblait désert, à l'exception d'un homme de ménage qui effectuait l'entretien des locaux.

Mon regard se porta sur le guichet et, comme un robot, je m'y rendis et demandai un billet pour le prochain départ en direction de la capitale.

Comme un goût d'inachevé.

Comme un goût de déjà-vu.

Il me fallait partir.

Chapitre 25

Assise au milieu de mon salon, je tentais en vain de mettre en ordre les tonnes de papiers qui m'entouraient. Sans parler de tous les courriers qui étaient arrivés pendant mon absence. Ma boîte aux lettres avait été pleine à craquer, et tout reposait sur la table quelque part derrière moi.

Revenir ici avait toujours été mon objectif, pourtant me trouver là, dans mon ancienne vie, me paraissait comme un mauvais rêve. Un retour brutal à la réalité. Ma vision des choses et de la vie en général avait tellement évolué... Elle avait même viré à 380°. Ce que j'avais considéré comme un cauchemar était devenu ma maison, et ma maison était aujourd'hui un cauchemar. Et ça n'avait rien à voir avec le désordre qui régnait dedans.

Mon téléphone vibra à mes côtés et je vis le nom de Jordan s'afficher à l'écran. Je décrochai :

— Il vient de m'appeler.

Cette simple phrase résonna de toutes parts dans mon corps, comme une vibration sans fin. J'étais avide de ses nouvelles, mais terrifiée à la fois. J'avais quitté Rosebaie sans un mot. Malgré tout, je n'imaginais pas sa colère, entre autres. C'était enfantin, mais je n'avais pas le courage de l'affronter pour le moment.

Je me hissai sur le canapé, le ventre noué.

— Il va bien ?

— Oui, il va très bien, mais il est toujours à l'hôpital.

— D'accord, merci, Jodi. Il t'a dit autre chose ?

Je l'entendis soupirer tristement.

— Il est très inquiet, Yéléna. Et je crois qu'il est furax, même s'il se contient.

À mon tour, je soupirai en me sentant aussi angoissée que lamentable. Pourtant, j'avais besoin d'ordre, et je n'étais pas prête à lui faire face.

— Je le contacterai.

— Tu devrais le faire maintenant.

— Bientôt.

Jordan marmonna quelque chose que je ne compris pas, puis elle grogna franchement :

— Je suis devant ta porte, viens m'ouvrir.

Je haussai les sourcils, surprise, et m'exécutai. Le téléphone toujours à l'oreille, j'ouvris la porte sur Jordan qui entra telle une petite tornade. Elle raccrocha, mais toujours surprise, je gardai le téléphone en place.

— Pourquoi venir jusqu'ici ? demandai-je en refermant le battant.

Elle observa l'appartement qui était sens dessus dessous, puis me fit face.

— Il est plus de 18 heures, j'ai fini le travail et je me suis dit qu'il allait falloir que je vienne jusqu'ici pour te secouer. Tu as besoin de temps et tu en as ici, mais ça fait deux jours maintenant que tu es revenue. Tu ne peux pas rester enfermée dans un si long silence sans donner de nouvelles.

— Pourtant, tu m'appelles tous les jours, je ne te laisse pas sans nouvelles.

Jordan fronça les sourcils et secoua la tête.

— Je ne te parle pas de moi, Yéléna.

— Tu ne comprends pas.

Pour la première fois de ma vie, je la vis agacée à mon encontre.

— Non, tu as raison, rétorqua-t-elle en levant les bras pour les relâcher le long du corps. Et je ne pourrai sûrement jamais réellement comprendre, parce que ta vie est différente de la mienne et bien évidemment, on n'a pas vécu les mêmes choses. Alors, non, je ne comprendrai jamais. Mais je ne suis pour autant pas aveugle et je t'ai vue, toi, depuis plusieurs mois, t'ouvrir à des choses qui paraissaient impossibles avant. J'ai découvert la vraie Yéléna et puis je te vois maintenant, te refermer et cloisonner tout ce qui t'entoure. Là où je veux en venir, c'est que j'ai peur que tu puisses te replier sur toi-même au point de ne plus t'ouvrir, et je refuse que tu passes à côté de ta vie. À côté du bonheur qui n'est pourtant pas très loin.

— Tu as une vision erronée de la vie, Jodi. Rien n'est fait pour vraiment durer.

— Arrête tes bêtises. Tu te confortes seulement dans cette idée, mais c'est faux. Tu crains tellement que tes peurs se réalisent que tu préfères imaginer le pire pour ne pas être surprise. La seule barrière qui se dresse est celle que tu t'imposes à toi-même.

— Tu sais pourtant que je suis revenue ici pour

mettre de l'ordre dans mes affaires. Je ne compte pas rester indéfiniment.

— Mais tu te caches aussi derrière cette excuse pour ne pas affronter qui que ce soit. Regarde ton appartement. D'habitude, il est rangé au centimètre près, aujourd'hui, il ressemble à un champ de bataille. Tu crées ce désastre pour te donner une raison de rester.

Je me sentis agacée par cette conversation. C'était le serpent qui se mordait le bout de la queue. Jordan me ramenait vers tout ce que, pour le moment, je ne voulais pas affronter.

— Arrête de fuir, finit-elle par dire.

— Je ne fuis pas. Laisse-moi jusqu'à demain, et je l'appellerai.

— J'espère qu'il ne sera pas trop tard.

Je tiquai sur ses mots et m'inquiétai.

— Pourquoi ? Qu'est-ce que tu ne me dis pas ?

— Rien. C'est juste que si toi tu as besoin de temps, lui en a aussi maintenant pour réfléchir. Chaque acte a une conséquence, mais je ne disais pas ça pour te faire peur.

Bien sûr qu'elle voulait me faire peur, me dis-je en la foudroyant du regard. Mais j'avais encore besoin d'un peu de temps.

— Demain, répétai-je plus fermement. Je l'appellerai demain. En attendant, je fais du tri.

Jordan me fit une petite moue contrariée, puis remonta ses lunettes sur le haut de son nez en finissant par acquiescer. Je ne savais pas ce qui se passait dans sa tête, mais avec elle, j'étais prête à tout.

— On se retrouve pour aller manger ? demanda-t-elle

en retrouvant sa bonne humeur habituelle. Japonais ? À 20 heures, près de la Concorde ? Comme on le faisait avant.

J'acquiesçai vivement. S'il y avait bien une chose qui me manquait ici, c'était la multitude de restaurants pour tous les goûts.

— Je file, alors, dit-elle en se dirigeant vers la sortie d'un pas léger. Je t'envoie l'adresse par message.

Il était un peu plus de 21 h 30 lorsqu'on quitta le restaurant après avoir mangé comme quatre. J'eus, pendant quelques heures, l'impression que tout n'avait été qu'un rêve et que rien n'avait changé. Que j'irais au travail le lendemain, retrouver Jordan. Que je rentrerais ensuite paisiblement dans ma maison, comme j'en avais l'habitude. Mais il n'en était rien. Le changement de vie que j'avais vécu ces derniers mois avait bel et bien eu lieu, et il me fallait toujours remettre cette vie d'avant et d'après en ordre.

On déambula sur la place de la Concorde pendant un moment, avant que Jordan ne m'annonce qu'elle devait rentrer. Elle irait au travail le lendemain. Moi, non.

Je la regardai s'en aller, puis me tournai vers la Fontaine des Mers. La nuit était déjà bien tombée, les réverbères étaient allumés, offrant à la place un effet presque irréel, baignée d'or, qui se reflétait sur le sol humide après une courte averse tombée plus tôt.

La sublime fontaine en bronze noir et vert, avec des dorures de toutes parts, crachait de l'eau via les différentes statues. Plus loin, l'obélisque de la Concorde trônait, illuminé et doré lui aussi. Je savais que, derrière moi, au loin, la tour Eiffel se dressait derrière les bas immeubles, tout aussi dorée que les autres monuments. Je n'avais pas de mot pour dire à quel point j'aimais cette ville. Les bâtiments haussmanniens avaient été la raison qui m'avait rendue amoureuse lorsque j'étais arrivée à Paris. Plus tard, les monuments et l'ambiance de cette ville, qui ne dormait jamais, m'avaient confortée dans l'idée qu'elle deviendrait mon chez-moi.

Mais ce soir, j'avais l'impression d'y être étrangère.

J'observais les touristes prendre des photos, tout en me laissant bercer par le bruit de l'eau. Pourtant, si je m'étais toujours sentie en paix à cet endroit, ce soir, une agitation certaine bouillait en moi. Ma vie entière était en chantier et mes émotions en fusion. Je savais que mes décisions avaient été prises depuis plusieurs semaines déjà, mais c'était comme si je n'arrivais pas à sauter du pont sur lequel je me trouvais. Comme si la corde me rattachant à ma vie d'avant refusait de se couper.

Et si je faisais une erreur ? Et si le retour en arrière n'était plus possible ensuite ?

Je levai la tête en direction du ciel, où les étoiles n'étaient pas visibles. Des tonnes de questions muettes me traversèrent l'esprit, dont la réponse m'échappait. C'était comme être prise au piège dans une cage en essayant d'en sortir sans pour autant avoir la clé... Ou bien était-ce simplement que je ne voulais pas la trouver ?

Je soupirai en reportant mon attention sur l'eau de la fontaine. À travers les jets, le visage d'Adam se dessina. Un autre de mes troubles d'amoureuse que je détestais : je le voyais partout. Ce qui était assez étrange, c'était que cette fois, les traits d'Adam disparurent au profit de ceux... d'Éden.

Je fronçai les sourcils en voyant Jordan tenter de le pousser, en échouant lamentablement. N'était-elle pas partie ? Cette pensée me sortit de mon état de transe et je compris que ce n'était pas une hallucination, même si j'aurais préféré. Qu'est-ce qu'Éden pouvait bien faire ici ?

Prise de panique, je regardai autour de moi, m'attendant à voir Adam débarquer... mais rien.

Alors, sur la réserve, je me rendis près d'Éden et Jordan, et je pus entendre leurs chamailleries.

Doublepatte et Patachon, le retour.

— Je t'avais dit de ne pas venir, pestait Jordan les mains sur les hanches. En plus tu es à moitié fracassé ! Conduire dans ton état est bien trop dangereux, gros bêta.

— Premièrement, je ne suis pas gros. Deuxièmement, je conduis une voiture automatique, je n'ai besoin que de ma jambe droite. Troisièmement, je suis venu pour Lucas et non pour toi.

J'analysai Éden, qui était muni de béquilles, et vis sa jambe maintenue par un plâtre. Son visage était encore gonflé, et ses yeux en amande semblaient d'autant plus étirés, mais au moins, il n'était plus dans l'état second qu'il avait connu à l'hôpital.

— Adam va te tuer, quand il saura.

— Je sais. Mais pour l'instant, il pense que le petit est avec Yohan pour la nuit, puisque lui-même est censé sortir de l'hôpital demain après quelques derniers examens. Avec un peu de chance, on sera rentrés avant lui.

— Et toi, comment ça se fait que tu sois déjà sorti ?

— Parce que je suis un grand gaillard robuste. Pas gros. Juste robuste. Prends note.

Jordan leva les yeux au ciel, mais sembla en partie soulagée de le voir sur pied. Une fois leur petite dispute finie, le duo se tourna vers moi. Ou devrais-je dire : le trio. Une bouille d'ange apparut derrière la carrure imposante d'Éden. J'en oubliai pendant un moment toutes les inquiétudes qui m'avaient envahie en les entendant parler d'Adam.

— Mais... Lucas, qu'est-ce que tu fais là ? demandai-je, stupéfaite.

L'enfant haussa les épaules, restant en retrait, comme s'il s'attendait à ce que je le dispute, et dit d'une petite voix :

— Tu as dit que tu reviendrais.

J'ouvris la bouche sans pour autant savoir quoi dire. J'eus envie de pleurer tellement je me sentis pitoyable. Je n'étais pas quelqu'un de fiable, ni quelqu'un de bien, au fond. Pourtant, je m'en voulais et je regrettais que ce petit monstre découvre ce détail.

Je m'accroupis devant lui, écartai les petites boucles qui retombaient devant ses yeux et soupirai.

— Je suis désolée.

Je ne me rappelais pas la dernière fois que je m'étais excusée auprès de quelqu'un. Mais l'enfant en moi refusait que ce petit monstre puisse être déçu par un adulte, comme je l'avais été tant de fois.

— Je vais revenir, dis-je doucement. J'avais juste besoin d'un peu de temps pour tout mettre en ordre.

— Alors, je peux t'aider ?

Je souris et lançai un coup d'œil inquiet à Jordan,

qui avait eu raison. J'avais mis un bazar sans nom chez moi pour repousser le moment de tout lâcher et sauter. Sauter dans la vie à Rosebaie une bonne fois pour toutes.

— Je suis certaine qu'en s'y mettant rapidement, on peut le faire, dit alors Jordan en me faisant un clin d'œil, ravie.

Elle savait que je ne pouvais maintenant plus retarder mon départ définitif et semblait heureuse de ce constat.

— Tu dois travailler, demain.

— Ça me rappellera nos gueules de bois de bon matin au bureau.

J'esquissai un sourire mais ce dernier retomba rapidement. Lucas posa les mains sur mes joues et souffla tout doucement :

— T'es trop belle comme ça, Néna.

Je portais une robe à fleurs qui tombait à mi-mollet, ainsi que des escarpins. Mes cheveux, qui avaient bien poussé depuis plusieurs mois, étaient retenus par des pinces. J'étais aussi légèrement maquillée. Toutes ces choses que j'avais abandonnées à Rosebaie.

— Merci, petit monstre.

Éden nous conduisit jusque chez moi. Mon appartement me parut très petit lorsqu'on entra à quatre dedans. Je pris également conscience du bazar que j'avais mis et m'en sentis honteuse.

— Je prépare tes valises de vêtements, déclara Jordan. Prends tes papiers les plus importants et je pense qu'ensuite tu n'auras qu'à m'indiquer quoi faire de tes affaires par téléphone. On ne devrait pas en avoir pour si longtemps.

— Tu me vires vraiment de chez moi ?

— Ce n'est plus chez toi depuis un moment, Yéléna. Et non, je ne te vire pas, j'ai juste peur que tu changes d'avis. Laisse-moi être ton assistante une dernière fois. Délègue-moi tout et je t'assure que d'ici la date de l'état des lieux, tout sera parfaitement *clean* et vidé.

J'acquiesçai en paniquant un peu, mais je mis le nez dans mes papiers en ignorant ce sentiment.

Lucas regarda la télé, tandis qu'Éden triait le courrier.

— Adam connaît ton adresse ? demanda-t-il. Comment a-t-il fait pour t'envoyer une lettre aussi rapidement ?

— Une lettre ? fis-je en me relevant. Ça m'étonnerait. Je ne me rappelle pas lui avoir donné mon adresse, ici.

— Pourtant, c'est bien son écriture.

Alors je compris. La lettre. *La dernière.* Celle qu'il m'avait indiqué avoir envoyée lorsque mon père allait mourir. J'étais surprise de ne pas l'avoir reçue avant mon départ, elle avait surement mis du temps à arriver.

Je pris l'enveloppe, puis la tapotai contre mon autre main, avant de décider de ne pas mettre le nez à l'intérieur. Je plaçai la lettre dans mon sac à main et l'oubliai. Ou plutôt j'essayai.

Ce ne fut que très tardivement dans la soirée que Jordan donna le signal de tout arrêter. J'ordonnai à Éden de prendre la chambre avec Lucas, tandis que je dormirais sur le canapé. Je ne comptais pas vraiment m'arrêter de ranger.

Jordan me signala qu'elle m'appellerait le lendemain, puis s'en alla avec un sourire rassurant.

— Lucas dort déjà, me dit Éden en s'affalant à l'autre bout du canapé.

— Tu devrais aller dormir, toi aussi. On a de la route à faire demain, si je ne me trompe pas, et je n'ai pas le permis.

— Jordan m'a dit de ne pas te laisser trop réfléchir, alors je reste avec toi, ici, et je suis peut-être con, mais je lui obéis.

— Tout le monde lui obéit, rétorquai-je, tout sourires, en me frottant le visage. Tu n'aurais pas dû venir, Éden. Tu aurais dû te reposer. Toi aussi tu as été blessé, et faire toute cette route, ce n'est pas bon.

— Ah ! Mais qui aurait pu rapporter tes cartons et tes valises, dans ce cas ?

Je souris et ne pus qu'être d'accord.

— Ce n'est quand même pas prudent.

— Je n'aurais jamais pris la route si j'avais cru qu'il y aurait le moindre danger, surtout avec Lucas.

— Je comptais revenir dans tous les cas, tu sais...

— Oui, mais c'est mieux si tu reviens avant qu'Adam ne sorte. En toute franchise, c'est pas beau à voir. Il devient fou de ne pas avoir de tes nouvelles. Je n'aime pas le savoir comme ça. Ni lui, ni Lucas... ni toi. Des choses tragiques se sont passées dans ta vie, mais aussi dans celle d'Adam. Il ne le dira jamais, mais sa plus grande peur est d'être abandonné, comme il l'a déjà été par sa mère.

Comme si les engrenages se mettaient en route, je compris que c'était bien le sentiment que je pouvais donner à Adam. Quelle abominable personne étais-je ?

— Pourquoi tu me dis tout ça ? m'enquis-je presque en chuchotant, tant ma gorge me faisait souffrir.

— Sûrement parce que je suis fatigué et que j'ai

tendance à divulguer des secrets quand je suis épuisé… ou soûl. Ça marche aussi. Mais plus sérieusement, je veux que tu comprennes que pour chacun d'entre nous, tu es bien plus qu'une simple habitante de Clairevaux. On t'apprécie et Adam t'a manifestement dans la peau. Je n'ai pas envie de voir mon pote souffrir et encore moins pour des raisons – que j'ignore bien sûr – qui seront forcément négligeables comparées au sentiment de perte et à la souffrance que ça engendre. Faut que je dorme, je parle trop.

Il avait raison. C'était la première fois que j'entendais Éden déblatérer de la sorte et aussi sérieusement. Ce qu'il m'avait dit me donnait envie de partir pour Rosebaie maintenant.

— Je suis revenue ici parce qu'il me fallait quitter cet appartement pour de bon. Et j'avais besoin de prendre un peu de recul.

— Eh bien profite, dans ce cas. Parce que demain matin, je t'emmène quoi que tu dises. Garde le secret de ma venue, par contre. Adam me zigouillerait s'il savait que j'ai embarqué son fils à des centaines de kilomètres de lui.

— Bonne chance pour que Lucas tienne sa langue aussi, alors.

Il me lança un regard dépité en comprenant que ce serait impossible. Surtout maintenant que Lucas avait découvert certains monuments pour la première fois de sa vie avec émerveillement, un peu plus tôt dans la soirée. Il était certain que le petit voudrait partager ça avec son père.

— Je vais commencer à trouver mille excuses, dit-il

en se déplaçant avec un grognement de douleur pour rejoindre la chambre. Je m'en sortirai.

Je ricanai et soupirai dans la foulée. Mon téléphone étant posé un peu plus loin, je ne résistai pas à l'envie de relire les messages qu'Adam m'avait envoyés.

Je m'en voulais atrocement.

Toute ma vie n'avait tourné qu'autour d'Ariane, puis uniquement de moi-même lorsque j'étais arrivée à Paris. Depuis, je n'avais été que purement égoïste, sans penser à ce qu'Adam pouvait ressentir en me voyant partir comme je l'avais fait.

Je n'étais pas prête à l'affronter et surtout, à faire face à mes erreurs. C'étaient mes peurs qui m'avaient fait partir...

Jordan avait raison : j'avais fui. Alors, je reposai mon téléphone en le verrouillant ; j'étais incapable d'avouer et de justifier mon égoïsme. J'avais toujours été d'une franchise glaçante, mais je n'y arrivais plus. La glace était brisée depuis un moment déjà. Et j'étais terrifiée à l'idée qu'Adam puisse me voir comme la mauvaise personne que j'étais.

Pourtant, je comprenais...

Maintenant, je comprenais que je n'étais plus seule. En dehors de Jordan, j'avais de nouvelles personnes sur qui compter et qui comptaient aussi sur moi.

À présent... j'avais des amis et une famille.

Chapitre 26

Adam

J'avais réussi à tenir trois jours, sans savoir comment. J'étais comme une bombe à retardement. Dehors, le chaos régnait, et j'étais dans ce stupide hôpital à laisser le désastre se dérouler. Du moins, c'était comme ça que je ressentais les choses. Le quatrième jour, je bouillonnais tant que les infirmiers et les médecins évitaient de me parler.

16 heures.

Ils me laissèrent partir à cette heure-là, comme pour mieux me pousser à bout.

Quand j'avais ouvert les yeux, quelque chose dans le regard de Yéléna m'avait indiqué très clairement que, si elle était présente physiquement, son esprit était loin. Loin de moi. Ça me faisait mal de l'admettre, mais c'était réel : j'avais fait le con. Pourquoi mon côté impulsif était-il ressorti à ce moment-là ? Voir mes amis – ma seule famille – malmenés m'avait fait voir rouge, pourtant, j'étais sûr que j'avais enterré cette facette de moi-même. Il fallait croire que le dicton « Chassez le naturel, il revient toujours au galop » était bien vrai. Cette corde-là était bien trop sensible.

Comme un lion en cage depuis que j'avais compris que Yéléna était partie, je n'avais cessé de tenter de la contacter, sans succès. La seule personne qui m'avait permis de relativiser, c'était Jordan. Ni les blagues foireuses de Yohan, ni l'assurance d'Éden n'avaient réussi à m'apaiser. Peut-être que la voix de mon fils avait marché en partie, mais seulement pour quelques minutes, le temps de l'appel. Dès qu'on raccrochait, tout me revenait en pleine face.

Mon corps n'était que douleur, mais ce n'était rien comparé à la culpabilité que je ressentais, et aussi à la colère. Mes côtes me faisaient souffrir, comme si elles m'emprisonnaient le cœur et comprimaient mes poumons. Chaque respiration était difficile, et je n'étais pas certain que le fait d'avoir été renversé par une voiture en soit la seule raison.

Je détestais l'idée que Yéléna s'enferme quelque part loin de moi, à broyer du noir. Ou pire, qu'elle soit partie pour mettre de la distance. J'ignorais la raison de son silence, mais cela n'indiquait rien de bon.

Je récupérai les papiers obligatoires au secrétariat, ainsi que l'ordonnance pour des médicaments, puis fuis cet endroit qui ne représentait rien d'autre qu'une cage aseptisée.

— Éden ne devait pas venir me chercher ? demandai-je en montant dans la voiture de Yohan. Il n'a pas répondu à mes appels.

— Il est avec Lucas. Il rentrera un peu plus tard,

comme ça tu as le temps de te poser un peu tranquillement chez toi.

J'acquiesçai en me disant que voir mon fils ne pouvait pas me faire de mal, mais je savais aussi que je n'étais pas dans mon état normal. C'était mieux ainsi, et je m'en remis au jugement de mes amis. Je m'enfermai ensuite dans mes pensées, la tête tournée en direction de la fenêtre entrouverte. L'air frais me fit le plus grand bien, mais je me retins tout de même d'enjoindre à Yohan d'accélérer. J'avais déjà perdu trop de temps.

Une fois à la maison, je filai prendre une douche et constatai réellement les dégâts que j'avais subis. Des ecchymoses encore bien visibles, des coupures plus ou moins profondes par endroits... et si je ne les voyais pas, je sentais me démanger, à la base de la nuque, les fils chirurgicaux posés sur la blessure due à une mauvaise réception après avoir été renversé. Je suppose que je m'en sortais plutôt bien.

Je restai longuement sous l'eau chaude, malgré la chaleur extérieure. J'avais besoin de délasser mes muscles contractés et de me détendre. Pourtant, la même pensée trottait dans mon esprit : et si elle avait tourné la page ? Si elle était mieux sans moi... Qui étais-je pour venir encore perturber son monde ? Exiger des explications ou lui demander de m'aimer encore ?

Pensées que je chassai immédiatement. Je refusais de croire que ça pouvait être ainsi.

La première fois que je lui avais parlé, je l'avais prise pour une personne imbue d'elle-même, hautaine, presque méprisante. Malgré tout, je l'avais aussi trouvée rafraîchissante, attirante, et j'avais admiré sa franchise brute. Je n'avais rien compris d'elle jusqu'à ce fameux jour, sur le ring, où elle m'avait balancé son poing. Puis au cimetière, où je l'avais entendue cracher sa peine. Et enfin lorsqu'elle avait tout raconté à Jordan sur la terrasse. Je n'aurais pas dû, mais j'avais tout écouté et ça avait été l'instant où les dernières pièces de son puzzle s'étaient mises en place, me permettant de la comprendre. Et d'enfin briser la carapace qu'elle avait revêtue.

Lucas avait eu depuis le début une sorte de fascination à l'encontre de Yéléna, ce qui avait renforcé ma propre curiosité. Le jour où elle avait pris sa défense devant l'école était définitivement le moment où j'étais tombé amoureux d'elle.

Non.

Je me mentais, c'était bien avant ça, mais ce fut l'instant où j'en pris parfaitement conscience.

Je me frottai vigoureusement le visage, puis coupai l'eau.

J'enfilai un pantalon noir simple, puis une chemise tout aussi sombre. Je retroussai les manches sur mes avant-bras, et descendis au salon, une main posée sur mes côtes douloureuses.

— Ça va mieux ? s'enquit Yohan affalé sur le canapé, son bras - qui avait subi une luxation - reposant en écharpe.

— On va dire ça. Quand est-ce qu'Éden arrive ?

— Il devrait être tout proche, je pense.

Je ne résistais pas et tentai une nouvelle fois de l'appeler. Sans succès. J'avais envie de m'activer et me demandai s'il était trop tard pour prendre la route. Je finis par m'endormir devant la télé à force de les attendre, mon téléphone en main, comme si j'attendais un appel.

Je me réveillai, surpris d'avoir sombré, puis regardai l'heure, étonné que la maison soit toujours si calme. Même Yohan n'était plus là.

Alors, l'inquiétude prit le dessus. J'étais sur le point de tous les appeler, quand j'entendis des rires à l'extérieur, près de l'entrée. Rires que j'aurais reconnus entre mille.

Je fonçai jusqu'au perron devant lequel Yohan, Éden et Lucas marchaient tranquillement en direction de la maison. Étrangement, la voiture d'Éden se trouvait devant chez Yéléna et non devant chez moi. Je ne résistai pas à l'envie de jeter un coup d'œil dans la direction de sa maison en sentant mes côtes se resserrer un peu plus.

Lucas me sauta dessus et si sa petite force me fit souffrir, je ne dis rien, savourant nos retrouvailles. Il me raconta des tonnes de choses, tout en me posant mille questions sur mon état. Le voir plein d'énergie me revigora.

— Papa ? Est-ce que tu t'es battu avec les tontons ?

— Non, mon grand. Même s'ils mériteraient que je leur botte les fesses.

Après tout, Éden m'avait avoué s'être laissé faire pour en finir une bonne fois pour toutes avec Stephan, et Yohan avait aussi attisé le feu, comme à son habitude.

— Attends que je me sois rétabli, grogna Éden. D'ailleurs, on va manger dans le centre-ville et aller au cinéma.

Il me donna une tape douloureuse sur l'épaule.

J'encaissai en serrant les dents, me promettant de lui rendre le double.

— Amusez-vous bien. On se fera une soirée cinéma à la maison avec Lucas, qu'est-ce que t'en dis ?

— Je veux aller avec les tontons, répondit l'intéressé.

Je soupirai en fusillant mes amis du regard. J'aurais pourtant cru que Lucas aurait préféré passer la soirée avec moi. Sans savoir pourquoi, je me demandai si tous les trois n'avaient pas comploté dans mon dos.

— Tu me caches quelque chose ? demandai-je à mon fils qui se cachait le visage dans mon cou.

— C'est notre secret, répondit Éden avec un sourire gêné.

— Dis-moi, chuchotai-je, complice, à Lucas, qui resserra les bras autour de mon cou pour ne pas avoir à affronter mon regard.

— Je ne peux pas, mais bientôt je te raconterai tout, papa. Promis.

Je souris, victorieux. Mon fils n'avait pas de secret pour moi. Tant qu'il me disait tout, ça me convenait.

Je les regardai s'en aller, en percutant trop tardivement que ces enfoirés ne m'avaient même pas convié à leur soirée.

Je retournai dans le salon en relisant les derniers messages envoyés, puis éteignis la télé, me retrouvant dans une pénombre désagréable. Je voulus allumer la lumière, mais me figeai. Dans le jardin, sous l'unique arbre du terrain de ma voisine, se trouvait Yéléna, assise sur la chaise suspendue.

Je ne clignai pas des yeux, craignant de faire disparaître cette image. Je me rapprochai de la baie vitrée, puis écartai le rideau et compris que je ne rêvais pas. Je pris alors une profonde inspiration et sentis un soulagement si intense qu'aucun mot ne pouvait le qualifier. Elle portait un jean un peu trop grand, retroussé sur ses chevilles, ainsi qu'un débardeur. Quoi qu'elle porte, tout lui allait.

Yéléna était magnifique.

Je n'attendis pas et, le cœur battant à tout rompre, poussai la porte-fenêtre pour la rejoindre. Soudain, je compris que c'était sûrement le secret qu'avait retenu Lucas.

Le soleil se couchait, le ciel s'obscurcissait doucement, mais je pouvais voir chaque détail d'elle. Je restai un instant à l'écart, l'observant, un peu stressé sans savoir ce que j'allais bien pouvoir lui dire. Pourtant, ce n'était pas faute d'y avoir réfléchi pendant presque quatre jours. Mais à cet instant précis, mes idées étaient bien trop désordonnées.

Je me passai une main sur le visage, comme pour me ressaisir. Ce geste dut attirer son attention, car elle tourna la tête dans ma direction.

Nos regards se crochetèrent, et plus rien ne sembla bouger tout autour.

Il n'y avait plus que nous, figés dans le temps.

Yéléna fut la première à baisser les yeux. Mes craintes revinrent de plus belle. C'était comme si elle remettait un mur entre nous. Je détestais ça. Pour autant je ne la laisserais plus filer.

J'avais réussi une fois à la laisser ouvrir son cœur, alors je me promis d'y arriver à nouveau.

Chapitre 27

— Comment tu vas ? demandai-je bêtement pour tenter de briser la glace une fois près d'elle.

— C'est à moi de te demander ça.

Elle avait les mains jointes devant elle, je laissai les miennes enfoncées profondément dans mes poches ; elles ne demandaient qu'à la toucher.

— Comme tu peux le voir, je suis sur pied.

Elle acquiesça en m'analysant à nouveau. Ses yeux marron semblaient tristes, quand bien même elle tentait d'élever une barrière entre ses émotions et elle-même. J'étais toujours aussi ébahi de voir à quel point je pouvais lire à travers ses lignes, mais surtout la comprendre, elle. Sauf que, cette fois-ci, j'avais parfaitement conscience que la frontière érigée l'était aussi entre elle et moi.

La compression de ma cage thoracique se fit plus intense.

— Tu veux bien qu'on aille s'asseoir ? demanda-t-elle simplement. J'ai besoin de bouger et… de marcher même si ce n'est que pour dix mètres.

— Bien sûr.

On s'éloigna alors de la balançoire pour rejoindre la

terrasse en silence. Il y avait un inconfort réel fait de non-dits entre nous, ça m'énervait presque.

Il fallait que je parle, mais je ne savais pas du tout par où commencer. Je devais lui dire tellement de choses, mais j'avais conscience qu'elle souhaitait bouger pour ne pas affronter mon regard. Malgré tout, je me lançai :

— Je suis content que tu sois là.

— Moi aussi. Et pardon de ne pas avoir donné de nouvelles.

— Je sais que je t'ai fait peur, Yéléna. Et j'aimerais te dire que j'aurais pu agir différemment, mais je crois que ça serait te mentir.

— Je sais. Une part de moi te comprend.

— Alors pourquoi tu es partie comme tu l'as fait ?

Elle inspira profondément, puis s'installa dans le fauteuil à une place, comme pour s'assurer que je ne viendrais pas m'asseoir à ses côtés. C'était mal me connaître : je me posai sur la petite table tressée, juste devant elle. Si Yéléna fuyait mon regard, de mon côté, je ne voulais pas la perdre de vue.

— Parce que j'avais besoin d'ordre, m'expliqua-t-elle. De faire le tri et de prendre un peu de recul.

— Pourquoi ?

Je connaissais la réponse en partie, mais j'avais besoin de l'entendre.

— Parce que... j'ai eu peur.

— Ce n'est pas la seule raison.

Elle leva la tête en direction du toit, comme pour étirer sa nuque, puis la baissa vers le sol. Elle m'avoua :

— Je souhaite parfois ne jamais t'avoir aimé, Adam.

Outch.

J'avais pensé à beaucoup de choses, mais pas à ça. Dans ma tête, des tonnes de pensées passèrent, toutes en rapport avec une solution possible vis-à-vis du problème qu'elle venait de me poser.

Comment pouvais-je lui redonner l'envie de m'aimer ? Et pourquoi parler au passé ?

Elle osa me lancer un regard, qu'elle détourna rapidement. Qu'avait-elle vu ? Je tentai de me détendre pour ne rien montrer de ma frustration et de ma colère sous-jacentes.

— Pourquoi ? dis-je encore.

— Parce que je suis incapable de gérer correctement mes émotions quand il s'agit des gens que j'aime.

— C'est aussi la raison qui m'a fait agir comme je l'ai fait.

— Tu aurais pu mourir, Adam !

La colère, ou la frustration, sortait enfin.

— Mais je suis là.

— Est-ce que tu imagines ce qui a pu se passer dans ma tête quand j'ai vu cette voiture te renverser ? Est-ce que tu as seulement pris en compte les gens qui t'entourent quand tu as foncé tête baissée en direction de ces fous furieux ?

— Non, je n'étais plus vraiment moi-même.

Je sortis les mains de mes poches et me rapprochai discrètement de Yéléna en me penchant dans sa direction. Je détestais ce mur entre nous, et j'étais incapable de me retenir de le faire tomber brique par brique. Cette distance m'était insupportable.

— Tu devrais y penser. Tu gardes toujours ton

self-control dans n'importe quelle situation. Tu aurais dû te contrôler, là aussi ! Tu as un fils, je te rappelle.

— Et je t'ai, toi.

Il fallait qu'elle arrête de se dissocier de moi. C'était aussi une chose qui allait me faire perdre la tête si elle continuait.

— Tu ne comprends pas.

— Alors explique-moi.

Elle expira bruyamment et se prit la tête entre les mains. Les miennes me hurlaient de la toucher, de la réconforter, de la rassurer. Mais je savais aussi que ce n'était pas le moment.

— Je me tiens constamment loin de toute relation amicale ou amoureuse, parce que je refuse de m'attacher à qui que ce soit. Jordan est une exception. Quand ma sœur est morte, je n'ai rien pu faire, Adam. Elle était dans cette voiture en flammes, et personne n'a rien pu faire pour l'en sortir avant qu'il ne soit trop tard. Et toi... J'ai vu cette voiture te renverser. J'étais trop loin, impuissante, et j'ai cru mourir quand le choc a eu lieu. Je ne veux pas revivre ça. Je refuse de m'infliger ce genre de souffrance.

— Donc tu laisses tomber ? Moi compris ? Lucas aussi ?

— Ce n'est pas ce que je dis. Je t'explique pourquoi j'ai eu besoin de partir.

Je jurai qu'en cet instant, l'esprit féminin m'échappait totalement. Alors qu'habituellement, je comprenais Yéléna, cette fois, les interlignes étaient brouillées.

Yéléna dut voir mon incompréhension, car elle expliqua :

— J'ai eu besoin de prendre de la distance avec mes

émotions. Avec toi aussi, mais pas pour les raisons que tu imagines. L'idée de te perdre m'est insupportable. Et c'est aussi la raison pour laquelle j'aimerais ne pas t'aimer. Parce que t'aimer veut aussi dire que, un jour ou l'autre, l'un de nous enterrera l'autre. Et qu'est-ce que je ferai si c'est toi qui pars le premier ?

Yéléna releva le visage dans ma direction, et je vis l'inquiétude marquer ses jolis traits, sans parler des larmes qu'elle tentait de retenir.

Cette fois-ci, je ne me contins pas et posai une main sur la sienne et l'autre sur sa joue. J'essuyai du pouce la larme unique qui coula sur sa peau. Je me rapprochai encore d'elle jusqu'à ce que nos visages soient tout près l'un de l'autre.

Yéléna avait été traumatisée par le décès de sa sœur, et n'avait jamais réellement fait le deuil de sa perte. Elle avait une manière de penser qui n'était pas habituelle, dans laquelle la mort rôdait dans chaque coin.

Malheureusement, c'était une chose que j'étais incapable de combattre.

— Je ne peux pas te promettre que tout ira bien dans le meilleur des mondes, Yéléna. La vie est faite d'épreuves incontrôlables, mais également de joies immenses. Alors effectivement, je ne peux pas t'assurer que la mort ne prendra pas un de nous, ou nos proches, à tout moment, mais je peux te promettre que je ferai de mon mieux pour que tout se passe aussi bien que possible. Je peux te promettre de t'aimer et de rester à tes côtés, tant que tu voudras de moi.

Elle renifla, s'écarta et se leva. Yéléna s'essuya la joue et resta plantée debout, le dos tourné, au bord du jardin. Je n'aimais pas cette distance qu'elle mettait entre nous, à nouveau.

— Quand je t'écoute, tout me paraît si simple.

Je me levai et vins contre son dos. Mes mains se posèrent sur ses épaules, et, bien que l'envie qui me traversait soit de la serrer dans mes bras, je me retins. J'avais besoin qu'elle le veuille vraiment, qu'elle me donne son consentement et que ce mur tombe définitivement.

Elle se tourna dans ma direction, sans pour autant reculer. C'était une bonne avancée. Même si sa coiffure était parfaite, je remis des cheveux imaginaires derrière son oreille. C'était plus fort que moi, il fallait que je la touche.

— Parce que ça l'est, répondis-je sincèrement.

— Alors pourquoi plus je t'aime, et plus j'ai mal ?

Je me mordis la lèvre inférieure avec force pour me contenir de faire tout geste, comme l'embrasser et l'enfermer à tout jamais contre moi. J'étais tout aussi inquiet que rempli d'euphorie par ce que cette phrase signifiait. C'était ridicule.

Au lieu de ça, je répondis :

— Je pense que c'est parce que tu tentes de combattre tes sentiments. Mais j'espère que tu perdras à ce jeu. Et c'est sûrement parce qu'être loin de moi t'insupporte. Enfin... ça, ce n'est que ce que j'espère.

Alors enfin, elle me fit un sourire. Timide et petit, mais sincère. Yéléna posa, incertaine, les mains sur mon torse. Son toucher était léger et, pourtant, j'étais grisé par ce contact. C'était bien plus intime que lorsqu'elle me serrait dans ses bras. C'était aussi précieux que si elle tenait mon cœur dans ses mains.

C'était exactement ça : mon cœur était sien.

C'était une forme de consentement, n'est-ce pas ? Je n'en pouvais plus.

Alors je passai une main derrière sa nuque et fondis sur ses lèvres. Je voulais ruiner le maquillage de sa bouche, froisser ses vêtements jusqu'à les déchirer et la ramener à la maison pour de bon.

Yéléna passa les bras autour de mon cou et j'en oubliai la douleur dans ma cage thoracique, celle de mes côtes compressées à cause de l'accident, celle des ecchymoses qui marquaient mon corps, celle de mes deux doigts cassés à la main gauche, enfermés dans une attelle, et enfin j'en oubliai tout ce qui n'était pas nous.

Néanmoins, elle finit par reculer.

— Tu n'es pas en colère contre moi ?

— Si. J'attends juste mon tour.

— Ah. Alors je crois que c'est à ton tour.

— Rentrons d'abord, lui dis-je en serrant ses doigts de ma main valide. Le trajet jusque chez moi me permettra de rassembler mes idées.

Yéléna me sourit et acquiesça. La discussion n'était pas finie, mais je savais maintenant que notre relation ne l'était pas non plus. C'était ce qui m'importait le plus.

Et puis, même si elle essayait, je refusais de la laisser filer.

Point.

Chapitre 28

Yéléna

Fixant la main d'Adam en train de serrer la mienne, tout s'embrouillait dans ma tête. Quelques heures plus tôt, j'avais dit au revoir à ma ville d'adoption. À présent, j'apprenais à accepter entièrement ma nouvelle vie, ici. C'était comme si deux mondes différents se rencontraient pour n'en former plus qu'un. Une réconciliation avec tout ce qui me définissait. C'était étrange, mais c'était aussi plaisant.

Je n'étais pas sûre de réussir à ne pas prendre la fuite lorsque j'aurais l'impression que mon monde s'effondrerait. Mais à présent qu'Adam était là... C'était comme si tout devenait simple. Je me rendais compte que je n'avais pas à fuir. Je n'avais pas à *le* fuir. Si le pire devait se passer, être loin de lui ne changerait rien à cet état de fait. Il était pour moi autant un problème que sa résolution.

Adam changea d'avis et revint sur ses pas – sans doute dans l'idée que son fils puisse revenir plus tôt du cinéma –, m'entraînant à sa suite. Il entra par la porte-fenêtre de chez moi et referma derrière nous. Ensuite, il ne bougea plus.

Il faisait face au jardin, me tournant le dos, et semblait en pleine réflexion.

Sur la terrasse, je n'avais pas réussi un instant à soutenir son regard. Il m'avait paru autant en colère qu'inquiet et je m'en sentais coupable. Il était temps qu'il me fasse part de son point de vue, mais je n'étais vraiment pas prête.

— Pour ma défense, dis-je en posant les mains sur son dos, je suis réellement retournée à Paris pour quitter mon logement.

Je fis un pas en arrière quand il se tourna doucement dans ma direction, sans aucune expression sur le visage. Je reculai à nouveau mais un seul regard de sa part sur mes pieds m'arrêta dans ma lancée. Il secoua la tête doucement, mais je ne résistai pas à l'envie de m'éloigner encore quand il vint à ma rencontre.

— Au-delà du besoin de prendre un peu de distance, c'était vraiment mon intention, continuai-je en faisant un pas de plus en arrière à mesure qu'il avançait. De revenir, je veux dire.

Il acquiesça, mais semblait perdu dans son esprit, comme s'il ne m'écoutait que d'une oreille distraite par ses pensées qu'il mettait en ordre, pour mieux m'achever.

— Dis quelque chose, Adam.

— Ne bouge plus.

Je m'arrêtai, mais pas lui.

Alors qu'il était maintenant à un pas de moi, une de ses mains se perdit dans mes cheveux, l'autre tomba dans le creux de mes reins. Adam emprisonna mes lèvres avec une force brute, que je ne lui avais jamais connue avant. Il fit un pas de plus et me soutint lorsque je perdis l'équilibre. Je ne savais pas où il souhaitait nous emmener, mais je me laissai faire.

Je rencontrai un obstacle dans mon dos et compris que nous étions arrivés jusqu'à la table de la salle à manger. D'un geste, Adam me souleva pour m'asseoir sur la table, puis vint entre mes jambes.

— Ne pars plus jamais, me dit-il entre deux baisers.

Je ne pus répondre que par un grognement.

Mes doigts partirent à la guerre des boutons de sa chemise et les défirent un à un, jusqu'à ce que je me débatte avec les pans pour les sortir de son pantalon. Quand ce fut fait, je savourai la chaleur de sa peau, de son torse, sur lequel mes mains se posèrent, conquérantes.

Adam me souleva, puis se braqua avec un grognement de douleur en me déposant. Je paniquai quelques secondes, avant qu'il ne m'entraîne jusqu'au canapé pour littéralement m'y jeter. Je ris, mais perdis très rapidement ce rire quand je le vis, chemise ouverte, venir à ma rencontre.

Rien dans cette vie ne me parut plus plaisant que cette vision. Sa bouche reprit d'assaut la mienne, avant de descendre doucement sur ma joue, la base de mon oreille, mon cou, ma clavicule...

— N'ignore plus jamais mes appels ou mes messages.

— D'accord.

Il releva le visage pour plonger ses yeux dans les miens.

— Je suis sérieux, Yéléna. Ne m'évite plus. On affronte à deux, et rien d'autre.

— Je ferai de mon mieux.

Il attendit un instant, puis acquiesça, satisfait. Il m'embrassa encore, tout en faisant sauter le bouton de mon jean, qui disparut bien vite par la suite. Je gagnai la bataille contre sa ceinture avec agilité, et descendis les mains sur ses hanches, emportant son pantalon dans la foulée. On ne s'encombra pas de finir nus, non. Il tira sur mon débardeur pour atteindre ma poitrine, tandis que je passai sous sa chemise ouverte pour atteindre sa peau, son dos, ou ses fesses fermes, que j'agrippai avec force, comme pour l'inviter à ma rencontre.

— Sache que j'irai te chercher où que tu ailles, me dit-il en glissant une main entre nous pour me toucher plus intimement.

Il me mordit la lèvre inférieure et sourit, satisfait quand mes yeux se révulsèrent sous ses caresses. Alors il me posséda et me laissa rapidement le contrôle durant un petit moment. J'embrassai chacune de ses éraflures et de ses bleus, en prêtant une attention particulière à son plaisir, bien plus qu'au mien. Mais sans le brusquer, car je savais que ses côtes le faisaient souffrir. Nos souffles s'entremêlèrent, jusqu'à ce qu'il me bascule pour reprendre le contrôle. Il me fit exploser, et mes doigts se transformèrent en griffes dans son dos, tandis qu'il se libéra à son tour.

— Viens dormir avec moi, ce soir, marmonna-t-il à bout de forces dans mon cou.

— OK.

— Et demain aussi.

— OK.

— Et tous les autres jours aussi.

Je souris en le resserrant contre moi, puis le taquinai :

— Sois plus souvent en colère contre moi.

Il releva le visage et fit une drôle de moue.

— Je n'étais pas en colère. Juste très inquiet.

— Je sais.

Il me mordit l'épaule en guise de représailles, puis reposa la tête dans le creux de mon cou. Je souris et passai la main dans ses cheveux. L'autre parcourut son dos. L'odeur d'Adam m'enveloppait, et je souris d'autant plus en réalisant et en acceptant que je ne voulais plus rien de ma vie d'avant, mais que je voulais tout de cette vie présente.

Je me réveillai dans le lit d'Adam le lendemain matin. Après une longue discussion sur mon canapé la veille, nous avions migré chez lui pour attendre le retour des garçons. Le soleil n'était pas encore passé par-dessus la colline, tandis que je m'étirais, savourant le silence, coupé uniquement par la respiration paisible de l'homme à mes côtés. J'observai le visage d'Adam, toujours endormi, les traits de son visage détendus. Je passai mon pouce sur ses lèvres, qui avaient le don de me rendre folle, puis décidai de sortir du lit.

À pas de loup, je descendis, et si j'étais loin d'être une excellente cuisinière, il ne me fallait pas de grandes connaissances ou capacités afin de faire griller des toasts.

J'avais presque terminé quand je me tournai pour prendre des couverts et vis Lucas, debout, droit comme un I à quelques centimètres de moi. Je fis un énorme bond. Je ne l'avais pas entendu descendre. Il ne bougeait pas, les yeux encore fermés, son doudou en main. Je me demandai même s'il était somnambule. Cet enfant avait le don de me faire flipper, parfois.

— T'es réveillé ? m'enquis-je prudente.

— J'ai faim, Néna.

Je suppose que ça voulait dire oui. Alors je déposai tout sur la table ; je me préparais un café quand des bras puissants passèrent autour de ma taille et qu'un baiser fut plaqué dans le creux de mon épaule, me donnant une ribambelle de frissons.

Adam.

Il alla s'installer à table, tandis que je restai debout, ma tasse en main appuyée contre le plan de travail, à les dévisager. Comme des copies conformes, père et fils étaient l'un comme l'autre encore somnolents, faisant des gestes mécaniques, presque automatiques afin de manger, les yeux endormis. Je souris et bus mon café tranquillement en les observant, et ce, jusqu'à ce qu'ils finissent.

— C'est quoi le programme, aujourd'hui ? demanda Adam en se levant pour débarrasser avec Lucas.

— Je vais passer au snack pour faire le point sur les dates de péremption et contacter le livreur si besoin.

— Tu comptes rouvrir aujourd'hui ?

— Non, je ne pense pas. Juste faire des vérifications. Ensuite, j'ai une lettre à ouvrir.

Alors que j'étais toujours appuyée contre le plan de travail, Adam referma le lave-vaisselle, puis vint coller son bassin au mien avant de passer les mains dans mes cheveux pour les repousser en arrière. Il déposa un baiser sur mon front et me frotta les bras.

— Tu l'as donc reçue ? La dernière ?

J'acquiesçai simplement. Adam me jaugea un instant et chercha mon regard avant de poursuivre :

— Est-ce que tu as besoin, ou est-ce que tu veux, que je sois là ?

— Je ne sais pas, répondis-je avec un haussement d'épaules. Non, en fait, je crois que ça ira.

Il hocha la tête, puis me prit dans ses bras.

— Et toi ? demandai-je quand il s'éloigna. Quel est ton programme ?

— Je vais contacter la commune pour décaler la journée portes ouvertes du centre sportif prévue pour la rentrée, étant donné que Yohan et Éden sont dans l'incapacité de tenir leur cours. Je ne pourrais pas le faire tout seul.

Je pris sa main où deux de ses doigts étaient maintenus dans une attelle.

— Toi non plus, tu n'es pas en état, et je te rappelle que tu as une compression de la cage thoracique. Vas-y mollo.

— Oui, madame.

Il m'embrassa sur la tempe, au moment où mon regard tomba sur Lucas, qui, assis sur une chaise, nous observait avec un sourire heureux et timide à la fois. Je repoussai alors Adam en souriant à mon tour.

La matinée chargée ne me permit pas de voir le temps filer. J'invitai Nathan à venir déjeuner avec moi, et ce n'est qu'en milieu d'après-midi que je décidai de rentrer.

Je pris la dernière lettre dans mon sac à main, et me rendis tranquillement jusqu'à la balançoire, où je m'assis. À cette heure-ci, à l'ombre de l'arbre, la légère brise rendait la chaleur supportable. Alors, une fois bien installée, je décidai d'ouvrir cette dernière missive écrite par mon géniteur.

Ce dernier n'avait jamais eu une très belle écriture, mais je devinai sans mal qu'il avait écrit cette lettre avec difficulté. Les mots étaient presque illisibles, l'écriture partait un peu dans tous les sens. Mon cœur se serra en imaginant mon père la rédiger. Il allait à l'essentiel, comme s'il n'avait plus la force de trouver les bons mots.

Ou plus la force d'écrire, tout simplement.

Je n'avais pas encore commencé à lire que mes yeux s'humidifièrent.

J'avalai ma salive en chassant de mes pensées l'état dans lequel il avait dû être en posant sur le papier ces derniers mots. Puis, je me lançai.

Yéléna,

Je prie pour que ces mots te parviennent un jour et que tu entendes toutes ces choses que je ne t'ai jamais dites.

Je t'aime, ma fille.

Je sais que j'ai échoué dans mon rôle de père. J'ai sombré dans cette addiction, te privant d'une enfance normale, d'une enfance avec un papa solide, qui aurait pu t'offrir sécurité et amour. Au lieu de ça, j'ai été celui qui t'a privée de ton innocence, te mettant face à des situations difficiles, et à des responsabilités qui auraient dû être miennes. J'aurais dû affronter, au lieu de décharger ma colère et toutes mes frustrations sur toi. Je n'aurais jamais dû te faire subir le poids qui m'incombait. Je n'aurais jamais dû te faire perdre la confiance et l'amour que tu me portais. J'ai été faible et j'ai conscience de toutes mes erreurs.

J'ai beaucoup de regrets, si seulement tu savais.

Merci d'avoir pris soin de ta sœur, comme tu l'as fait. Tu as été une adulte bien avant d'en avoir l'âge. Même si je ne l'ai jamais dit, ou ne te l'ai fait ressentir : je suis fier de toi.

Mon seul espoir est bien de pouvoir revoir ta sœur de l'autre côté, ainsi que ta mère.

Mon bébé. Ma Néna. Je t'en prie, pour tout le mal que je t'ai fait : pardonne-moi.

PAPA.

Je relus encore et encore cette dernière lettre, sentant un trou béant dans mon cœur, qui ne semblait pas vouloir se combler. C'était douloureux. C'était bouleversant. C'était déchirant. C'était tout ce que j'avais espéré lire. Tout ce que j'avais espéré qu'il comprenne.

Je relus une dernière fois cette lettre, m'imprégnant de chaque mot, puis posai le papier sur mes genoux.

Qu'allais-je faire de ça ?

Il ne s'agissait que d'encre sur un papier, mais les mots qui y étaient formés trottaient dans mon esprit sans relâche. Les informations étaient enregistrées, mais pas encore digérées.

Cette fois-ci, il n'y aurait pas d'après. Il n'y aurait plus de lettre. Cette fois-ci, c'était bien la dernière, celle où mon père s'excusait.

J'eus soudain le besoin irrépressible de marcher, de bouger, de m'aérer l'esprit. Alors, je sortis de la maison, et décidai de me rendre près du lac, avant de changer d'avis en cours de route.

C'est ainsi que je me retrouvai devant les grilles en fer forgé du cimetière, un bouquet de fleurs en main, l'esprit encombré par tout ce qui avait représenté la vie que j'avais eue avec mon père.

Prenant une longue inspiration pour me donner du courage, je poussai les lourdes grilles. J'étais absente et à la fois bien trop ancrée à ce présent, à cette vie qui était trop douloureuse. Où les émotions me dépassaient totalement, au point que j'espérais parfois échapper à ce corps qui était le mien pour ne plus jamais rien ressentir.

Je m'arrêtai devant la tombe de mon père et, sans trop savoir quoi faire, je finis par m'asseoir sur les graviers de l'allée. Je déposai les fleurs, le cœur lourd. Et je restai là, un long moment, en silence, réfléchissant à ce géniteur qui avait fait de mon enfance un cauchemar. Pouvais-je lui en vouloir d'avoir cédé à une addiction ? Oui. Pouvais-je lui en vouloir d'avoir été un homme violent sous l'emprise de l'alcool ? Oui.

Je pris une longue inspiration, souhaitant réellement aller de l'avant. Ou me débarrasser de lui et de tout ce qui était néfaste, je ne saurais le dire. Alors, je me mis à parler au marbre qui me faisait face.

— J'aurais donné cher pour que tu aies pris conscience de tout ce que tu m'as dit dans ta lettre des années auparavant. J'aurais donné cher pour avoir un vrai père.

Je levai les yeux au ciel sans pouvoir réussir à retenir mes yeux de s'humidifier.

J'avalai plusieurs fois pour faire passer la boule qui

obstruait ma gorge, la rendant douloureuse. J'étais incapable de reprendre une respiration normale. Plus j'inspirais, plus j'avais besoin d'air. La brise qui souleva mes cheveux me fit du bien, mais ce n'était pas assez. C'était comme si je prenais pleinement conscience que tout ce que j'avais besoin de lui dire, il ne l'entendrait jamais.

Je restai un long moment assise devant cette tombe, les yeux rivés sur cette dernière, sans même bouger.

Et alors, dans mon ventre, au plus profond de moi, je le sentis. Ce déclic. Cette chose qui m'indiquait quoi faire pour avancer.

Lorsque je m'en sentis capable, plus calme et surtout prête, je posai une main sur le marbre chaud et ne pus que murmurer :

— Je te pardonne, papa.

Je quittai le cimetière après avoir séché mes larmes, les pieds traînants. En dehors de la zone de repos éternel se trouvaient des bancs de pierre. Sur l'un d'eux, Adam était assis, les coudes posés sur les genoux, le regard rivé sur le sol.

Je refermai la grille en fer forgé, et le grincement que produisit cette dernière attira son attention. Il releva le visage dans ma direction, puis se leva doucement et patienta le temps que j'arrive jusqu'à lui. On aurait dit qu'il évitait de faire le moindre mouvement brusque pour ne pas effrayer un animal sauvage. C'était sûrement ce à quoi je devais ressembler.

Sans un mot, il me jaugea, puis me prit par les épaules et me ramena contre lui, avant de me serrer assez fort pour que je me sente soulagée d'un poids que je n'avais pas eu conscience de porter.

— Je ne te trouvais nulle part, alors je me suis douté que tu serais là, m'expliqua-t-il tout doucement. Comment tu vas ?

— Étonnamment bien.

Il me relâcha un peu pour m'observer à nouveau, comme s'il essayait de savoir si je disais la vérité. Je devais avoir les yeux d'un lémurien, gonflés et cerclés, mais il sembla me croire.

Il dégagea les cheveux qui barraient mon visage.

— Est-ce que ça va aller ?

— Je crois que oui. Maintenant, ça ira.

Il me fit un timide sourire, puis déposa un baiser sur mon front, mon nez et enfin mes lèvres.

Ses baisers étaient légers. Ils étaient rassurants.

— Je te ramène à la maison ? Ou tu as besoin de marcher et de rester seule ?

— Non. Ramène-moi à la maison.

Il glissa un bras autour de mes épaules et nous marchâmes jusqu'à sa voiture, dans laquelle il prit ensuite ma main pour ne plus s'en séparer de tout le trajet.

Étais-je guérie de mon passé ? Sûrement pas. Mais il était certain que j'étais en bonne voie.

Je tournai la tête en direction d'Adam et l'observai, en comprenant que, si la vie m'avait privée de choses très précieuses, elle m'en avait aussi donné d'autres, tout aussi estimables. J'étais désormais prête à vivre ce qu'elle m'offrait avec toute la profondeur que cela impliquait.

Et je l'aimerais, lui, avec toute l'intensité qu'il m'était possible d'avoir.

Adam tourna le visage vers moi, puis me sourit et embrassa la jointure de mes doigts.

J'étais véritablement prête à vivre le premier jour du reste de ma vie.

Épilogue

10 mois plus tard

— Je n'en reviens pas d'avoir démissionné pour de vrai et d'être ici, dit Jordan, excitée. Enfin ! Ça a pris beaucoup de temps, quand même.

Mon amie pianotait sur le comptoir du restaurant, assise sur une chaise haute, en état d'excitation visible. Elle était arrivée en début d'après-midi et ne tenait pas en place, depuis.

— J'aurais donné cher pour voir la tête du boss quand tu lui as annoncé que tu partais, dis-je en lui déposant un smoothie devant elle.

— C'était super génial, même si j'étais morte de peur. Tu m'embauches quand ?

— Tu viens d'arriver, profite de tes jours de répit pour te reposer un peu.

— Être sans emploi me stresse.

— Bon, d'accord, avouai-je subitement excitée, moi aussi. En vérité, ton contrat est prêt, il est dans le bureau, il n'y a plus qu'à le relire, le signer, et tu ne seras plus au chômage.

Elle poussa un « hiii » très aigu, puis sauta de sa

chaise haute pour foncer dans le bureau, où je la suivis. Jordan trouva le contrat en deux exemplaires, le lut en diagonale et signa à toute vitesse. Une fois cela fait, elle referma le bouchon de son stylo avec un grand sourire.

— Pour le meilleur et pour le pire, nous sommes liées par un contrat, maintenant !

Je tendis la main, dans laquelle elle tapa. J'étais heureuse que ma meilleure amie puisse être enfin là. À présent, elle était mon employée, mais aussi ma proche voisine. Avec Jordan à Rosebaie, j'avais enfin tout ce que je souhaitais.

— Je suis vraiment fière de toi et du chemin que tu as parcouru, Yéléna, me dit-elle plus sérieusement. Et je suis d'autant plus heureuse de te suivre dans cette aventure.

— C'est le moment pour te le dire, alors : bienvenue à Clairevaux, Jodi.

— Merci !

On retourna dans la salle principale, quand Éden entra. Son regard noir se transforma rapidement, et c'est toutes dents sorties qu'il s'exclama :

— La souris est déjà arrivée !

Jordan grimaça en entendant le qualificatif qu'Éden venait de lui donner. Elle avait une phobie monstrueuse des rongeurs, et Éden le savait parfaitement.

— Salut, mon gros, répliqua Jordan en se rasseyant sur la chaise haute d'un air bougon.

L'intéressé s'arrêta derrière mon amie en fronçant les sourcils. J'étais certaine qu'Éden pouvait soulever Jordan d'une seule main. Il y avait la même différence entre eux deux qu'entre le jour et la nuit, mais Jordan se fichait pas mal de froisser le colosse.

— Moi qui voulais te proposer un job de quelques heures au centre, marmonna Éden en s'asseyant finalement à ses côtés.

— Je viens de signer un contrat avec Yéléna, je n'ai pas besoin de toi.

Yohan entra tout sourires et nous salua en faisant une petite révérence. Il vint prendre place sur le second siège libre à côté de Jordan et se tourna vers cette dernière.

— Alors, tu acceptes le job au centre ?

Jordan sourit.

— Je signe où ?

Éden s'indigna et foudroya Jordan du regard, qui, elle, ne lui prêta pas attention. Je ris face à ce duo pas comme les autres et m'occupai des clients qui venaient d'entrer dans le restaurant.

Ma vie avait subi de grands changements. Pendant l'année écoulée, j'avais dû m'adapter, partager, m'inquiéter, et aimer, aussi. Je pensai à mon quotidien d'avant, puis observai une partie de mes amis de l'autre côté du comptoir, en train de rire ensemble, et il n'y avait pas à dire : ma vie d'aujourd'hui était plus douce.

Je lançai un regard à la photo accrochée sur le mur au fond de la salle, qui se trouvait également dans le bureau : Ariane, mon père et moi nous y trouvions. Je l'avais fait agrandir et avais fini par l'accrocher à la vue de tous. La Glacière avait une histoire, bien plus joyeuse que celle de ma maison, et voir cette photo aujourd'hui ne me rendait ni en colère, ni triste. Elle me donnait le sourire.

Lucas entra en sautillant, me salua avec un grand sourire, puis accourut jusqu'à Jordan pour la bombarder de questions, tandis qu'Adam faisait le tour du comptoir et venait se coller contre mon dos. Il m'embrassa dans le cou et referma les bras autour de moi.

— Tu n'as pas encore fermé ? s'enquit-il en levant son poignet pour vérifier l'heure.

— Les derniers clients viennent de partir. Je pense qu'on peut préparer le barbecue.

— On s'en est déjà occupés, avec Nathan et même Lucas. On n'a plus qu'à s'y rendre.

— Comment va Nathan ? Il n'est pas trop stressé ?

— Il a hâte que la soirée soit passée. Il est mort de trouille.

Je ris en m'écartant finalement d'Adam pour fermer la caisse et le restaurant. Nathan comptait faire sa demande en mariage à Chloé, sa barmaid, avec qui il entretenait une relation depuis bientôt une année.

— « Quand on sait que c'est la bonne, il n'y a pas besoin d'attendre », m'avait-il dit lorsqu'il m'avait annoncé qu'il allait la demander en mariage.

On sortit tous ensemble pour rejoindre le bord du lac, où Nathan avait eu l'autorisation d'organiser un barbecue dans l'enceinte du camping. La vague de touristes n'était pas encore énorme, et le directeur était plutôt cool.

L'ambiance était totalement décontractée et même lorsque j'eus l'occasion de parler avec Nathan, ce dernier sembla se détendre. Une demande en mariage n'était pas rien. Je lui souhaitai bonne chance et me rendis près du barbecue, où Éden me fit un sandwich.

Je discutai avec absolument tout le monde de bon cœur. Sans plus d'arrière-pensée négative. J'avais changé. Je m'étais réconciliée avec les habitants de Rosebaie. Et je ne l'avouerais pas à voix haute, mais je crois que je les appréciais vraiment.

J'étais en pleine discussion avec Mme Henry et le père Vincent quand je vis Adam revenir.

Je m'excusai et allai le rejoindre en le regardant de haut en bas.

— Tu t'es changé ?

Il portait un pantalon sombre et une chemise. Ses cheveux, qu'il avait coupés récemment, retombaient timidement sur son front en bouclant. J'adorais son style.

— Je me disais que rester en jogging n'était pas très cool pour une soirée comme celle-ci.

Je finis par acquiescer en remarquant que Yohan et Éden aussi s'étaient changés. Ils avaient abandonné leur tenue décontractée, pour passer quelque chose de plus classe, marquant leur silhouette - musclée pour Éden et svelte pour Yohan. C'était la première fois que je les voyais ainsi. Ils étaient beaux. Je me regardai alors, habillée d'un short et d'un débardeur simple, et me demandai si j'avais assez de temps pour aller me changer. Je n'avais pas pensé à ce détail et je m'en voulus aussitôt de ne pas m'être bien habillée pour Nathan.

— Ne t'en fais pas, Yéléna, tu es parfaite.

Je souris et secouai la tête. J'étais toujours aussi surprise de voir combien Adam pouvait deviner mes pensées aussi facilement. C'était presque effrayant, mais je m'y habituais.

Il me prit par la main et on discuta avec Yohan et

Marlène, qui semblaient tous les deux plutôt proches. Éden vint nous rejoindre, suivi de Jordan, et de Nathan et Chloé. Ce petit attroupement attira tout le monde, et, rapidement, Georges, le père Vincent et tous les autres invités se rapprochèrent.

Je fis un clin d'œil à Nathan, qui prit une longue inspiration en me souriant. Pourtant, il ne se lança pas encore. J'imaginais combien la pression était forte pour lui.

J'en avais des fourmis dans le ventre.

— Je crois que je suis fou, me chuchota Adam en m'entourant de son bras.

— Je ne vois rien de fou en toi.

— Et pourtant, je suis vraiment fou de toi.

Je pouffai, puis mis une main devant ma bouche.

— Tu m'as vraiment sorti un truc aussi cliché ?

Il rit et se pinça l'arête du nez avant de fuir mon regard, vexé.

— Je n'ai jamais été aussi sérieux, Yéléna.

— Pardon, dis-je alors en me retenant de rire. C'était mignon, je l'admets. C'est l'ambiance de la soirée qui te rend amoureux ?

Il passa les deux bras autour de ma taille et m'embrassa sur la tempe.

— Je n'ai jamais cessé de l'être.

Je lui donnai un rapide baiser, un sourire immense aux lèvres.

— Moi non plus, murmurai-je à l'abri de toute oreille.

Puis j'enchaînai :

— Nathan t'a dit quand est-ce qu'il ferait sa demande ?

— Il me semble que ce sera après le barbecue et avant le dessert. Pourquoi ?

— J'angoisse pour lui.

Et c'était vrai. Plus le temps passait, plus je stressais.

— Et toi ?

— Moi quoi ?

— On devrait se lier aussi par un contrat.

Je relevai le visage dans sa direction, prête à protester, mais me souvins que nous étions entourés. Alors je répondis, toujours à voix basse :

— Contrat ou pas, je ne compte pas te quitter, Adam. Ça ne sert à rien.

Je remarquais, par de petites choses combien l'homme que j'aimais craignait de me voir filer. Sa mère l'avait abandonné. La mère biologique de Lucas l'avait aussi lâchement quitté sans même reconnaître son enfant. Je comprenais ses craintes, mais je n'avais pas envie de me lier à lui simplement parce qu'il y avait une peur quelque part.

— Juste un pacs ? tenta-t-il.

— Si on se contente de se pacser, le père Vincent nous tuera tous les deux, parce qu'il sera vexé. Et je te le redis, Adam : je n'ai jamais voulu me marier et je ne le veux toujours pas. Je veux bien faire des concessions pour toi, mais se marier simplement parce que, psychologiquement, tu penses qu'un bout de papier nous liera, ce n'est pas une bonne raison.

Adam me prit par les épaules et me tourna dans sa direction pour que nos regards puissent se rencontrer.

— Yéléna... Tu es persuadée que la seule raison pour laquelle je souhaite me lier à toi, c'est parce que j'ai peur que tu partes ? Tu crois que je ne vois pas tous les efforts que tu fais ? Je remarque aussi combien tu es sincère. Et je sais que tu as autant besoin de moi, que moi de toi. Je t'ai dit que j'irais te chercher où que tu ailles et je ne plaisantais pas. Un bout de papier ne changera rien pour moi. C'est simplement pour la symbolique.

— Alors, j'ai raison : nous lier par un contrat est inutile.

— D'accord. Pas de contrat, alors : simplement un mariage religieux. On sera liés, le père Vincent sera content, tout comme nos amis. Tu pourras faire la fête et moi je serai heureux.

J'étais pourtant sûre que la mairie était indispensable. J'allais me faire avoir.

Je restai néanmoins coite, sans savoir quoi dire. Si Adam ne voulait pas de contrat, alors cela signifiait qu'il voulait réellement se marier avec moi ? Étais-je prête à faire cette nouvelle concession ? Moi qui avais juré de ne jamais me poser, et encore moins me marier… Le monde marchait sur la tête. Ou bien était-ce seulement moi ? Ma vie était à l'opposé de ce que j'avais planifié.

Adam me fixait en cherchant une réponse dans mes yeux.

— OK, c'est d'accord, capitulai-je avant de débiter à toute vitesse : Mais je te préviens que je ne changerai jamais d'avis concernant les enfants : je n'en veux pas ! Je me ferai ligaturer les trompes dès qu'un médecin comprendra que je suis maître de mon corps et acceptera de faire l'intervention.

Adam acquiesça, le sourire aux lèvres. Il était de mon côté à ce niveau-là, même s'il m'avait dit qu'avoir un second enfant ne le dérangerait pas.

— Et avant de tout organiser, repris-je en chuchotant, et en pointant un doigt dans sa direction, laisse-moi du temps. Il me faut encore réaliser que j'ai accepté ce mariage.

Adam se mordilla la lèvre inférieure, contenant probablement sa joie, puis il s'inclina et posa un genou à terre. Prise de peur, je chuchotai, paniquée :

— Mais qu'est-ce que tu fais ?

— Je demande comme il se doit, répondit-il à voix haute.

— C'est la soirée de Nathan, pas la tienne. Fais pas n'importe quoi !

— Tout va bien, Yéléna, me dit Nathan, un immense sourire aux lèvres.

— Non, rien ne va, couinai-je. Relève-toi. Pourquoi faire ça maintenant ?

— Parce que ce n'est pas la soirée de Nathan, mais la nôtre.

Hein ?

— Je vais mourir de joie, glapit Jordan excitée comme une puce.

— Je ne comprends pas, dis-je en regardant Adam, puis Nathan.

— Cette soirée, je l'ai organisée pour nous, m'expliqua Adam. Je voulais que tout le monde soit témoin.

— Nathan ne va pas faire... ?

— Non, répondit l'intéressé. Peut-être bientôt, mais pas aujourd'hui.

Je reportai mon attention sur Adam, qui se releva et me tins le menton, afin de s'assurer que je ne quittais pas son regard.

— Fais-moi l'honneur de m'épouser, Yéléna Dracot. Pas à cause d'une quelconque crainte. Mais parce que je veux que mon nom soit associé au tien. Parce que je veux que tu sois ma femme, pour le meilleur et pour le pire.

J'attendis la suite, mais rien ne vint. Je compris alors qu'il était temps de donner ma réponse. Je ris et soupirai tout à la fois.

— Je n'arrive pas à croire que tu viens de faire ça. Oui, Adam Beriat. Je veux bien t'épouser.

Surprise, je le vis me prendre la main et y mettre une bague. Il avait vraiment tout prévu. Je comprenais soudain pas mal de choses : pourquoi Jordan avait été si excitée et Nathan si décontracté, ou encore pourquoi Adam s'était changé...

Il tint ma main à présent baguée. Un solitaire discret, dont l'anneau était en or blanc, gravé de motifs sublimes. Je l'admettais : la bague était magnifique.

Adam m'embrassa la seconde qui suivit en me soulevant du sol, puis tout le monde se mit à applaudir.

Je ne compris rien à ce qui se passa ensuite. Les gens nous félicitaient, Jordan tomba dans mes bras en larmes. J'entendis Lucas demander à son père :

— Est-ce que ça veut dire que Néna sera bientôt ma maman pour de vrai, ou pas ?

Je fus prise d'un léger vertige. Je ne savais plus si c'était une bonne chose ou une mauvaise. Je paniquais, j'étais contente et stressée.

J'avais manifestement toujours un problème de gestion de mes émotions, mais quand Adam me récupéra et me serra contre lui, il sembla absorber mon tumulte intérieur. Alors je m'appuyai pleinement contre lui et me laissai guider. Je supposais qu'il savait où il nous emmenait.

Je repensai à notre rencontre au Boat, puis au soir où il m'avait sauvée d'une agression. Adam avait tenté de m'entraîner et je l'avais remercié par un coup de poing. Je m'étais ouverte à lui, au sujet de mon passé, comme je ne l'avais jamais fait avec personne auparavant. Adam semblait posséder toutes les clés de mes verrous personnels.

Alors je levai le visage vers lui, qui rayonnait vraiment en cet instant.

J'allais le faire, n'est-ce pas ? Sortir de ma zone de confort une nouvelle fois pour le suivre là où il souhaitait nous guider ?

Je souris et décidai que oui. Je passai un bras dans son dos et le pressai contre mon corps. Instantanément, il resserra notre étreinte et me donna son attention.

— Pour le meilleur et pour le pire, me dit-il avec un grand sourire.

— Jusqu'à ce que la mort nous sépare.

Remerciements

Il est maintenant temps de dire au revoir à Adam et Yéléna. C'est toujours avec un pincement au cœur... Surtout qu'eux, me sont particuliers.

Derrière moi, j'ai une équipe (plus de quinze ans !) qui n'a jamais changé depuis le premier jour de l'aventure et je souhaiterais comme toujours les remercier :

Ma Tate, mon actrice favorite. Tu relis à voix haute les chapitres en y mettant tout ton cœur : merci ! Merci pour ces fous rires, tes avis constructifs et la motivation que tu m'insuffles à chaque fois. Je suis fan de ces moments !

Merci à Françoise. Ton travail à mes côtés et ton soutien me sont primordiaux. Je chéris chacune de nos conversations, mais surtout notre amitié qui m'est précieuse.

Claudia, merci pour tes conseils, tes relectures, ton soutien sans faille aussi. Pour toujours y croire, parfois bien plus que moi.

Ma sœur, mon double, ma moitié, mon tout. Mille mercis ne suffiraient pas pour tout ce que tu m'apportes au quotidien, et ce, depuis le premier jour de ma vie. Si je suis plus loin aujourd'hui, il n'empêche que mon cœur est toujours près de toi. Merci pour tout, ma Mandou :)

Ma famille : de près ou de loin, chacun d'eux est là, me soutient en faisant du bruit ou en silence. Merci pour qui vous êtes et pour ce lien qui nous unit tous : je vous aime !

Collection &H et Roxane, encore une fois, vous me faites confiance : merci pour ce beau cadeau et pour le travail accompli dans les coulisses.

Bien évidemment, il y a le plus gros des mercis à toi, cher lecteur, chère lectrice. J'espère que l'histoire t'aura plu et que tu auras passé un bon moment. À ceux qui n'hésitent pas à envoyer des messages pour venir papoter et échanger : à très bientôt sur les réseaux. Et à ceux qui restent dans l'ombre : j'espère qu'on voyagera à nouveau très vite ensemble pour de nouvelles aventures !

Comme toujours, je ne peux finir un livre sans une pensée pour ma mère : elle a fait naître mon amour pour les mots, sans jamais avoir eu le temps de lire les miens, je lui dois tout : merci à elle.

Composition et mise en pages
Nord Compo à Villeneuve-d'Ascq

Achevé d'imprimer en janvier 2024.

FIRMIN-DIDOT

à Mesnil-sur-l'Estrée (Eure)

Dépôt légal : février 2024.

Pour limiter l'empreinte environnementale de ses livres, HarperCollins France s'engage à n'utiliser que du papier fabriqué à partir de bois provenant de forêts gérées durablement et de manière responsable.

Imprimé en France